로크미디어가
유혹하는
재미있는 세상

ROK
MEDIA
로크미디어

다시 사는 재벌가 망나니 21

2022년 8월 23일 초판 1쇄 인쇄
2022년 8월 26일 초판 1쇄 발행

지은이 맹물사탕
발행인 김정수 강준규

기획 이기헌 왕소현 박경무 강민구 조익현
책임편집 금선정
마케팅지원 이원선

발행처 (주)로크미디어
출판등록 2003년 3월 24일
주소 서울시 마포구 성암로 330 DMC첨단산업센터 318호
Tel (02)3273-5135 **편집** (070)7860-2726 **Fax** (02)3273-5134
홈페이지 rokmedia.com **E-mail** rokmedia@empas.com

ⓒ 맹물사탕, 2021

값 8,000원

ISBN 979-11-354-8015-7 (21권)
ISBN 979-11-354-9456-7 04810 (세트)

다시 사는 재벌가 망나니

맹물사탕 현대 판타지 장편소설

21

ROK
MEDIA

로크미디어

Contents

1장

정순애 살해 및 시신 유기.

박길태 총살.

배성준 형사가 순직한 조설훈 살해 사건―이땐 특히나, 다섯 사람이 죽었다.

하나만 놓고 보아도 굵직한 사건이 연거푸 터졌고, 세 건은 모두 적든 많든 조광과 연계되어 있어서 광수대 내에선 이를 뭉뚱그려 조광 일가 사건으로 취급했다.

또, 여기에 그사이에 벌어진 박상대의 사망 사건까지 포함한다면, 저들에겐 박상대를 예의 술집으로 불러내 살해하고자 하는 혐의마저 있었다.

(그 술집 주인인 곽남훈에겐 배성준이 순직한 사건에서 발견된, 조지훈의 운

전기사인 이길영 살인 용의가 있었다. 하지만 그조차도 곽남훈의 사망으로 기소 중지가 떨어졌다. 곽남훈을 떠올린 강하윤은 그 사람 좋아 보이던 마스터가 사람을 죽였을 뿐만 아니라 실은 조지훈의 끄나풀이었다는 것을 알자마자 팔뚝에 오소소 닭살이 돋았다)

예의 조광 일가 사건 수사는 차차 마무리 지어 가고 있었지만, 그와 별개로 김보성은 후임 검사를 위한 기소 자료를 정리하느라 바쁜 나날을 보내고 있었다(검찰 역사에 남을 듯한 이번 공로에도 불구하고, 조설훈이 사망하고 얼마 지나지 않아 김보성 검사의 지방 발령이 공문으로 전달되었다).

수사가 마무리되면 그다음은 재판에 회부하는 일이 남는다.

특히 이번 사건에는 법정 앞에 설 만큼 연루된 인물이 다른 때보다 유독 많았다.

주요 용의자인 조설훈과 조지훈은 사망으로 기소가 되지 않았지만 조세광이며 그 수두룩한 관계자 일동까지 기소해야 하니, 검찰 측이 바쁜 나날을 보내는 것도 당연했다.

그러다 보니 광수대에는 추가 인력이 편성되었고, 그들은 용의자와 목격자의 진술을 받아 내느라 눈코 뜰 새 없이 바쁜 나날을 보내고 있었다.

개중 강하윤은—석동출에게도 말했듯이—아직 '짬이 되지 않아서' 이 진술 취합에서 빠졌고, 정진건 역시 김보성의 묘한 배려로 일선에서 빠져 상대적으로 한가한 나날을 보내고 있었다.

물론 아무 일도 주어지지 않은 것은 아니었고, 지금처럼 국과수에 관련 서류를 받아 올 일이 있을 때면 움직이는 일을 맡아야 했다.

김보성 역시도 이왕이면 양상춘과 친분이 있는 정진건을 우선시해 임무를 배정해 주었다(동시에 그런 괴짜를 상대하는 건 정진건밖에 할 수 없으리란 계산도 있었다).

오늘도 두 사람은 관련 서류를 받아 올 겸해서 국과수에 자리 잡은 양상춘의 사무실을 방문하고자 차에 올랐다.

강하윤은 양상춘을 개인적으로는 별로 좋아하지 않았고, 심지어 대하기 조금 까다로운 사람이라는 생각을 하고 있었지만.

그래도 이번 방문은 요 며칠 새 부쩍 말수가 줄어든 정진건에게 좋은 기분 전환이 되어 주리라 생각했다.

'선배님과 그분이 친구라는 게 아직도 신기하단 말이야.'

정진건은 원래도 말수가 많은 사람은 아니었으나 요즘은 왠지 설명하기 어려운 다른 의미에서 생각에 잠기는 일이 잦았다.

'박순길 형사님이 돌아가고 난 뒤엔 더 그러신 거 같아.'

박순길은 그런 정진건의 심경 변화를 얼추 눈치챈 모양으로, 정진건이 있는 자리에선 일부러 보란 듯이 떠들어 대며 시끌벅적하게 분위기를 이끌어 갔으나.

그 박순길도 얼마 전, 임시로 소속되어 있던 광수대를 떠나 원래 소속된 전라도로 돌아갔다.

어찌 되었건 그는 이번 사건에서 공인된 영웅이었고—심지어 요즘은 가장 먼저 곽남훈의 정체를 의심했다는 소문까지 돌면서 이젠 그를 우러러보는 사람들도 생겼을 지경이었다—지방에서는 그런 유능한 인재를 서울에 빼앗기고 싶지 않았으리라.

정작 박순길 본인은 별로 신경 쓰지 않는 모습이었고, 본인을 따라다니는 유명세를 즐기는 것도 슬슬 지겨워하는 눈치였다.

박순길을 떠올렸더니, 그가 강하윤에게 당부한 이야기가 슬며시 기억 속에서 떠올랐다.

박순길의 송별회를 겸한 조촐한 회식 자리에서 그는 강하윤을 따로 불러 이런 말을 전했다.

「쩌어기, 강 형사.」

「예?」

「우리 정 형사 잘 좀 챙겨 주쇼잉. 한동안 많이 힘들어할 것잉께.」

당시엔 그 형식적으로 들리는 말의 의미를 헤아리지 못하고 예, 예, 고개만 끄덕였을 뿐이었지만.

'지금 생각해 보면 박 형사님은 선배님의 변화에 무언가 짐작하는 부분이 있으셨던 거 같긴 한데.'

한동안 강하윤은 정진건의 변화가 미제로 남을 뻔한 사건이 마무리되면서 찾아온 성취감과 공허함 때문이라 생각했다.

'뭐, 이번에는 성취감보단 공허감이 더 크지만.'

유력한 용의자인 조설훈은 사망으로 기소가 중지되어서, 김보성이 조설훈을 몰아넣으려 준비한 각종 자료도 칼집에서 나오는 일 없이 자료 보관실로 이전되고 말았다.

그런 식으로 수사가 종결될 기미가 보이자 강하윤 또한 한동안은 시원섭섭한 기분에 사로잡혀 멍하니 시간을 보내는 일이 잦았는데, 하물며 정진건과 박순길은 그 자료 수집과 수사로 바쁜 나날을 보냈으니 그들에게 찾아왔을 허무함은 자신이 헤아리기 힘들 것이라 생각했다.

그래도 강하윤은 이조차 시간이 해결해 줄 것이라 보았다.

'……그것도 지금은 왠지 확신이 없어.'

그러다 보니 강하윤은 정진건의 변화 역시도 큰일을 마무리 지은 뒤 찾아온 공허감과 어딘지 다른 듯하단 생각이 들곤 했다.

'나로선 그게 무엇인지 감이 오질 않지만.'

강하윤은 운전대를 잡고 묵묵히 운전하는 정진건의 옆얼굴을 힐끗 쳐다보았다.

'혹시 집안에 우환이 있으신가?'

그런 강하윤의 시선을 눈치챘는지, 정진건이 툭 하고 물었다.

"내 얼굴에 뭐 묻었나?"

"예? 아, 아뇨."

강하윤이 허둥지둥 대답했다.

"이제 사건도 슬슬 마무리되는구나, 싶어서 그랬습니다."

"……음."

변명치곤 궁색해서 그런 것일까.

잠시, 차 내에 어색한 침묵이 맴돌았다.

"어제."

정진건이 입을 뗐다.

"석 형사 병문안을 다녀왔다지?"

"예."

강하윤은 이 어색한 공기를 깨트려 준 정진건에게 감사하며 대답했다.

"겸사겸사 강선이 일도 보고드렸습니다."

"그래. 원래는 그쪽 일이니까."

정진건이 말을 이었다.

"몸은 좀 어떻던가?"

"건강해 보였습니다. 아 참."

강하윤은 대화의 물꼬가 트인 김에 미처 전달하지 못한 사사로운 이야기를 꺼냈다.

"거기에 가니 여진환 순경이 먼저 문병을 와 있었지 말입니다."

"여진환 순경?"

"예. 듣기로 고등학교 동문이라 했습니다."

이번 사건과 아주 무관계하지만은 않은 두 사람이 아는 사이였다니, 그건 다소 의외라면 의외였다.

하지만 그뿐이라면 그뿐이었다.

신기하긴 하지만 그렇다고 해서 뭐 어쩌랴 싶을 정도의 우연을 발견한 기분.

"그랬군."

정진건은 건성으로 대답했다가, 최근 들어 강하윤이 자신을 걱정하고 있다는 걸 깨닫곤 억지로 말을 짜냈다.

"강선이는 언제 요한의 집으로 가나?"

"마침 오늘입니다."

강하윤이 대답했다.

"그래도 점심은 먹이고 가야 할 것 같아서 말입니다."

"……음."

이번 일에 연루된 박상대의 사생아, 박강선의 운명도 기구하다면 기구했다.

해외에서 살다가 엄마 손을 잡고 한국으로 들어왔더니, 이젠 양친(부친과는 대화도 나눠 본 적 없지만)을 모두 잃고 고아원에 들어가 유년기를 보내야 했다.

그나마 D구 지역 토호나 다름없던 박상대 가문의 유산을 상속받았으니 평생 먹고살 걱정은 하지 않아도 되겠다는 점만이 유일한 위안거리였다.

박강선을 떠올렸더니, 정진건은 자연스레 처지가 비슷한 배성준의 남겨진 자식 둘을 떠올렸다.

배성준과는 딱히 의리도, 대화를 나눠 본 적도 몇 번 없었지만 그는 자청해서 남겨진 두 아이의 수속을 밟아 주었다.

'원래라면 석동출 형사가 했겠지.'

왠지 이번엔 침묵이 이어질 것 같아, 강하윤이 먼저 말을 받았다.

"그래서 이번에 강선이를 요한의 집에 바래다줄 예정인데, 선배님도 함께 가시겠습니까?"

"……글쎄."

정진건이 심드렁하게 대답했다.

"왠지 오늘도 바쁠 거 같군."

"……예."

강하윤은 속으로 한숨을 내쉬며 의자에 몸을 파묻었다.

'요즘은 계속 이런 식이라니까.'

그제야 정진건도 자신의 성의 없는 대답이 어색한 침묵을 불러왔다는 걸 자각했지만, 그는 차라리 이 침묵을 반기기로 했다.

그래서 강하윤의 노력도 무색하게 정진건이 모는 차는 어색한 침묵 속에서 국과수에 도착했다.

　몇 차례 방문한 덕일까, 강하윤은 정진건을 대신해 능숙하게 수속을 밟은 뒤 정진건을 대동하고 양상춘의 사무실로 향했다.

　강하윤이 양상춘의 사무실 문을 두드리자, '예' 하는 양상춘의 목소리가 안에서 들렸다.

　강하윤도 이젠 양상춘의 지저분한 사무실이 익숙해졌던 터라, 놀라지 않을 거라고 다짐하며 문을 열었는데.

　"왔나?"

　양상춘의 인사를 한 귀로 흘려들으며 이번에는 다른 의미로 놀랐다.

　'청소가 되어 있네?'

　평소 각종 서류와 쓰레기, 정체 모를 부스러기로 가득했던 양상춘의 사무실은 말끔하게 정리되어 있었다.

　강하윤은 인사를 해야 한단 생각도 잊은 채 사무실이 이렇게 넓었나, 의아해하며 주위를 두리번거렸다.

　놀라기는 정진건도 마찬가지였던 듯했다.

　"웬일로 정리가 되어 있군."

　정진건의 말에 양상춘이 픽 웃으며 (드디어 본래 모습을 되찾은) 소파를 짚었다.

　"뭐, 그럴 일이 있어서. 일단 앉지 그래. 커피?"

"……음."

게다가 이번엔 깨끗한 머그컵을 준비하기까지.

"강 형사도 마실 텐가?"

"어……. 음, 예. 감사합니다."

평소엔 마다하던 강하윤까지 커피를 마시겠다고 하자 양상춘이 쓴웃음을 지었다.

"이거, 해가 서쪽에서 뜨겠군."

이미 해가 서쪽에 떠 있는 것 같지 말입니다.

강하윤은 그렇게 대꾸하고 싶은 걸 꾹 눌러 참았다.

양상춘이 포트에 물을 올리는 사이, 정진건이 물었다.

"이사하나?"

"비슷해. 사표를 쓸까 하거든."

양상춘의 말에 강하윤은 방을 구경하다 말고 고개를 획 돌렸다.

사표?

양상춘의 말에는 정진건도 놀란 듯 눈을 껌뻑였다가, 곧 눈을 가늘게 떴다.

"……혹시 좌천 이야기가 나온 건가?"

그러잖아도 이번 일에는 '높으신 분'들의 이해관계가 얽혀 있었으니, 양상춘도 김보성처럼 정치적 희생양이 된 것인가를 저어한 물음이었는데.

정진건의 말에 양상춘이 픽 웃으며 고개를 저었다.

"반대야. 자네도 알다시피 이번에 국과수가 크게 한 건 했잖아? 위쪽에서 승진 심사를 받으라더군."

"……."

승진 이야기가 나오니 오히려 사표를 내겠다고?

정진건과 강하윤은 다시 한번 양상춘을 괴짜라고 생각했다.

"그런데 사표라니."

참다못한 정진건의 물음에 양상춘이 어깨를 으쓱였다.

"이번에 승진하면 현장에서 멀어지잖아. 그런 건 영 내 취향이 아니어서."

그런 이유라니.

"……새삼 생각하는 거지만, 자네도 참 별나."

"알고 있어."

양상춘의 대수롭지 않게 받는 말에 정진건이 고개를 저었다.

"나온 뒤엔 뭐 하려고?"

"글쎄. 강단에 설까, 싶기도 하고. 자네도 알다시피 내가 남 가르치는 일은 잘하잖아?"

그렇게 자신을 평가하고 있다니, 정진건과 강하윤 두 사람은 착각을 해도 유분수라고 생각했다.

"뭘 그런 눈으로 보고 그래."

양상춘이 머그컵에 인스턴트커피를 붓다 말고 고개를 갸

웃했다.

"나 오라는 데 많아."

"그걸 걱정한 게 아니다만."

아무 죄 짓지 않은 선량한 학생들이 걱정된 거지.

그래도 정진건은 예의를 아는 사람이어서 생각한 바를 입밖에 내지는 않았다.

"아무튼 자네가 나가겠다고 하니, 시원섭섭하군. 이번 일에도 꽤 도움이 되었는데."

"하하, 그걸 걱정한 건가?"

딸각, 하고 물이 다 끓은 포트의 차단 장치가 올라갔다.

"그래 봐야 사실, 크게 도움이 되었는지도 잘 모르겠고."

정진건은 양상춘이 그답지 않게 겸양을 표한다고 생각했다.

"무슨 소린가? 위쪽에서도 자네의 공로를 인정해서 승진을 시켜 준다고 했는데."

"그건 껍데기뿐이지."

양상춘이 머그컵 세 잔에 뜨거운 물을 채워 넣었다.

"실제로는 범죄를 예방하지도 못했고, 죄다 사후약방문만 써 댔을 뿐이잖은가."

"……."

양상춘은 머그컵 두 잔을 두 사람 앞에 내려놓았다.

"그런 이야기가 있더군. ……아, 혹시 인디아나 존스 봤나?"

"아니."

그런 영화가 있다는 건 알지만.

"꼭 좀 봐. 3편이나 나온 수작이니까. 강 형사는 봤나?"

커피를 후후 불던 강하윤이 고개를 돌려 양상춘을 향했다.

"예, 비디오로 빌려 보았습니다."

"재밌지 않던가?"

"예. 재밌었습니다."

"암, 그렇고말고. 개인적으로는 3편을 최고로 꼽지만, 그래도 1편의 자동차 추격신은 영화사에 길이 남을 거라고 본다네. 특히…….."

삼천포로 빠진 이야기가 길어질 듯하자, 정진건이 잽싸게 끼어들었다.

"그래서 대체 무슨 말이 하고 싶은 건가?"

양상춘이 어깨를 으쓱였다.

"아니야. 자네가 안 봤다니 스포일러를 하긴 꺼려져서."

"괜찮으니 말해 봐."

양상춘은 한숨을 내쉰 뒤, 대답했다.

"……뭐, 1편이 되는 레이더스에서는 주인공이 존재하지 않았더라도 결말에 가선 같은 결과가 나왔을 거라는 거지."

"……."

영화를 보지 않은 정진건은 양상춘의 말을 이해하지 못했지만, 곁에 앉은 강하윤은 눈을 깜빡, 깜빡 하더니 머리를 감싸 쥐었다.

"어? 어라? 하지만…… 엥?"

양상춘이 픽 웃으며 강하윤을 보았다.

"그렇지?"

"아닙니다, 인디아나 존스는……."

"나치 군이 맞이한 결말은 결과적으론 주인공이 있건 말건 상관없지?"

"……."

"안 그래도 논쟁의 여지가 분분한 내용이니, 자네가 나와 논쟁을 할 생각이라면 환영일세."

하지만 혼란에 빠진 강하윤에겐 그 일로 논쟁을 벌일 생각까진 없어 보였다.

그런 강하윤을 뒤로하고 양상춘이 정진건을 보았다.

"아무튼 이번 일도 마찬가지야. 내가 한 일은 결국, 그 결말에 이르는 과정이 내가 없더라도 성립되었을 거란 이야기일세."

"아니, 그렇지는……."

"그래. 아닐지도 모르지. 내 억측에 지나지 않을 수도 있고."

양상춘이 턱을 긁적였다.

"하지만 내 생각에 조지훈이 조설훈을 살해했다는 건, 그 정도의 일이라는 거야. 뜬금없고, 갑작스러우며, 무엇을 했건 같은 결과에 이르는 우리 손을 벗어난 이야기라는 의미에서. 차라리…….”

양상춘이 정진건을 물끄러미 보았다.

“그 반대의 경우라면 모를까. 뭐, 그조차도 내 확증편향이란 사고의 편견과 한계 속에 억지로 끼워 맞춘 느낌이 다분하지만.”

“……반대의 경우?”

양상춘이 고개를 끄덕였다.

“조설훈이 조지훈을 죽였을 거라는 거지.”

조지훈이 조설훈을 죽인 게 아닌, 현장에서는 그 반대의 경우가 발생했다?

양상춘의 말에 강하윤이 당황하며 입을 뗐다.

“예? 하지만 박사님, 말씀하신 내용은 당시 현장에 있었던 석동출 형사의 증언과 모순됩니다.”

“그런 건 나도 관련 서류를 읽어 보았으니 알아.”

양상춘이 말을 이었다.

“다만 그건 어디까지나 석동출 형사의 증언에 입각한 현장 분석에 불과하지.”

“그런데도 그렇게 말씀하신 건…….”

“맞아. 석동출 형사가 위증을 했을지도 모른다는 것일세.”

“…….”

양상춘의 발언에 강하윤은 입을 꾹 다물었다.

양상춘이란 인물은 예전부터 대화 상대의 기분 따위는 고려하지 않고 내뱉는 경향이 있었지만, 이번 발언 수위는 그 선을 넘었다고 생각하며 정진건이 끼어들었다.

"자네가 지금 하는 말은 경찰 증거를 원천 부정하는 것밖에 되지 않아. 부정을 위한 부정인 거지."

양상춘이 어깨를 으쓱였다.

"물론 그것도 내 확증편향에 끼워 맞춘 것일지도 몰라. 다만 나는 어디까지나 모든 가능성을 열어 두고 생각해 보자는 것일세. 현장은 거짓말을 하지 않지만, 사람은 거짓말을 하는 법이니까. 더군다나 현장에 있었던 생존자는 석동출 형사가 유일하지 않나?"

"……그래, 백번 양보해서 석동출 형사가 위증을 했다고 치자."

정진건이 말을 이었다.

"하지만 그렇게 해서 그가 얻을 것이 뭐가 있지?"

"그걸 모르겠더군."

양상춘이 고개를 저었다.

"나는 그저 '조지훈이 조설훈을 죽여서 얻을 게 없다'는 가설에서 사고를 출발했을 뿐이니까. 이번 사건과 관련해 석동출 형사 개인의 이해관계는 나도 전혀 아는 바가 없다네."

굳이 꼽자면, 없지는 않다.

'배성준은 조광, 특히 조설훈과 유착해 온 부채 형사였다. 만일 그가 살인멸구로 이 일을 마무리 짓고자 했고 석동출이 그 공범이라면, 양상춘의 말마따나 깔끔하고 극적인 결말이 날 뻔했지.'

하지만 (암만 수사에 적극적으로 협조해 왔다곤 하나)부외자에게 경찰의 치부를 드러내는 건 정진건으로서도 꺼려지는 일이었다.

"즉, 자네 역시도 이번 사안을 지극히 주관적으로 해석했단 거로군. 그렇게 따지고 들면 조설훈과 조지훈 사이의 관계가 어떠했는지조차 우린 전혀 아는 바가 없는 셈이 돼."

정진건의 정연한 반박에 양상춘이 싱긋 웃었다.

"어느 과학이건 사물을 해석하는 주관에서 출발하기 마련이지. 나 역시도 과학이란 학문 말석 끄트머리에 선 나부랭이고. 그래서 나도 앞서 말하지 않았나? '그조차도 내 확증편향이란 사고의 편견과 한계 속에 억지로 끼워 맞춘' 것이라고 말일세."

정진건이 피식 웃었다.

"그런 식으로 도망가는 건 좀 비겁하지 않나?"

"궤변이었단 건 인정하지. 하지만 눈앞에 보이는 모든 걸 의심해야 한다는 생각 자체는 변함이 없어. 어찌 되었건 우리는 인간이 지닌 감정과 충동성, 그 불확실한 요소에서 동기를 추론해선 안 된다고 보네."

"……."

"사람의 입을 거쳐 나온 사실엔 항상 이해 당사자의 주관이 개입되기 마련이지. 그러한 주관에는 각자의 진실이 있고, 그 각자의 진실이란 난잡하기 이를 데 없으니 나는 되도록 현장의 증거만을 보고 판단해야 한다고 생각한 것뿐이야. 그래서 이번 사건도 석동출 형사 개인의 증언에만 의지해선 안 된다고 생각한 것이고."

양상춘이 커피를 한 모금 마시는 사이, 정진건이 소파에 등을 기댔다―기대고 보니, 이 사무실 소파의 안락감이 생각보다 훌륭했더란 점에 놀랐다.

"이번엔 그 현장 증거가 부족해서 실망했겠군."

"그 정도로 비가 퍼붓듯 내렸으니까."

양상춘이 머그컵을 책상에 내려놓았다.

"그러니 우리 쪽에 주어진 현장 증거라고는 시체 몇 구와 주차된 차량, 범행에 사용된 권총과 자위책으로 쓴 경찰용 리볼버, 사체에 남은 총상과 그게 어느 총에서 발사되었는지 알아낼 탄조흔뿐일세. 그마저도 억수같이 쏟아지던 비 때문에 제대로 보존되지 않은 것이 대부분이었어. 또, 그 자체는 석동출 형사의 증언과 일치했고."

"그렇다면 모순이 없다고 봐도 되겠군."

"맞아. 하지만 나는 석동출 형사의 위증이 현장에 끼워 맞춘 것이란 생각도 완전히 배제하지는 않겠단 거라네."

양상춘이 말을 이었다.

"그 상황에 작정하고 증거를 조작하고자 했다면 못 할 것도 없거든. 막말로, 증언에만 의존한다면 석동출 형사가 현장의 모두를 쏘아 죽인 뒤 아닌 척 잡아떼는 것이라 하더라도 우리는 그걸 곧이곧대로 받아들일 수밖에 없는 거지."

그 말에 잠자코 있던 강하윤이 울컥하며 끼어들었다.

"그럴 리 없습니다, 박사님. 현재 석동출 형사 본인도 현장에서 입은 부상으로 입원해 있고, 그 부상은 혼자서 낼 수 없는 위치가 아닙니까."

양상춘이 심드렁하게 고개를 끄덕였다.

"그래, 깔끔하게 급소를 비껴간 관통상이었다지."

"……."

"뭐, 이렇게 말할 수 있는 것도 어쩌면 내가 그들과 일면식도 없는 사이기 때문일지도 모르네. 사정을 모르는 나는 배성준 형사며 석동출 형사가 무엇 때문에 그 자리에 있었는지도 알지 못하거니와, 그들이 지원 요청을 하지 않고 저들끼리 현장 대응을 한 까닭도 모르니까."

양상춘의 말은 일견 타당했으나, 한편으론 은근히 비꼬는 것처럼도 들렸다.

양상춘은 입을 꾹 다문 두 사람을 물끄러미 쳐다보다가 어깨를 으쓱였다.

"심지어 이쪽은 여건상 제대로 된 부검도 할 수 없었다네."

"부검?"

"그래. 특히 조씨 형제 쪽. 그때 술집에서 발견된 마취제를 누가 복용했는지만 알 수 있었다면 내 가설도 보다 확실해졌을 텐데, 그걸 알 시간이 부족했어."

양상춘이 가벼운 한숨을 내쉬었다.

"뭐, 그 줄초상의 비극 속에서 전통 매장 풍습을 따르려면 어쩔 수 없었겠지. 더욱이 그런 식의 사망이다 보니 유족들도 서둘러 덮고 싶었던 것이 아닐까."

"설마, 외압이 들어왔던 건가?"

정진건의 물음에 양상춘은 고개를 저었다.

"그런 건 아니야……. 아니, 관점에 따라서는 그렇게 볼 수도 있겠군. 윗선에선 이번 사건을 대강 마무리 지으란 신호를 던져 댔거든."

양상춘이 정진건을 물끄러미 쳐다보았다.

"게다가 경찰 측도 되도록 이번 사건을 빨리 덮었으면 하지 않았나?"

"……"

그 말을 들으며 정진건은 '현장에서 멀어지기 때문'이란 건 구실일 뿐, 양상춘이 이번에 사직서를 제출하기로 마음먹은 일이 이번 조치와 무관하지 않은 것 같다고 생각했다.

'정말이지, 남에 관해 말하는 건 서슴없으면서 제 이야기는 꽁꽁 감추는군.'

양상춘이 말을 이었다.

"피차 이해관계가 일치한 거겠지. 존속살인을 행한 당사자인 조지훈 유족 측은 굳이 긁어 부스럼 만들 필요 없다고 여겼을 것이고, 조설훈 유족 측은……."

잠시 뜸을 들인 양상춘이 다시 입을 뗐다.

"아니, 여기서 괜한 가설을 덧붙이진 않겠어. 여기엔 결과적으로 부검에 걸린 시간은 짧았으며, 사망 원인이 된 총흔만을 기록에 남길 수 있었을 뿐이란 사실만 남지. 나야 어디까지나 그런 관계자 요청에 따랐을 뿐이고."

"……뭐가 되었건 유족 측은 일단 부검에 혐오감을 느끼니까."

"그래. 인간의 본능은 다분히 종교적이지. 이성의 패배야."

양상춘은 자조적인 말을 뱉은 뒤 머리를 긁적였다.

"그나저나 그쪽도 운이 좋았어. 마취제 같은 건 신중히 다루지 않으면 현장에서 심장마비로 사망할 수도 있는 물건이거든. ……아니면 확신이 있었던 걸까."

"전문가의 도움이 있었으리라 보는 건가?"

"꼭 의과대학을 나와야만 할 수 있는 건 아니니까."

양상춘이 손가락을 튕겼다.

"맞아, 얼마 전에 지동훈의 추가 증언이 있었지?"

"그래."

지동훈의 위증 인정은 조세광을 구속하게 된 결정적인 요소였다.

지동훈은 경찰 앞에서 자신이 기억하는 바를 소상히 밝혔고, 그 과정에 김수영이 사망 전 '박사'라는 인물로부터 간단한 응급처치를 받았다는 증언이 추가되었다.

"그때 조세광이 의사를 불렀다고 하지 않았나. 어쩌면 그 손을 빌렸을 수도 있었겠다, 싶군."

"확실히……."

"조세광에게 어디 한번 그 부분을 집중적으로 물어볼 수 없겠나?"

양상춘의 말에 정진건이 쓴웃음을 지었다.

"그건 사실상 어렵겠지. 조세광에겐 지금 비싼 변호사가 붙어 있고, 그 지시 외엔 묵비권을 행사 중이니까. 게다가 그 바닥에서 신용을 지키는 건 중요한 요소거든."

"그 바닥 운운하기엔 아직 고등학생 아닌가?"

"어릴수록 그런 무형의 가치를 높게 평가하는 경향이 크지. 더군다나 무면허 의사 같은 건 쉽게 구할 인력도 아니고."

"흠."

양상춘이 중얼거렸다.

"하긴, 하물며 그게 조설훈이 주지훈을 죽인 거란 가설을 뒷받침하기 위한 미끼라면 더더욱 입을 열지 않겠군."

양상춘이 턱을 긁적이다가 다시 입을 뗐다.

"애당초 처음부터 약이 제대로 듣지 않았을 수도 있어. 현장에서 발견된 조설훈은 결박된 채 뒤통수에 총을 맞고 죽어 있었으니까. 이미 약이 들었다면 그런 번거로운 방법을 더할 까닭이 없었을 텐데 말이야."

결국 그조차도 가설이었다.

잠자코 있던 강하윤이 심통이 난 얼굴로 양상춘을 쳐다보았다.

"……박사님께선 방금 전부터 조설훈이 조지훈을 죽였다는 전제하에 말씀을 하시는데, 그렇게 생각하신 까닭은 뭡니까?"

"단순하네. 조지훈이 조설훈을 살해해서 감당할 리스크와 조설훈이 조지훈을 살해해서 얻을 이익 사이를 저울에 놓고 비교해 보았지."

정진건이 강하윤을 거들고 나섰다.

"그런 것조차 자네가 꺼려 하던 인간 어쩌고에 부합하는 요소는 아니고?"

"꺼리는 건 아니야. 천착해선 안 된단 것뿐이지."

그거나 저거나.

강하윤이 속으로 구시렁거리는 사이 양상춘이 말을 이었다.

"하지만 그 첫 단추를 잘못 꿰는 한, 우리는 이번 일도 헛발만 짚고 있는 걸지도 모른다고 생각하네."

그 말에 정진건이 양상춘을 물끄러미 쳐다보았다.

"이번 일?"

"자네들이 조광 일가 사건이라고 명명한 거."

책상에 엉덩이를 걸친 양상춘이 제 몫의 커피를 후룩, 한 모금 마셨다가 입을 뗐다.

"자네들은 그 깔끔한 마무리가, 마치 누군가의 머릿속에서 나온 것처럼 극적이란 생각을 해 본 적은 없나?"

정진건은 극적이라면 극적이겠지만, 깔끔한 것과는 거리가 멀다고 생각하며 대답했다.

"그 총격전 현장에서만 다섯 구의 시체가 나왔어. 심지어 그중 한 명은 순직했고."

"결과를 놓고 보자는 걸세."

"결과라니."

"이번 일은 한강에서 발견된 변사체에서 시작되었지. 그리고 그 사건에는 박상대가 연루되어 있었어."

양상춘이 말을 이었다.

"그리고 현재 경찰은 박상대가 정순애를 살해 후 시체를 유기한 일에 조설훈이 도움을 주었다는 증언을 확보했지. 실제로 압수한 차량에선 정순애의 혈흔도 발견되었고. 또한 그 열리지 않을 것 같던 입이 열린 건 조설훈의 사망과 무관하지 않아 보인단 말일세. 이처럼 조설훈의 죽음으로 인해 미제에 빠질 뻔한 사건이 줄줄이 해결되는 모양이 무척 깔끔하지 않은가?"

하긴, 건달들의 '의리'라고 하는 건 결국 그 의리를 지킬 대상이 사라지면 금세 증발하고 마는 얄팍한 것이었다.

이번에 조설훈 사망 후, 굳게 닫힌·관계자의 입이 열린 건 그 비근한 예시였다.

양상춘은 커피를 한 모금 마신 뒤, 머그컵을 손에 든 채로 다시 입을 뗐다.

"그 상황이 닥치기 전 조설훈의 장남이 구속되었고, 우리는 그다음 날 지동훈의 입막음을 하려 납치 미수가 벌어졌다는 걸 알게 되었어. 공교로운 일이지만 잡고 보니 그들은 조설훈의 명령대로 움직였다는 것을 알게 되었고, 또 그들이 조설훈과 함께 정순애의 시체를 유기했다는 증언까지 받아내지 않았나?"

"어느 모로 보나 조설훈은 궁지에 몰렸군."

"음, 그런 상황이야. 외통수에 몰린 조설훈은 내버려 두어도 몰락이 예정된 인물이지. 반면 조지훈은 가만히 있기만 하면 조광의 톱이 될 수 있는 처지였네. 그런데 조지훈이 조설훈을 살해해서 얻을 것이 뭐가 있겠는가?"

"......."

"게다가 결국 써먹지는 못했지만, 우리에겐 조설훈의 도청 기록까지 있었지. 그 도청은 조지훈의 지시로 이루어졌고, 조지훈은 그 원본을 따로 보관하고 있었을지도 모르는 상황이야. 조설훈이 쥔 패와 조지훈의 손에 든 패 차이가 이토록 현격한데 조지훈이 구태여 조설훈을 부자연스럽게 '실종'시키는 건 어느 모로 보아도 동기가 부족하지."

양상춘의 말마따나, 조지훈이 조설훈을 살해해서 얻을 이득은 많지 않아 보였다.

'하긴, 그 상황에 조지훈이 입만 벙긋해도 조설훈은 구속감이지. 차라리 조설훈이 자신을 죽이기 전에 조지훈이 선수를 친 상황이라고 보아도 무방할 지경인걸.'

정진건이 생각에 잠긴 사이 강하윤이 조심스레 끼어들었다.

"하지만 조설훈이나 조지훈 둘 중 누군가가 살인을 공모했든 간에 결과적으론 조설훈과 조지훈 두 사람이 사망하지 않았습니까?"

"그래서 자네는 이 추론에 의미가 없다고 보는 건가?"

"그렇지는 않지만…… 결과가 그러니 어떻게 되건 마찬가지라고 생각합니다."

강하윤의 말에 양상춘이 고개를 저었다.

"그렇지 않다네. 만일 조설훈이 조지훈을 죽이기로 마음먹은 것이었다면, 이번 사안은 전혀 다른 국면으로 접어들게 되니까."

"예?"

"방금 내가 말했지. '현장에서 발견된 조설훈은 결박된 채 뒤통수에 총을 맞고 죽어 있었다'고. 이 부분은 자네도 알고 있을 걸세."

"그렇습니다."

양상춘이 고개를 까딱이며 물었다.

"그러면 조설훈을 결박해 '처형'한 사람은 대체 누구지?"

그 말에 정진건과 강하윤은 멍하니 서로의 얼굴을 보았다.

애당초 조설훈이 조지훈을 살해하였으리란 가설이 성립하지 않았던 이유는 그 죽음의 형태 때문이었다.

하지만 조설훈이 조지훈을 살해하고자 한 것이었다면, 원래도 께름칙했던 조설훈의 사망 형태는 더더욱 괴이한 것으로 변질되고 만다.

조설훈은 몸이 결박된 채, 뒤통수에 권총을 맞고 죽었다.

그건 분명 '처형'이라 불릴 만한 죽음이었다.

경찰이 유족 측에 이 죽음의 과정과 결과를 소상히 알리지 못한 것엔 그것이 입에 담기 어려울 만치 비참한 죽음이었다는 것도 한몫했으리라.

정진건이 힘겹게 입을 열었다.

"조설훈을 포박한 건, 상식적으론 조지훈이거나 곽남훈이겠지."

그 말에 양상춘이 피식 웃었다.

"내 나름의 견해에도 불구하고 자네는 여전히 조지훈이 조설훈을 살해했다는 방향으로 생각하고 있군."

"일단은 그게 현재의 진실이니까."

"뭐 좋네. 일단은 그렇게 치자고."

양상춘은 습관적으로 어깨를 으쓱였다가 손에 들린 머그컵에서 커피가 위태롭게 출렁이는 걸 보곤 슬며시 머그컵을 내려놓았다.

"그리고 자네의 견해에서 좀 더 구체적으로는 '석동출 형사의 증언에 의하면' 그럴 것이란 걸세. 뒤늦게 도착했단 증언을 토대로 보자면 그를 결박하는 걸 본 사람은 없으니까."

"흠. 대상에 한정하자면 저번에 자네가 쓴 보고서에서도 그랬듯 트렁크에서 발견된 이길영의 목에 난 교살 흔적에서 그 살해 도구와 조설훈을 결박한 줄이 동일한 물건이라고 하지 않았나? 그러니 도구 자체는 응당 그 둘 중 한 사람에게 있었겠지."

양상춘이 담담하게 대답했다.

"맞아. 그런데 그건 그것대로 이상하다고 생각해 본 적은 없나?"

양상춘이 고개를 까딱였다.

"'상식적으로' 생각해 보자면 조설훈을 포박한 건 이길영이 사망한 이후일 걸세. 그러면 이길영은 언제 어디서 사망했을까."

정진건은 새삼스러운 질문이라 생각하며 대답했다.

"이길영은 조지훈의 운전기사였다고 하니, 차가 있던 장소겠지. 트렁크에 실려 있었고, 석동출 형사의 증언으로도 이길영이란 인물은 현장에 나타난 적이 없었으니까."

정진건이 말을 이었다.

"또, 자네의 보고서에 의하면 이길영의 시체는 다른 시체보다 경직도가 높았고, 짧지 않은 시간 트렁크에 방치된 채 이동했다고 보고 있었네. 아마 이길영은 다른 곳에서 살해한 뒤 트렁크에 옮겨 실었겠지."

"잘 알고 있군. 그러면 그때 조설훈은 이미 마취가 되어 있어서, 이길영이 살해당하는 사이 아무 행동도 취하지 못했다?"

"그렇게 되겠지. 아니면 예의 자동권총으로 협박을 당하고 있었거나."

"하면, 조설훈을 새삼 다시 포박한 까닭은?"

정진건이 고개를 저었다.

"스무고개 하는 기분이군. 그야 조설훈의 마취가 깨지 않게끔 신중을 기한 것이었다고 볼 수도 있는 일이지. 현장으로 가는 길에 차에서라도 묶었다면, 그것도 부정할 텐가?"

"그 자체로는 모순이 없군. 하지만 일단 이길영이 살해된 뒤 조설훈이 포박되었다, 이 시간 순서는 머릿속에 넣어 두도록 하게."

양상춘이 말을 이었다.

"그러면 다음, '객관적'인 증거를 토대로 이야기를 이어 가자면 조설훈의 후두부에 난 총상은 현장에서 발견된 토카레프에 의한 것이었지. 그 토카레프는 사망한 조지훈의 손에 들려 있었으며……."

양상춘은 자신의 뒤통수와 복부, 넓적다리 한 부분을 번갈아 만져 가며 말을 이었다.

"그건 조설훈의 후두부 외에 배성준 형사의 복부와 석동출 형사의 다리에 총상을 남겼어. 이를 석동출 형사의 증언에 따르자면 조지훈은 토카레프로 조설훈을 처형한 뒤, 총격전을 벌이다가 배성준 형사에게 치명상을 입혔고, 석동출 형사의 다리에도 총상을 남겼다는 것이 되는데."

양상춘이 손을 내려 무릎을 짚었다.

"이 중 빗나간 몇 발은 배성준 형사의 차에 총 자국을 남겼지. 아쉽게도 비가 내려 옷가지에 묻어나기 마련인 화약잔사가 남질 않아 누구 손에서 총이 발사되었는가 하는 건 석동출 형사의 증언에만 기대야 하지만, 그럼에도 불구하고 여기엔 증언과 일치하지 않는 모순점이 있었지."

양상춘이 어조를 바꿔 말을 이었다.

"박길태와 김수영이 죽었을 때, 우리는 총상이란 거리에 따라 분류를 달리한다는 걸 학습한 적이 있다네. 기억하고 있나?"

정진건이 대답했다.

"그게 있다는 개념 정도만."

"그 정도면 됐어. 아무튼 그때 김수영을 사망에 이르게 한 총상을 나는 원사와 근사 사이의 것, 즉, 1M 내외의 것이라고 분석했지. 또, 나중엔 그게 분석한 내용대로였다는 걸 알게 되었고."

양상춘의 방금 말에서는 묘한 자부심이 느껴졌다.

실제로도 그가 현장의 모순을 발견한 공훈은 조세광을 구속하는 데 지대한 공헌을 했다.

양상춘이 말을 이었다.

"배성준 형사의 복부에 난 총상 역시 마찬가지였다네. 원사와 근사 사이였지. 참고로 조지훈을 죽음에 이르게 한 세 발의 총상 역시 원사와 근사 사이고, 곽남훈이라는 술집 주인도, 조설훈의 뒤통수에 난 상처도 마찬가지야. 아쉽게도 석동출 형사의 다리에 남은 총상은 분석할 기회가 없었지만."

"……즉, 자네 말은 지근거리에서 총격전이 벌어졌다는 건가?"

"그래. 부검 결과는 그렇게 말하고 있지."

양상춘이 커피를 한 모금 마셨다.

"그리고 거기서 모순이 발생한다네."

"……아. 그렇군."

강하윤은 고개를 주억거리는 정진건을 힐끗 살폈다.

"모순이라니, 무슨 말씀이십니까?"

정진건 대신 양상춘이 강하윤의 말을 받았다.

"석동출 형사는 증언 당시 '총격전'이 발생했다고 했지. 그것도 배성준 형사의 차를 엄폐물로 삼아서 말이야."

"아."

강하윤도 그제야 '모순'을 깨달은 듯 고개를 끄덕였다.

"증언으로 나온 총격전이란 것이 그 정도 지근거리에서는 발생할 수 없단 말씀입니까."

"맞아. '처형당한' 조설훈은 잠시 제쳐 두고, 조지훈과 배성준, 석동출 형사 사이에서 벌어진 총격전은 시체가 발견된 위치상이나 거리상 성립되지 않는 이야기란 걸세."

양상춘이 고개를 까딱였다.

"내가 기억하기로 석동출 형사의 증언에 의하면, 배성준 형사와 석동출 형사 두 사람은 조지훈의 '처형 순간'을 목격하고 즉시 개입하였다는 것으로 알고 있네. 석동출 형사는 단박에 거리를 좁혀 온 곽남훈을 총으로 쏴 제압하였으며, 배성준 형사와 조지훈은 교전을 주고받은 끝에 함께 사망…… . 여담이지만 배성준 형사는 총에 맞은 뒤로도 한동안 숨이 붙어 있었을 거야."

배성준의 이야기가 언급되자 정진건의 표정이 딱딱하게 굳었다.

양상춘은 그런 정진건의 표정 변화를 눈치챘으면서도 모른 척 말을 이었다.

"아무튼 그게 첫 번째 모순점이고, 두 번째는…… . 모순이라고까지 말하기는 명확하지 않지만, 고개를 갸웃하게 할 만큼 의아한 점이 있네."

"이번엔 또 뭔가?"

"조지훈에게는 배뇨의 흔적이 있었어."

배뇨?

정진건이 눈을 가늘게 떴다.

"배뇨라 함은……."

"조지훈이 바지에 오줌을 지렸단 이야기야."

"……."

"보고서에는 썼네. 누락되진 않았을 텐데."

"아무튼 그래서?"

"그래서는. 조지훈이 총격전에 겁을 집어먹었든가, 아니면 마취제가 중추신경계를 건드린 것이든가. 그게 아니면 마취된 상태에서 의식은 또렷한 가운데, 자신 앞에 다가온 처형의 순간 겁을 먹은 걸 수도 있지."

상상만으로도 치가 떨릴 내용이었지만.

"그러면서 자네는 은근슬쩍 자네의 견해를 밀어붙이는군."

정진건의 지적에 양상춘은 어깨를 으쓱였다.

"그 정도 표현의 자유는 인정해 줬으면 좋겠는데? 이미 첫 번째 모순을 지적한 것만으로도 내 견해에 타당성이 생기지 않았나?"

"많은 범죄자가 범행의 순간 배설욕을 느끼지. 집을 털러 간 좀도둑이 그 집 화장실에서 똥을 누다가 덜미를 잡혔단 이야기도 있고."

"그래도 다 큰 성인이 보통 바지에 지리지는 않잖나."

"그럴 겨를이 없었을 수도 있지. 총에 맞고 힘이 풀렸을지도 모를 일이야."

"이번엔 자네가 반대를 위한 반대를 해 대는군. 아무튼 고집 하난 알아줘야겠어."

대화가 격앙될 기미가 보이자, 강하윤은 하는 수 없이 손을 들고 끼어들었다.

"박사님. 조지훈이 현장에서 오……줌을 지린 것이 중요합니까?"

"아니. 크게 중요하진 않네."

그러면 왜 말을 꺼냈대.

그런 강하윤의 속내 감춘 구시렁거림을 읽어 내기라도 한 듯 양상춘이 말을 이었다.

"하지만 그런 사소한 단서가 모이고 모여 진실에 다다르는 법이며, 조설훈이 조지훈을 살해했다는 내 견해에 힘을 실어 주는 거란 말일세. 무엇 하나 무의미하지는 않지."

그 말을 들으며 강하윤은 고집불통이기는 양상춘도 마찬가지라고 생각했다.

"……그러면 박사님의 견해를 전제로 삼아 처음으로 돌아가서, 박사님께선 조설훈을 결박한 것이 누구라고 생각하신 겁니까?"

강하윤의 질문에 양상춘은 잠시 생각하다가 어깨를 으쓱 였다.

"조설훈이 조지훈을 살해했단 전제로 이야기하자면, 조설 훈을 결박한 것은 아마…… 그때 배성준 형사가 총에 맞지 않았다면 그이거나, 배성준 형사가 총에 맞은 이후라면 석동 출 형사라고 본다네."

"……."

그는 지금, 경찰을 의심하는 건가.

강하윤이 불쾌감에 한마디하려는 찰나, 양상춘이 말을 이 었다.

"하지만 조설훈을 처형한 건 배성준 형사도, 석동출 형사 도 아닌 다른 사람이야. 정황상 그럴 수밖에 없지."

"……예?"

강하윤이 눈을 동그랗게 떴다.

"그러면 범인은 누구입니까?"

"몰라."

그 대답에 강하윤은 양상춘을 어처구니없어하며 쳐다보았 다.

"……."

"정말로. 나는 그게 누군지 모른다네."

그 뻔뻔한 대답에 강하윤이 급기야 눈을 가늘게 떴다.

"저는 박사님께서 이번에도 석동출 형사님이라고 대답하실 줄 알았습니다만."

"그럴 리가. 이때는 증거물의 이동을 생각해야지. 석동출 형사는 다리에 총상을 입은 채였네. 그런 부상이면 목발이라도 짚지 않는 한 제대로 걷기도 힘들 테고, 현장에서 그 부상이후 이동의 흔적은 없었어. 그것도 이미 현장의 혈흔으로 분석한 사안이라네. 루미놀 반응은 비가 내려도 씻겨 내려가지 않거든."

그 상황에 할 수 있는 건 다 했구나, 하고 강하윤은 내심 감탄했다.

"그런 이유로, 석동출 형사가 조설훈을 '처형'했다고 할 경우에도 모순이 생긴다네. 하물며 배성준 형사가 그때까지도 살아 있어서 그가 조설훈의 뒤통수에 대고 방아쇠를 당겼대도 모순이 생기지. 이때는 배성준 형사가 조설훈을 처형하기 전후로 석동출의 다리를 쏘고 자신의 복부를 석동출이 쏜 다음 아직 숨이 붙어 있을 때—즉사는 아니었으니 초인적인 정신력을 발휘한다면—조지훈의 시체에 총을 쥐여 준 후 돌아와서 숨을 거뒀다고 봐도 되겠으나, 마찬가지로 부상 후 이동은 존재하지 않았네. 그러니 그 관점도 기각일세."

"……."

"이것도 루미놀 반응 덕분에 애먼 사람을 의심하지 않아도 된 거야. 과학의 승리지."

그걸 자부심 가득한 얼굴로 말해도, 이번에는 맞장구쳐 주기 뭣했다.

'애당초 너무 장황하니 무슨 말을 한 건지도 모르겠고.'

그런 강하윤을 대신하듯 정진건이 인상을 찌푸린 얼굴로 툭 뱉었다.

"그나저나 자네는 이번에도 여전히 석동출 형사의 위증을 전제로 이야기하는군."

"기억 조작이라도 가하지 않았다면 내 말이 맞을 거야."

"좋아. 그러면 만약 석 형사가 현장을 조작했다면, 총상에 따른 거리 구분에 맞춰 증언을 고칠 생각은 하지 않았을까."

"요즘은 충격 건이 연거푸 발생한 까닭에 그조차 옛말로 치부해야 할 것 같지만 대한민국은 근본적으로 총기 청정 국가일세. 자네 같은 연륜 있는 형사조차 박길태 건이 아니었던들 거리에 따른 총상의 구분을 머릿속에 떠올리지 못했을 것 아닌가."

그 비하에도 딱히 반박을 할 수가 없었던 정진건이 한숨을 내쉬었다.

"그래도 자네의 방금 전 견해는 무슨 싸구려 추리 소설의 결말 같은걸."

"내 말이. 하지만 애석하게도 결말은 아닐세."

"그야 그렇겠지. 자네도 조설훈을 처형한 인물이 누군지는 모르는 모양이니까. 그러면 귀신이라도 나타나 조설훈을 죽였단 말인가?"

"오컬트를 끌어들이지 말게. 그러지 않더라도 실마리는 생각보다 단순하니까."

양상춘이 빙긋 웃었다.

"그 현장에 우리가 알지 못하던 제3의 인물이 있었다고 하면 모든 모순이 간단히 해결되지."

양상춘의 말에 강하윤과 정진건은 멍한 얼굴로 눈을 깜빡였다.

현장에 제3자가 있었다?

양상춘의 추리는 일견 과감하다 못해 과격하기까지 했다.

"아니, 잠깐만."

정진건이 한숨을 내쉬었다.

"자네 지금 대체 무슨 소린가? 정리하자면 석동출 형사가 위증을 했을 뿐만 아니라, 심지어는 현장에 우리가 알지 못하는 제3자가 나타나 조설훈을 죽였다고?"

따지듯 묻는 말에도 불구하고 양상춘은 그런 반응을 예상이라도 했다는 듯 담담했다.

"그래. 그 제3자는 아마 석동출 형사가 위증을 해야 할 만큼 대단한 인물이거나, 위증에 따른 상호 이익이 맞물릴 거래를 한 인물이라고 생각하네."

"……"

"또, 나로서는 그게 누군지 전혀 모른단 점에서, 방금 강 형사의 질문에는 대답할 수 없었던 것이고."

정진건은 한숨을 내쉬었고, 강하윤은 이마를 짚었다.

"무슨 말씀을 하시는 겁니까, 박사님. 제가 아는 석동출 형사님은 그럴 분이 아닙니다."

"잘 아는 사이인가 보군. 그러면 혹시 석동출 형사가 위증 을 해야 할 만한 이유도 알고 있나?"

"……."

그 모습에선 이젠 아예 자신의 추론을 정답인 양 해 두고 상황을 끼워 맞추려 하고 있단 생각마저 들었다.

"그게 아니면 배성준 형사와 관련해서……."

정진건이 커피를 후루룩 마시곤 자리에서 벌떡 일어섰다.

"커피 잘 마셨네. 서류는 어디 있나?"

"잠깐만."

양상춘이 눈살을 찌푸렸다.

"자네까지 이러긴가? 아직 이야기 안 끝났네. 오히려 이제 부터가……."

"충고하자면, 그 말은 다른 사람한테 하지 않는 편이 좋겠 군. 혹시 보고서에도 그런 허무맹랑한 소릴 적어 놓은 건 아 니겠지?"

"그럴 리가. 하지만 정 형사, 들어 보게. 만약 현장에 제3 자가 있었다면……."

"그쯤 해 둬."

정진건이 양상춘을 쳐다보았다.

"자네 말마따나 조설훈도 조지훈도 다 죽고 없는데, 이제 와서 새삼 그런 걸 들춰서 무엇 하려고?"

"……."

"게다가 어차피 이젠 국과수 일도 관두려고 한다면서. 그러면 이제 더 이상 볼 일도 없지 않나. 여기까지 신경 써 준 건 고맙지만, 오늘 자네는 조금 과하단 생각이 드는군."

정진건이 고개를 돌려 강하윤을 보았다.

"먼저 나가 있을 테니까 강 형사가 서류 받아서 오게."

그리고 정진건은 말릴 새도 없이 성큼성큼 사무실을 나가 버렸다.

'끄응.'

티는 내지 않았지만 누가 보아도 날 선 반응이라고밖에 볼 수 없는 상황.

강하윤은 속으로 한숨을 내쉬었다.

'오늘은 왠지 상태가 좋아 보이시더니, 또.'

양상춘이 무언가 역린을 건드린 걸까.

'이래서야 선배님의 기분전환은커녕, 안 만나느니만 못하게 됐네.'

강하윤은 벌써부터 돌아가는 길의 어색한 침묵이 예상되는 기분이었다.

강하윤은 정진건이 나간 문을 물끄러미 쳐다보는 양상춘에게 꾸벅 고개를 숙였다.

"죄송합니다."

"아니, 자네가 사과할 일은 아니지."

"그래도……."

"아니면 강 형사가 이번 일로 특진해 정 형사의 상사가 된 건가?"

"그럴 리가 없지 않습니까."

"그러면 사과하지 말게."

"……예."

이래서야 위로를 해 주는 건지 아닌지도 모르겠다.

양상춘이 툭 하고 물었다.

"정 형사, 혹시 배성준 형사랑 친했나?"

"예? 잘 모르겠습니다. 부서도 다르고……. 광수대에서도 딱히 대화를 나눈 적은 없는 것으로 압니다."

"그래."

양상춘은 턱을 긁적이며 생각에 잠겼고, 강하윤은 이 상황에서 어떻게 서류를 받아 가면 좋을지 짧게 고민한 뒤 조심스레 입을 뗐다.

"저, 양 박사님. 실례지만 서류를……."

"아, 그래. 애당초 그것 때문에 온 거였지."

양상춘은 책상 서랍을 뒤적여 서류 봉투를 책상 위로 툭 던졌다.

"감사합니다."

강하윤이 얼른 서류를 챙기려고 손을 가져다 댔을 때, 양상춘이 손가락으로 서류를 눌렀다.

강하윤이 무슨 일인가 싶어 양상춘을 쳐다보자.

"강 형사, 오늘 혹시 시간 되나?"

양상춘이 불쑥 던진 말에 강하윤이 고개를 갸웃했다.

"예?"

"괜찮으면 함께 밥이나 먹을까 해서."

"……"

강하윤은 저도 모르게 뒤로 한 걸음 물러섰다.

"저, 죄송합니다만……."

"……자네, 뭔가 오해를 하고 있는 것 같은데. 나는 그저 이번 일로 자네에게 따로 몇 가지 물어보고 싶은 게 있을 뿐이네."

양상춘이 닫힌 문을 쳐다보았다.

"왠지 정 형사에게선 내가 바라는 답이 나올 거 같지 않아서 말이지."

괜한 수작을 거는 게 아니었구나.

다행이란 생각에 강하윤이 멋쩍게 웃었다.

"죄송합니다."

"강 형사는 스스로 인기 있다는 걸 자각하고 사는 사람인가 보군."

"그렇지 않습니다."

"아니야. 자네 정도면 제법 미인이고, 남성들의 호감을 쉽게 살 만하지."

"……."

"게다가 그쪽도 남초 회사이다 보니, 분명 이래저래 추파를 던지는 남자들도 있겠지. 이해해 주겠네."

이해하고 자시고.

강하윤은 떨떠름해하며 사무적으로 입을 뗐다.

"모처럼 권해 주셨는데 오후엔 강선이를 요한의 집에 데려다주는 일정이 있어서 점심시간을 내긴 어려울 것 같습니다."

"그래? 결국 요한의 집에 가기로 결정되었나 보군."

"예. 저희 선배님이 수속을 도와주셨습니다."

"그건 잘됐구먼. 하긴, 정 형사가 은근 잔정이 많은 편이긴 하지. 요즘 퍽 공사다망했을 텐데도 잊지 않고 잘해 줬어."

잠시 생각하던 양상춘이 몸을 앞으로 기울여 가며 흥미를 보였다.

"그렇다면 혹시 오늘 거기에 이성진도 오나?"

이성진?

하긴, 양상춘은 평소부터 수사에 이래저래 개입할 일이 많았던 이성진에 대해 관심이 많아 보이긴 했다.

'사실 누구라도 성진이의 존재를 알게 되면 흥미를 가질

만하긴 하니까.'

누구보다 호기심이 왕성한 양상춘이니, 이성진을 궁금해하는 것도 이해는 갔다.

"성진이가 올지는 잘 모르겠습니다. 연락해 봅니까?"

"……아니. 그럴 필요는 없어. 나도 아직 준비는 안 됐고."

준비? 마음의 준비?

거창한 배경이며 능력과 달리, 만나 보면 그렇게 어려운 애가 아닌데.

양상춘이 기울인 몸을 다시 제 위치로 돌렸다.

"만일 그와 만나더라도 우연히 만났다는 정도가 딱 좋아. 이번에 만나지 못한다면 그냥 인연이 아닌 거겠지."

"설마, 양 박사님도 오늘 요한의 집에 가실 겁니까?"

강하윤의 말에 양상춘이 고개를 끄덕였다.

"그래, 겸사겸사. 나도 아주 무관계한 사이는 아니니, 시설이 어떤지 한번 둘러볼 겸해서."

"……."

강하윤의 멀뚱멀뚱한 얼굴을 보며 양상춘이 픽 웃었다.

"왜, 강선 군과 나는 패킷몬스터로 끈끈하게 맺어진 사이일세. 오히려 내 쪽이 자네와 강선 군 사이보다 더 좋을지도 몰라."

그건 아닌 거 같습니다만.

강하윤이 입을 삐죽였다.

"알겠습니다. 저도 오늘 같은 날엔 강선이도 주변에 아는 사람이 많을수록 좋을 거 같다고 생각합니다. 오늘부터 새로운 하루가 시작되는 거니까 말입니다."

"그러면 시간에 맞춰 차를 가지고 가지. 그때 보세나."

그제야 강하윤은 양상춘으로부터 서류를 인계받을 수 있었다.

그 뒤 양상춘의 사무실을 나선 강하윤은 문을 닫자마자 한 차례 뒤를 돌아보았다.

'……석동출 형사님이 위증을 하고 있다?'

양상춘이나 정진건 앞에서는 내색하지 않았지만, 양상춘이 제시한 가설은 왠지 모르게 강하윤의 머릿속에 달라붙어 떨어질 기미를 보이지 않았다.

두 가지 선택의 기로에 놓여 있을 때, 사람들은 본능적으로 좀 더 쉬운 답을 고르기 마련이다.

그런 의미에서 양상춘이 제시한 가설은 분명 험하고, 거칠며 먼 길이었다.

강하윤 스스로도 양상춘이 주장하는 '조설훈이 조지훈을 살해하고자 했다'는 가설에 동의하지는 않았지만, 그건 분명 흥미 본위로 파헤쳐선 안 된다고 생각했다.

'그래도, 만약 박사님의 견해가 옳다면.'

이번 사건은 또다시 난데없는 미궁으로 빠져들고 말 것임이 분명한 것도 사실이었다.

'지금은 나도 어떻게 해야 할지 모르겠어.'

강하윤은 정진건이 기다리고 있는 차량을 향해, 왠지 떨어지지 않는 발걸음을 힘겹게 옮겼다.

우리는 카페를 나와 잠시 여름 햇살을 받으며 강이찬이 대기 중인 차로 향했다.

"안녕하세요."

조세화는 차에 올라타자마자 사교적인 미소를 띠고 강이찬에게 알은체를 했는데.

"저번에 뵈었죠? 강이찬 씨."

조세화의 인사에 강이찬은 운전석에서 몸을 돌려 꾸벅, 인사를 받았다.

"예."

"저희 할아버지랑 아버지 장례식 때도 오셨는데, 그땐 경황이 없어 인사를 드리지 못했습니다."

그녀는 그 경황없는 와중에도 강이찬이 나를 따라 장례식장을 왔다 갔던 일을 기억하고 있는 듯했다.

크건 작건 사람을 잘 기억하는 건 사업가로서 좋은 자질 중 하나였다.

'게다가 강이찬은 조성광의 병문안 때도 얼굴을 비친 적이

있고.'

강이찬은 운전석으로 다시 몸을 돌렸다.

"아닙니다. 신경 쓰지 마십시오."

비록 강이찬은 조광이라는 집단 자체를 내켜 하지 않았지만, 그 반감을 조세화 앞에서 대놓고 표현할 만큼 어리석지는 않았다.

강이찬이 그 상태로 말을 이었다.

"그럼 이만 출발하겠습니다."

뭐, 표현하는 건 딱딱하지만 그건 딱히 조세화한테만 그러는 것도 아니고.

'그러고 보면 강이찬은 구봉팔도 별로 내켜 하지 않았지.'

강이찬 개인의 호오야 내가 상관할 바 아니었지만—지금껏 딱히 예의에 어긋난 행동을 취한 적도 없으니—강이찬의 정체를 알고 있는 지금은 조금 신경이 쓰였다.

'애당초 그는 우리 회사 관계자 중에 전예은 말고 친한 사람이 있기는 한가?'

생각해 보니 딱히 없는 것 같다.

그보다 나를 싫어하는 건 아니겠지?

'전예은도 충성심 하나는 믿을 만하다고 했지만, 그것도 왠지 직업적 특성의 발현에 지나지 않아 보이고.'

강이찬의 실력이야 충분하다 못해 넘칠 정도였다.

언젠가 나는 심심풀이 삼아 물 담긴 종이컵을 들고 강이찬이 모는 차에 탑승한 적이 있는데, 그는 물을 흘리지도 않고 차를 몰았다.

'운전 실력도 일류야.'

뿐만 아니라 보디가드로서 그는 '싸움깨나 하는(예를 들자면 구봉팔)' 사람들이 본능적으로 경계할 만한 실력을 갖춘 데다가 얼마 전 SBY가 연루된 납치 사건 때도 (강이찬 본인은 바라지 않은)대활약을 했다.

'즉, 그를 곁에 두고 있는 한 내게 어느 정도 안전은 보장된단 이야기지.'

하지만 그것뿐이라면 부족하다.

전생의 이성진이 죽은 날, 이성진의 경호실장은 보란 듯 자리를 비웠다.

전생, 수많은 위험에 노출되어 있던 이성진의 그 경호실장도 실력 하나는 초일류였는데도 불구하고 결정적인 순간 그 죽음을 막아 주진 못한 것이다.

'게다가 김 실장은 제 주인을 따라간 건진 몰라도 욕심 하나 그득했고.'

김 실장과 달리 강이찬은 딱히 물욕이 있어 보이진 않았지만, 그 신념이며 약점이 무엇인지 모르는 한 상황에 따라 언제고 나를 배신할지도 모르는 인물인 것이다.

'심지어 지금 안기부에서 나와 소속 사이의 저울질을 한다면 강이찬은 주저 없이 안기부 편을 들겠지.'

그래서 전예은에게 물어볼까, 생각도 몇 번 하기는 했지만 애초에 나는 그 정도로 전예은을 신용하고 있지도 않았다.

'오히려 사적으론 나보다 강이찬이랑 더 친한 사이니까.'

그러니 지금 나는 강이찬을 내치지도, 그렇다고 깊이 끌어들이기도 뭣한 상황에 그를 이용하고만 있을 뿐이었다.

'그나저나 안기부 측은 조세화와 조성광의 유전자 정보를 확보했다는 내용 외에는 이 난리 중에도 조용하군.'

나로서도 그들이 전면에 나서기보단 얌전히 있어 주는 편이 안심이긴 하다만.

"도착했습니다."

마침 한 동네여서 그랬는지, 차는 얼마 달리지도 않았는데도 집 앞에 도착했다.

"그러면 강이찬 씨는 안쪽에서 대기해 주세요."

"예, 사장님."

강이찬이 주차장으로 들어가는 사이, 나는 조세화를 대동하고 대문 앞에 섰다.

"여기가 너네 집이구나?"

조세화는 웃으며 말했지만 차에서 강이찬과 화기애애하게 대화를 나누던 것과 달리, 막상 우리 집 대문 앞에 선 조세화는 바짝 긴장한 기색이 역력했다.

"아참, 혹시 따로 조심해야 할 거 있니?"

"응? 이래 봬도 보안은 철저한 편인데."

삼광 일가가 사는 저택은 장례식 때 방문했던 조성광의 자택에 비하면 (물론 상대적으로)검소한 편이었으나, 그래도 명색이 삼광 그룹의 톱이 사는 곳이다.

경호에 소홀하지는 않다.

'지금도 대문 근처 CCTV로 우리 일거수일투족을 보고 있을 거고.'

오히려 이래저래 이성진을 따라 수차례 다른 재벌가를 방문한 경험이 있던 나로서는 그들과 비교해 단출하지 않나, 하고 생각했던 적도 있을 정도였다.

'그렇다고 조성광의 집처럼 검은 양복이 자택 내부를 우르르 몰려 다니는 건 사양이지만.'

조세화가 나를 보며 눈을 흘겼다.

"뭐래. 그런 걸 묻는 게 아니잖아. 어느 집이건 암묵적인 룰은 있을 거 아니니?"

"아, 그런 거라면 크게 신경 쓸 거 없어."

"그래도."

그렇게까지 물으면 한 가지 있긴 했다.

"우리 어머니는 '아줌마'라고 불리는 걸 싫어해."

"……그거야 당연하지. 넌 날 어떻게 보는 거니?"

하긴, 조세화를 김민정이나 한성아랑 같은 선상에 두면 안 되겠지.

그 직후, 조세화가 고개를 획 돌려 나를 보았다.

"아니, 그보다 어머님이 지금 댁에 계셔?"

"응. 이 시간엔 보통."

"……너 진짜. 그런 건 미리 말해야지."

조세화가 한숨을 내쉬었다.

"나는 단순히 할아버님이랑 사업 이야기만 하는 거라고 생각했단 말이야."

그거 맞는데, 달리 있나?

"……이럴 줄 알았으면 선물이라도 준비하는 건데."

"보냈잖아? 아침에 택배로 왔던데."

조세화는 아침 일찍 우리 저택으로 (부랴부랴)최고급 소고기를 선물로 보냈다.

'급하게 준비한 거라곤 생각하기 힘들 정도였지.'

그건 국내 유통업계를 장악하고 있는 조광의 힘일 것이다.

'또, 해석하기 나름이지만 그건 나름의 상징성이 있었고.'

즉, 이 시대에 냉장 유통되는 최고급 소고기를 즉각 준비할 수 있다는 신호.

'계열사에서 급식 및 냉장 식품 유통을 하고 있는 우리에게 유통 전문 업체로서 위력을 과시한 거지.'

나는 그걸 보며 조세화가 빈틈이 없다고 생각했는데.

"그거랑은 다르지. 직접 전해 드리는 거랑 방문 전 선물이랑 같니?"

"……."

"안 그런 거 같은데 성진이 너도 은근히 맹한 구석이 있다니까."

조세화의 볼멘소릴 듣고 났더니 아직도 재벌가 사고방식은 잘 모르겠다는 감상만 남았다.

'흐음, 이만하면 잘 안다고 생각했는데.'

전생의 이성진은 그런 세심한 배려를 신경 쓰는 타입이 아니어서 그런 것이리라, 굳이 마음속으로 변명해 보았다.

'……아니지. 그놈은 여자를 만날 때면 항상 뭔가 선물을 준비하긴 했으니까.'

흠, 이번에도 내 불찰인가.

조세화는 한 차례 숨을 고른 뒤, 미소를 지었다.

"어쩔 수 없지. 그건 다음 기회에 하고. 그럼, 들어갈까."

조세화는 대문 옆 초인종을 눌렀다.

그리고 저택은 아무것도 묻지 않고 지잉- 소리와 함께 대문을 열었다.

나는 조세화를 에스코트해 마당에 발을 들였다.

"좋네."

주위를 둘러본 조세화는 이 저택을 향해 다소 형식적인 감상을 늘어놓으며 내 곁에 붙었다.

"마당은 할아버님 취향이니?"

"응. 그렇지."

"직접 가꾸거나 하셔?"

"아니, 그냥 정원사에게만 맡기시는데."

"그렇구나."

조세화는 마당을 거니는 짧은 사이에도 최대한의 정보를 끌어내려 애쓰고 있었다.

"그래도 좋은 정원사를 구했네."

"나는 잘 모르겠는데. 조예가 있나 봐?"

"우리 할아버지 취향이셨거든. 그래서 조금 흉내는 낼 정도로만."

"아하……."

"골프장 예쁘지 않았어? 전부는 아니지만 몇 개는 내가 골랐는데."

"몰랐어. ……아, 혹시 그늘집 정원에 있던 능소화도 네 작품이었냐?"

내 말에 조세화가 눈을 동그랗게 떴다.

"너, 꽃 이름도 알고 있었니?"

"……뭐, 어쩌다 보니."

내가 둘러댄 말에도 조세화의 얼굴엔 미소가 꽃처럼 가득 펴 있었다.

"흐응. 나는 네가 그런 거 전혀 신경도 안 쓰는 줄 알았는데. 의외의 일면이 있네?"

나야말로.

정원에 관해 재잘재잘 떠드는 조세화를 보며, 언젠가 '꽃

집이 하고 싶다'던 것이 마냥 순진무구한 소녀 취향이어서는 아니었단 걸 새삼 깨달았다.

'돈벌이와는 별개로 제법 진심이었군.'

그에 비하면 나는 어디까지나 전생의 약혼자 탓에 우연히 능소화의 이름을 알고 있던 것에 불과했다.

'아직도 조세화에 대해 모르는 일면이 있구나.'

하긴, 내가 전생의 조세화에 대해 알고 있는 것도 피상적인 정보일 뿐이었고, 그렇다고 이번 생에서 교류하게 된 그녀에 대한 정보도 딱히 대단할 것 없는 것뿐이었다.

'다만 그런 취향마저 조성광의 영향을 받은 것이라면, 그녀의 인생에 조성광이 차지하는 부분은 생각 이상으로 깊은 모양이야.'

그러면서 나는 조세화가 아직 일가를 떠나보낸 충격에서 벗어나지 못한 건 아닐까, 생각했다.

'……구태여 그런 걸 언급할 이유도, 빌미도 없지만.'

조세화는 내가 자신의 취미를 털어놓을 상대라 여겼는지, 정원을 둘러보며 '이 꽃은 뭐고 저 꽃은 뭐'라 떠들며 눈을 반짝반짝 빛냈다.

"아, 여기도 치자나무가 있네. 나, 이 꽃 향 되게 좋아하거든. 키우는 건 조금 어렵지만……. 아."

신이 나서 떠들던 조세화는 문득 말을 멈추더니 다급히 허리를 곧게 펴며 자세를 바로 했다.

내가 그녀를 따라 고개를 돌리자, 나는 본관 앞에 몸소 나와 있던 이휘철과 눈이 마주쳤다.

"내 정원이 마음에 드느냐?"

이휘철은 빙그레 웃으며 첫 마디를 뗐고, 조세화는 얼른 허리를 굽혀 예의 바르게 인사했다.

"처음 뵙겠습니다, 할아버님. 조세화라고 합니다."

"음."

이휘철은 휘적휘적 발걸음을 옮겨 우리 앞에 섰다.

"네가 세화구나. 이야기는 많이 들었다. 그래, 나를 보고자 했다지?"

조세화가 얼른 대답했다.

"네, 넵. 저에게 시간을 내 주셔서 감사합니다."

"허허, 무얼. 오히려 나 같은 늙은이를 만나고자 해 주니 그게 고마울 따름이지."

이휘철은 자연스럽게 조세화 곁에 뒷짐을 지고 서며 치자나무를 보았다.

"이건 십여 년 전쯤 일본에서 묘목을 가져와 심은 거란다."

"일본에서요?"

"그래. 사업차 들렀을 때 그곳 바이어에게 선물로 받았지."

"그러셨군요."

이휘철의 말씨는 나로선 '이 사람이 왜 이러시나' 할 정도로 사람이 바뀐 것처럼 부드럽고 사근사근했는데, 그건 한성아나 이희진을 대할 때와도 어딘지 모르게 달랐다.

'긴장하고 있는 조세화를 배려하는 것인가, 아니면⋯⋯.'

이휘철은 잠시 뜸을 들였다가 고개를 돌려 조세화를 보았다.

"세화 너는 혹시 그게 무슨 의미인지 아느냐?"

그래도 이휘철의 그 '대외적' 모습 때문일까, 조세화는 한결 긴장을 덜어낸 모습으로 이휘철의 말에 맞장구를 쳤다.

"어, 음, 혹시 꽃말을 여쭤보신 거라면, 한없는 즐거움⋯⋯이라고 알고 있어요. 선물하신 분이 할아버님을 좋아해 주신 거 같은데요?"

"하하하."

이휘철이 웃었다.

"그런 해석도 나름 즐겁구나. 하지만 그쪽이 의도한 진짜 속뜻은 따로 있었단다."

"그런가요?"

"일본어로 이건 쿠치나시(くちなし)라고 한다."

그러면서 이휘철은 슬쩍 나를 보았다가 미소 띤 얼굴로 말을 이었다.

"이를 풀이하자면 '말하지 마라' 즉 '훈수 둘 생각일랑 말아라', '참견 말라'는 뜻이란다."

그거, 나한테 하는 말이지?

조세화가 눈을 깜빡였다.

"저, 그러면……."

"하하하, 그래. 선물치고는 꽤나 비비 꼬인 셈이지."

"……."

한편 나는 이휘철에게 치자나무를 선물한 일본인 바이어의 운명이 몹시 궁금했다.

'그땐 일본도 버블이 한창이어서 자못 호기롭게 나섰겠지만, 지금은…… 흠.'

생각하지 말자.

'이휘철도 그렇지. 이 비비 꼬인 선물을 버리지 않고 마당에 십 년이나 호기롭게 심어 두었다니, 하여간 속을 알 수 없는 양반이란 말이야.'

이휘철이 조세화를 보았다.

"하지만 오늘부터는 그걸 네가 알려 준 '한없는 즐거움'이라는 뜻으로 받아들이자꾸나. 나로서는 그편이 더 즐거우니 말이다."

"……네!"

활짝 웃는 조세화를 보며 나는 속으로 혀를 끌끌 찼다.

'이미 넘어갔네, 넘어갔어.'

이휘철이 웃었다.

"세화 네가 말이 통해서 무척 즐겁구나. 이 집안 사람들은 이런 것에 영 관심을 두지 않아 서운했거든."

"아니에요, 할아버님. 성진이도 식물에 조예가 깊은걸요."

그 말에 이휘철이 나를 보았다.

"이 녀석이 말이냐? 하하하."

이휘철은 다시 한번 웃었다.

"이거 참 세화 덕에 나도 모르는 손주의 모습을 알게 되었구나."

이휘철의 본성을 아는 나로선 그 말이 왠지 비꼬는 것처럼 들렸지만, 조세화는 그런 건 전혀 눈치채지 못한 얼굴이었다.

이휘철이 치자나무 잎사귀를 손으로 매만지며 입을 뗐다.

"성진아."

"예, 할아버지."

"나는 잠시 세화에게 정원을 자랑하고 갈 터이니, 집에 먼저 들어가 있어라."

그 신호를 눈치채지 못할 내가 아니었다.

'참견하지 마라, 는 거로군.'

그렇다고 이휘철과 조세화 단둘만 놔두면, 조세화는 분명 이휘철의 페이스에 휘말려 들 것이 분명했다.

"그러면 별채로 차를 들일까요?"

내 말에 이휘철이 미소 띤 얼굴로 나를 보았다.

"아니. 내 서재로 가져오거라."

조세화를 구워삶는 정도는 별채를 쓸 필요도 없다는 거로 군.

'……맡겨 두어도 내게 불리한 방향의 결과는 나오지 않겠 지만.'

나는 꾸벅 고개를 숙인 뒤, 뒤돌아보지 않고 본관으로 향 했다.

"다녀왔습니……다?"

현관으로 들어섰으나 나를 반기는 사람은 아무도 없었고, 사람들은 내가 집에 들어오거나 말거나 모두 정원을 향한 창 가에 우르르 모여 있을 뿐이었다.

"……."

아니, 암만 잠깐 동안 나갔다 왔을 뿐이라지만.

'조금, 서운한데.'

그렇게 생각한 찰나, 이희진이 내게 쪼르르 달려왔다.

"오빠!"

"응."

이러니저러니 해도 나를 반겨 주는 건 이희진뿐이군.

'점수 따 놓길 잘했어.'

라고 생각했는데, 이희진은 주먹으로 내 다리를 퍽, 퍽 후 려쳤다.

"바람둥이! 카사노바! 미워!"

"……."

그러더니 이희진은 쪼르르 놀이방으로 달아나 버렸다.

'그런 말은 누가 가르친 거야?'

창문에서 눈을 뗀 사모가 뺨을 손에 댄 채 이희진의 뒷모습을 보았다.

"귀여워라. 희진이도 오빠한테 여자친구가 생기니 질투를 다 하네."

"……."

"어쩌겠니. 아직도 오빠가 최고라 생각하는 애니까, 오빠를 졸업하기 전까진 네가 이해해 주렴. 이것도 다 한때란다."

이희진은 장래 나를 암살하려고만 하지 않아도 된다.

그보단 당신이 범인이었군.

"여자친구 아닙니다만."

"어머, 애도 참. 귀여운 아가씨가 저렇게 곱게 차려입고 집에 찾아와 준 건데, 그게 무슨 말이니?"

"……어제 말씀드렸듯이 사업차 들른 손님이라고 생각해 주시면 안 될까요?"

실제로도 그렇고.

사모가 웃으며 나를 보았다.

"우리 성진이, 부끄러워하는 거구나?"

"……."

분명 같은 언어를 쓰고 있는데, 어째서 서로 간에 이해의 차이가 생겨나는 것일까.

"그나저나 엄마는 걱정이란다."

"……뭐가요?"

"우리 아들한테 벌써부터 매력적인 아가씨들이 줄을 서니, 엄마로선 대체 누굴 며느리로 삼아야 할지 모르겠네."

"…….″

"그러고 보니까 아름이란 애는 언제 집에 데려올 거니? 엄마는 TV 말고 실물도 봤으면 좋겠는데."

이미 머리가 꽃밭인 사람이다.

'상대를 말아야지.'

사모랑 있다 보면 나도 모르는 새 페이스가 흐트러지고 만다.

'이휘철도 이따금 사모에게 휘말릴 정도인데, 나라고 무사할 리 없지.'

나는 고개를 저으며 자리를 떴다.

'오늘은 삼광과 조광이 손을 잡는지 마는지, 잡아도 어떻게 잡아야 좋을지가 걸린 중요한 날이니까.'

2장

"다음에 또 놀러 와요."

"네, 어머님. 기회가 된다면 또 찾아뵙겠습니다."

회담을 마친 조세화는 우리 집에서 점심까지 먹었건만, 나는 끝까지 이휘철과 조세화가 둘이서 무슨 작당을 나누었는지는 알 수 없었다.

조세화 또한 가족들 앞에서 이휘철과 나눈 대화 내용에 대해 일체 티를 내지 않았고, 몸에 밴 예의 바른 태도로만 일관했을 뿐이었다.

'결국 따로 물어봐야 하나.'

사모가 나를 보았다.

"그러면 성진이는 세화 바래다주고 오렴."

"예, 어머니."

여담이지만 사모는 조세화가 무척 마음에 들었던 모양으로, 미소를 감출 생각도 하지 않았다.

'조세화 입에서 어머님, 소리가 나올 때부터 줄곧 저랬지.'

여전히 호칭에 일희일비하는 사람이었다.

나는 조세화를 대동하고 주차장으로 향했다.

"어땠어?"

내가 슬쩍 던진 말에 조세화가 미소 띤 얼굴로 답했다.

"다들 좋은 분이던데. 밥도 맛있었고."

"그걸 묻는 게 아니잖아."

알고서 그러는 것일 테지만.

조세화는 의뭉스러운 미소로 침묵하며 발걸음을 옮겼다.

"성진이 너, 이 뒤에 일정 있니?"

"있다면 있는데."

"회사로 가?"

"비슷해."

"가면 가는 거지, 비슷한 건 또 뭐니?"

나는 조세화의 말을 담담하게 받았다.

"얼마든지 캔슬 가능한 일정이어서."

"흐응."

원래는 이후에 박강선이 요한의 집에 수속하는 과정을 도와주기로 되어 있었으나, 그건 말마따나 내게 얼마든지 캔슬 가능한 일정에 불과했다.

'사건이 마무리된 지금은 당분간 신경을 꺼 둬도 될 일이지.'

조세화가 말을 이었다.

"그러면 나 회사 구경 좀 시켜 줄래?"

회사에 가서 이야기하겠단 건가.

'하긴, 여차하면 회사에서 전예은을 사용해 조세화의 속셈을 읽어 볼 수도 있겠군.'

나는 고개를 끄덕였다.

"알았어."

조세화는 이후, 강이찬이 모는 차를 타고 자신의 차가 있는 곳까지 향하는 동안 우리 집 밥이 맛있었다느니, 할아버님이 참 좋은 분이셨다느니 하는 영양가 없는 이야기만 재잘거렸다.

"다 왔네. 그냥 같이 타고 갈까?"

"아니. 괜히 너희 운전기사 기다리게 하는 것도 뭣하니 따로 가자."

혼자 생각할 것도 있고.

"그래? 그러면 나중에 회사에서 봐."

그 뒤, 조세화는 종종걸음으로 자신의 차에 올랐다.

나 참.

'일부러 밝은 척하는 것처럼 보이는데. 협상이 제대로 안

됐나?'

내가 창가에 턱을 괴고 있으려니, 강이찬이 백미러를 힐끗 살폈다.

"사장님, 그러면 지금부터 회사로 모실까요?"

"아, 네. 그렇게 해 주세요."

"예, 알겠습니다."

강이찬은 따로 묻는 일 없이 부드럽게 차를 몰았다.

얼마간 침묵 속에서 차가 달리는 사이, 강이찬이 불쑥 말을 꺼냈다.

"사장님, 오늘 요한의 집에 가실 예정입니까?"

"아직은 모르겠습니다."

내가 요한의 집에 가는 건 어디까지나 형식적 절차에 불과한 것으로, 딱히 내가 직접 가지 않아도 상관없는 일이었다.

다만 나는 모처럼 먼저 말을 건넨 강이찬과 대화가 성의 없게 끝나지 않게끔 말을 이었다.

"그래도 예은 씨는 요한의 집에 가 보는 게 좋겠죠. 강이찬 씨도 추후 일정을 봐서 제가 가지 않더라도 예은 씨를 바래다주세요."

"예, 사장님."

그래도 전예은이 요한의 집에 가는 건 형식적 절차 외적인 의미가 있었다.

'강하윤 형사가 박강선을 인솔할 테니, 전예은을 통하면

수사가 어떻게 진행되고 있는지 떠볼 수 있겠지.'

나는 뒷좌석 창에 이마를 기대고 멍하니 창밖을 보았다.

바깥은 무척 덥고 습해 보이는 날씨였으나, 강이찬이 모는 차량 내부는 기분 좋을 정도로 서늘했다.

'배가 불러서 그런가, 아니면 줄곧 신경을 곤두세우고 있어서 그런가. 왠지 졸립군⋯⋯. 응?'

나는 얼른 창문에서 이마를 떼었다.

평소 가던 길과 달랐다.

'⋯⋯설마.'

퍼뜩 정신을 차린 나는 주머니에서 슬쩍 핸드폰을 꺼내 등 뒤로 쥐며 입을 뗐다.

"강이찬 씨."

내가 강이찬을 부르자, 그는 전방을 주시한 채 말을 받았다.

"예, 사장님."

"여긴 회사로 가는 길이 아닌 거 같은데요."

"⋯⋯."

강이찬은 대답 대신 운전대를 꾹 쥐었다.

'이 속도엔 뛰어내리는 건⋯⋯ 위험하겠군.'

신호 대기를 노려 봐야 하나.

'아니, 안기부에서 작정하고 있다면 신호등 조작쯤이야.'

나는 언제든 핸드폰의 비상연락망을 누를 준비를 하며 재차 말을 이었다.

"설마 더 빠른 길을 찾았다든가 하는 이야기는 아니겠죠?"

"……사장님."

강이찬이 대답했다.

"오늘 사장님을 뵈었으면 하는 사람이 있습니다."

"……곽철용 어르신인가요?"

내 단도직입적인 질문에 강이찬은 말을 돌렸다.

"회사로 모시는 일은 늦지 않게끔 하겠습니다."

"……."

나는 슬쩍 강이찬의 옆얼굴을 살폈다.

기본적으로 무표정한 인물이고, 그 표정 변화의 낙폭도 크지 않은 인물이지만.

왠지 괴로운 듯 보였다.

'그래. 너는 단순히 명령을 따르는 것뿐이란 거냐.'

그리고 강이찬 안에서 그 우선순위는 변하지 않을 것이다.

우웅.

때마침 손에 들린 핸드폰이 울렸다.

"……."

"……."

그 진동음 중에도 강이찬은 아무런 말도 하지 않았고, 나는 강이찬에게서 시선을 떼지 않은 채 보란 듯 전화를 받았다.

"네, 여보세요."

—성진아, 엄만데.

나는 이 와중 걸려 온 사모의 전화가 조금 반가웠다.

"네, 무슨 일이신가요?"

—얘는. 세화 바래다주러 간 애가 돌아올 기미를 안 보여서 전화해 봤지.

나는 지금이라도 내가 납치당하는 중이라는 걸 알릴 수 있다는 듯 강이찬을 쳐다보며 말을 받았다.

"세화가 회사 구경을 하고 싶대서요."

—어머, 그랬니?

행선지는 알렸다.

강이찬도 이걸 인지하게 되었으리라.

—너도 참, 엄마가 전화할 일 없게 미리 알려 주지 그랬어. 물어볼 게 잔뜩 있었는데.

"나중에 말씀드리겠습니다."

살아서 돌아간다면.

—그래? 그러면 우리 왕자님, 데이트 잘하고 오렴.

"예, 어머니. 회사에 도착하면 전화드릴게요."

뚝.

나는 사모의 전화를 끊은 뒤, 강이찬을 보며 입을 뗐다.

"너무 늦진 않아야 할 겁니다."

"……예."

대답하는 강이찬은 어딘지 모르게 안도한 듯, 아닌 듯한 느낌이 반반이었다.

'조세화를 이 차에 태우지 않은 게 다행인지, 아닌지 모르겠군.'

얼마나 더 달렸을까.

차는 서서히 속도를 늦추기 시작했고, 강이찬은 비상 신호등을 넣은 뒤 시내 한가운데 갓길로 차를 댔다.

나는 지금이라도 차에서 내려 인파 속으로 달릴까, 잠시 망설였다.

'아니. 나를 죽이려면 다른 기회를 노리는 게 훨씬 낫겠지……. 일단은 두고 볼까.'

덜컹, 하고 조수석 문이 열리더니 웬 남자가 잽싸게 올라탔다.

"우와, 더워라. 쪄 죽는 줄 알았네."

그는—이 덥고 습한 날씨에도 벗지 않고 있던—재킷 옷깃을 펄럭여 부채질을 하며 조수석의 에어컨을 자신으로 향한 뒤, 그제야 나를 향해 손을 내밀어 악수를 권했다.

"이성진 사장님이시죠? 처음 뵙겠습니다, 김철수라고 합니다."

김철수.

본명인지 가명인지 모를 이름이었다.

나는 그 손을 잡지 않고 대답했다.

"예. 처음 뵙겠습니다, 김철수 씨."

김철수는 자신의 빈손을 말아 쥐며 미소를 지었다.

"초면에 너무 경계하시네요. 저, 그렇게까지 나쁜 사람은 아닌데."

"……."

"일단 출발할까요? 깜빡이는 넣었다지만 계속 갓길에 서 있으면 민폐이기도 하고요."

나는 강이찬을 보았다.

"출발하시죠."

"……예."

강이찬은 기어를 넣은 뒤 차를 몰았다.

김철수는 조수석 등받이에 등을 기댄 채 안전벨트를 맸다.

"그나저나 차 좋네요. 이런 차는 얼마쯤 합니까?"

"모르겠네요. 선물로 받은 거라서."

"아, 맞다. 그랬죠."

김철수가 창밖을 두리번거렸다.

"근데 어디까지 가십니까?"

"회사로 갑니다."

"회사면…… 분당에 있는 사옥 말씀인가요?"

"예."

"끙, 큰일이네, 돌아올 때 어떡하지."

들으란 듯 혼잣말을 중얼거린 김철수가 고개를 돌려 강이찬을 보았다.

"혹시 바래다줄 수 있어?"

"……사장님께 여쭤보십시오."

말 그대로 '평범'을 몸에 두른 인상인 김철수는 그 나이조차 가늠하기 어려웠으나, 그 짧은 대화에서 나는 상하관계가 어떻게 되는지 알 것 같았다.

'아니, 일부러 보여 준 거겠지.'

지금 내 행선지가 어딘지도 몰랐다는 것까지 포함해서.

'어쨌건 당최 속내를 알 수가 없군.'

경박한 듯 보이는 지금 이 느낌도 분명, 그 본성과 거리가 멀 것이다.

김철수가 나를 보았다.

"그렇다는데요. 혹시 괜찮으시다면…….."

"안 됩니다."

"에이, 그러지 마시고."

"강이찬 씨는 이 뒤로도 곧 차를 쓰는 업무가 있어서요."

"어라, 그랬습니까?"

김철수가 고개를 갸웃했다.

"이런 일이 있는데도 계속 이 친구를 쓰시려고요?"

"……."

나를 떠보는군.

"……그걸 김철수 씨가 알 필요는 없다고 봅니다만."

내 말에 김철수는 이마를 탁 하고 쳤다.

"아차, 이거 실례했습니다. 인사 문제는 외부인이 알 바가 아니죠."

"……."

"그래도 걱정하지 마십시오. 버스를 타거나 해서라도 서울로 돌아올 테니까요."

걱정 따윈 하지 않았다.

"그러면 택시비라도 드립니까?"

"에이, 무슨 큰일 날 말씀을. 사장님께 그런 걸 받았다간 나중에 저, 어르신께 혼쭐납니다. 하하."

"……곽철용 어르신 말씀인가요?"

김철수가 몸을 돌려 나를 보았다.

"그런 걸 제 입으로 말씀드릴 수는 없잖습니까."

"……."

김철수가 빙긋 웃었다.

"그래도 사장님께 결코 나쁜 일은 없으니 경계는 좀 풀어 주셨으면 좋겠는데. 계속 이러시면 제가 마치 강이찬이랑 짜고 사장님을 유괴하려는 나쁜 놈 같지 않습니까."

"그럴 리 없죠. 회사에는 도착해야 할 것이고, 제 행선을 아는 사람이 제법 되거든요."

"……하하하!"

김철수가 웃음을 터뜨렸다.

"호락호락하진 않을 거 같다고 생각했는데, 사장님은 제 생각 이상이시네요."

"……."

"뭐, 좋습니다. 그러면 이렇게 하죠. 예정보단 조금 이르지만…… 보통 분위기를 화기애애하게 만드는 데는 선물만한 것도 없고 하니, 선물부터 드리겠습니다."

선물? 웬 선물.

"분명 마음에 쏙 들 겁니다. 그렇다고 이 차만큼 비싸고 좋은 건 아니지만요. 어디 보자……."

김철수는 재킷 안주머니를 뒤적이더니.

"짜잔."

하고 권총을 꺼냈다.

나는 권총을 보고도 움찔하지 않으려 안간힘을 썼고, 다행히 내색하지 않을 수 있었다.

김철수는 빙긋 웃으며 권총 손잡이를 내게 향한 채, 총을 내밀었다.

"받으세요."

"……."

"방금 말씀드린 선물입니다."

선물? 이게?

'……모형인가? 아니면 실총? 뭐가 됐건 저 인간 손에 있는 것보단 낫겠지.'

나는 조심스레 김철수가 내민 권총을 받았다가, 그 묵직함에 흠칫했다.

"이건……."

김철수가 담담하게 입을 뗐다.

"발터 PPK. 보시는 대로 휴대하기 좋게 작고 가벼운 편이죠. 더블액션 방식이어서 방아쇠만 당겨도 발사가 됩니다."

"……."

"007의 제임스 본드가 쓰는 걸로 유명한 총인데, 그만큼 몰래 숨기고 쓰기 좋은 권총이라고 생각합니다. 어때요?"

어떻긴.

어떻게 보건 초등학생한테 주는 선물은 아니라고 본다.

"진짜 총입니까?"

"네. 두근두근하죠? 자고로 사장님 또래 남자애들은 전부 다 칼이나 총을 좋아하는 법이잖아요."

그렇다고 그게 실제 작동하는 무기를 미성년자에게 선물로 줘도 된다는 의미는 아니다.

"……이걸 왜 저에게 주시는 거죠?"

내 말에 김철수가 권총 몸통을 쥐고 자신의 이마에 가져다 댔다.

"첫째, 내키지 않으면 그걸로 저를 쏘셔도 된다는 의미입니다."

나는 얼른 김철수의 이마에서 총부리를 치웠다.

"사양하겠습니다."

"하긴, 그러면 이 비싸고 좋은 차가 더럽혀지니까요."

그 이전에 다른 문제가 산재해 있다고 보는데.

내게 총을 맡긴 김철수가 몸을 돌렸다.

"둘째는 호신용입니다."

"……호신용?"

"예."

김철수가 말을 이었다.

"요 며칠 사장님을 관찰해 보니, 아무래도 주변에 위험이 가득해 보였거든요."

"……."

전생을 통틀어 총을 쥐어 본 건 이번이 두 번째였지만, 이 감촉은 영 익숙해지질 않는다.

나는 김철수의 등을 향해 물었다.

"주변에 위험이 가득하다는 건, 지금 이 상황처럼 그렇단 말씀인가요?"

내 말에 김철수는 잠시 뜸을 들였다가 크게 웃음을 터뜨렸다.

"하하하, 뭐든 받아들이기 마련이죠. 우리 꼬마 사장님께서 이 상황을 위험한 상황이라고 받아들이셨다면, 그러셔도 물론 상관은 없습니다."

김철수가 말을 이었다.

"하지만 만일 제게 그럴 계획이 있었다면 좀 더 그럴듯한 상황을 만들 것 같은데요."

"······."

"물론 어디까지나 만약의 경우입니다, 하하."

나는 권총을 아래로 내렸다.

'말하는 건 재수 없지만, 즉 지금은 위험 상황이 아니라는 거로군.'

내가 정말로 위험하다면 다른 조치를 취하면 취했지, 초등학생에게 호신용 권총을 넘겨주는 일은 하지 않을 것이다.

'한편으론 내가 총을 쏴야 할 지경이 오면 상황은 이미 끝장이란 의미이기도 하지.'

나는 권총을 무릎 위에 올렸다.

"혹시 제게 닥친 위험에 대해 구체적으로 말씀해 주실 의향은 있나요?"

"죄송합니다. 저도 말단에 불과해서."

"그건 조광과 관계가 있습니까?"

김철수가 다시 몸을 뒤로 돌려 나를 보았다.

"저는 우리 사장님이 무척 똑똑하고 영리한 분이라고 생각했는데요."

"판단은 자유입니다만, 저로선 오늘 이후 김철수 씨를 뵐 일이 더 이상 없었으면 해서요."

김철수는 얼굴에 드리운 미소를 더욱 짙게 만들었다.

"이거 조금 서운한걸요."

"……."

"그래도 관련하여 방금 어떤 생각을 떠올리셨다면, 그게 사장님이 자각하신 위험 요소는 아닐까요?"

호락호락하지 않은 인물이다.

나는 그 시선을 피하지 않으며 말을 받았다.

"저는 어디까지나 이번 조광 사건에 총기가 두 번이나 사용되었으니, 세 번째도 있을지 모른다는 의미에서 드린 말씀입니다."

"하긴, 공교롭게도 조광 일가가 엮인 사건에 불법 총기류가 두 정이나 발견되긴 했군요. 대한민국도 더 이상 총기 안전 국가라 자부할 수만은 없게 된 것 같습니다."

김철수는 보란 듯 한숨을 내뱉었지만, 그런 사람이 초등학생한테 권총을 버젓이 선물이랍시고 내놓나?

김철수가 다시 몸을 돌려 조수석에 등을 붙였다.

"어쨌건 만사 불여튼튼이라 했습니다. 저희도 사장님께서 되도록 이 총을 발사할 일이 없으면 하고 바라지만, 세상일이 어디 뜻대로만 되나요."

"……."

자연스럽게 화제를 돌리려 하는군.

나는 딱히 그 노력이 가상해서라기보다는, 이 이상 파고들어 봐야 원하는 답이 나오지 않을 것 같아 묻기를 관두기로 했다.

"저도 어쨌건 주신 선물은 감사히 받겠습니다."

"다행히 말이 통하는군요. 아니면 선물받는 것에 익숙하신 건가요?"

"그래도 이걸로 여러분께 빚을 졌다고는 생각하지 않겠습니다."

"암요, 여부가 있겠습니까. 사장님께서 저희에게 해 주신 게 있는데요."

얼굴은 보이지 않았지만, 내겐 김철수가 입매를 비트는 듯 보였다.

"게다가 저희 역시도 사장님과 되도록 오랫동안 친분을 유지하고 싶거든요."

"……그럴 겁니다. 용건은 그게 전부인가요?"

김철수는 일부러 그러듯 잠시 뜸을 들였다가 대답했다.

"예, 아쉽지만요."

아쉽기는 개뿔이.

"그래도 저로서는 늦기 전에 선물을 전달할 수 있어서 다행입니다. 자칫하면 뙤약볕에 한참 동안 사장님을 기다리다가 복귀할 뻔했으니까요. 정말이지, 이 직장은 사람을 너무 험하게 굴린다니까요."

나는 김철수의 푸념을 끊었다.

"……그러면 이만 작별하죠. 강이찬 씨, 적당한 곳에 차를 세워 주세요."

강이찬은 군말 없이 속도를 늦추며 비상 신호등을 넣었고,
김철수가 투덜거렸다.

　　"아니, 이 더위에 저를 길가에 버리고 가시는 겁니까?"

　　"그러면 분당에 내려 드릴까요?"

　　"아이고, 아닙니다. 무슨 섭섭한 말씀을."

　　김철수가 너스레를 떠는 사이, 차가 갓길에 멈춰 섰다.

　　"그럼 짧은 시간이나마 만나 뵙게 되어 영광이었습니다."

　　"예, 또 뵐 일은 없었으면 합니다만."

　　내 이죽거림에 김철수는 활짝 웃으며 차에서 내렸다.

　　"하하, 방금 전에도 말씀드렸지만, 세상일이 어디 뜻대로
만 되겠습니까?"

　　"……."

　　"그러면 살펴 가십시오."

　　텅, 하고 김철수는 조수석 문을 닫았다.

　　"출발하시죠."

　　"예, 사장님."

　　우리는 김철수를 시내 한가운데에 내려놓은 뒤, 곧장 차를
출발시켰다.

　　김철수는 속도 없는지 멀어지는 차를 향해 손을 흔들어 보
였다.

　　고개를 돌린 나는 묵묵히 차를 모는 강이찬의 옆얼굴을 힐
끗 살폈다.

그는 아까 전부터 줄곧, 괴로운 듯한 얼굴을 참아 내느라 애쓰고 있었다.

'그는 이번 일을 일종의 배신이라 여기고 있는 건가.'

방금 있었던 김철수와의 만남은 강이찬이 마음속으로 바란 일은 아닐 것이다.

하긴, 김철수 같은 대놓고 수상쩍은 인물은 남에게 소개하기 뭣할 것이다.

'더욱이 직장 상사에게는 더더욱.'

나는 뒷좌석에 등을 묻었다.

'게다가 오늘 만남은 까딱하면 성사되지 않을 뻔도 했지.'

만약 내가 조세화와 이 차에 동승했다면 이번 만남은 이루어지지 않았을 것이다.

원래는 내가 회사로 가는 길, 당초 예정된 요한의 집 방문을 위해 집을 나섰을 때 그와 잠깐 만나는 것이 본래 일정이었을 터.

그러니 강이찬의 판단에 따라 얼마든지 캔슬될 수도 있었던 일정은 결국 조세화가 차를 따로 탄다는 일종의 변덕에 의해 성사될 수 있었다.

'어쨌건 이번 일은 내키지 않음에도 불구하고 상부의 명령을 우선시해 수행했다는 강이찬 개인의 의지에 의해 성사되었던 거야.'

그래서 강이찬은 이를 두고 '불가항력'이라 생각하지 않는 것이다.

'나는 별로 신경 안 쓰는데 말이야.'

나라고 이번 만남을 유쾌하게 여겼단 의미는 아니지만, 그렇다고 강이찬의 행동을 비난할 생각은 없었다.

오히려 강이찬의 이러한 의사는 내게 나쁘지 않은 신호였다.

'원래 그가 맡은 임무인 나를 감시한다는 것에서, 이젠 갈등을 시작했다는 징후니까.'

한편, 이 일은 안기부에서도 갑작스럽게 결행한 일정이었으리라.

'이번 만남이 이동 사이에 부랴부랴 일정을 끼워 넣어야할 지경이었다는 건, 다소 고려해 볼 사안이지.'

나는 그 시기가 공교롭다고는 생각했다.

하필이면 오늘은 각각 조광과 삼광을 대표하는 두 인물이 회담을 치른 날이었다.

조세화와 이휘철의 만남은 그저께까지만 하더라도 예정에 없던 일이었을 뿐만 아니라, 조세화가 '너무 갑작스럽다.'라고 투덜댈 만큼 어제 오후 갑자기 결정된 일이었다.

'그런 날 내게 강이찬이 아닌, 굳이 김철수를 시켜 총을 선물로 주었다, 라.'

이건 모종의 신호였다.

'누군가에게 선물을 한다는 건, 동시에 그 안에 담긴 속뜻

을 짐작해 주었으면 한다는 거지.'

그에 관해선 이휘철에게 치자나무 모종을 선물한 어느 일본인의 일화를 굳이 떠올릴 필요도 없다.

'이번엔 입 밖에 내지는 않겠지만, 내가 알아서 짐작해 주었으면 하길 바라는 거로군.'

나 참, 누가 이휘철 친구 아니랄까 봐.

동시에 나는 곽철용이 내게 이 괴짜를 보낸 이유에 대해 짐작해 보았다.

김철수는 그림으로 그린 듯 경박한 인상의 사내였으나, 그건 그의 본질이 아니다.

그는 해도 될 말과 해서는 안 될 말을 구분해 입에 담을 줄 알았고, 그러니 그가 뱉은 말에는 어떻든지 간에 의미가 있다.

특히.

「그래도 저로서는 늦기 전에 선물을 전달할 수 있어서 다행입니다.」

김철수의 그 말을 표면만 해석하자면 일종의 쓸데없는 구시렁거림으로 치부해도 좋겠지만, 나는 의도적으로 뜸 들인 끝에 나온 시기와 상황을 보아 그 말을 허투루 넘기지 않았다.

'아니면 저런 인간을 기용해야 할 만큼 안기부에 인력난이 심각하거나.'

……아니, 그건 되도록 차치하고.

곽철용이 김철수를 시켜 내게 권총을 선물한 건, 내가 이 총을 사용하기 바라서가 아니다.

말이 좋아 호신용이지, 초등학생이 권총을 사용해야 할 지경이라면 이미 상황은 막장에 이르렀단 의미였다.

실제로 내가 위기 상황에 처할지라도, 권총을 쏴 위기를 벗어나리라고는 기대하지 않을 것이다.

정말 불가피하게 총이 필요한 상황이라면 강이찬에게 내 경호를 더 엄중히 하란 것으로도 충분하니까.

'그러니 만약 내 생각이 맞는다면…….'

나는 손에 든 권총 손잡이를 만지작거렸다.

'이건가?'

전생에도 잠깐이나마 권총을 만져 본 덕인지, 나는 어렵지 않게 손잡이 부근의 탄창멈치를 찾았다.

꾹.

엄지로 탄창멈치를 누르자, 영화에서 본 것처럼 쑥 하고 탄창이 빠져나왔다.

'역시, 그러면 그렇지.'

나는 빈 탄창을 보며 실소를 금하기가 어려웠다.

'총알 없는 총이라.'

애당초 이게 BB탄 총이라고 해도 의미는 전달되었겠지만, 곽철용은 그 의사를 보다 확실히 하고자(껍데기뿐이긴 해도) 실총을 내게 주었다.

김철수가 자신의 이마에 보란 듯 총구를 들이댄 건 다 믿는 구석이 있었던 것에 지나지 않았다.

'즉, 이걸로 조세화와 이휘철의 회담에 대해 내게 무언가 경고하고자 이걸 주었단 것이 확실해졌군.'

김철수는 내게 총을 선물로 주면서 '주변에 위험이 가득하다.'라고 말했다.

그 말은 위험이 내게 멀지 않거나, 최소한 근접해 있었다는 의미였으리라.

'혹시, 조설훈의 죽음에 대해 안기부가 관여하고 있었나?'

조설훈의 죽음에 관해선 나도 어딘지 모순이 산재해 있다고 생각해 왔다.

'그래서 오늘 마침 전예은을 시켜 수사 상황을 살펴보려 한 거였고.'

세간에선 조지훈이 조설훈을 살해한 것이라(아는 사람들에게만 비공식적으로) 알려져 있지만, 내가 아는 조지훈은 그럴 인간이 아니다.

'어쩌면 안기부는 그 진실에 대해 알고 있을지도 모르겠군.'

나는 빈 탄창을 다시 권총 손잡이에 밀어 넣었다.

'……아무튼 이걸 삼광이 조광을 집어삼키는 걸 좋게 보지 않을 사람이 산재해 있다는 경고의 의미로 받아들여도 될까.'

그 뒤, 나는 권총을 뒷좌석 빈자리에 내려놓았다.

'빈총이라고는 해도 들고 있기엔 왠지 살벌하단 말이야.'

총이 손에 있으니, 왠지 모르게 전생의 그 마지막 순간이 생각나 께름칙했다.

'그러면.'

나는 그 상태로 강이찬을 불렀다.

"강이찬 씨, 잠시 적당한 곳에 차를 멈춰 주시겠습니까?"

"……예."

강이찬은 가타부타하는 일 없이 비상 신호등을 켠 뒤, 적당한 곳에 차를 세웠다.

"무슨 일이십니까?"

나는 권총을 거꾸로 쥐어 손잡이를 강이찬에게 향한 뒤 총을 건넸다.

"이거 받으세요."

강이찬은 잠시 멀뚱멀뚱 나를 보더니 눈을 깜빡였다.

"……예? 하지만 그건……."

그야, 나도 이번 생엔 호신용 권총이 한 자루 있었으면 좋겠다 싶었지만, 이런 방식을 바라거나 예상한 바는 아니었다.

'가장 최선의 수는 그런 일이 아예 발생하지 않게끔 하는

일이지만.'

　우선 확실한 건, 설령 안기부가 조설훈의 죽음에 관여하였
다 하더라도 강이찬만큼은 이번 일과 관련하여 아무 상관도
없다는 것이다.

　'만약 적든 크든 이 일에 그가 연루되어 있었다면 전예은
이 내게 신호를 주었겠지.'

　나는 강이찬에게 보란 듯 미소를 지었다.

　"새삼스럽지만, 앞으로도 잘 부탁드린단 의미예요."

　"……."

　나는 고개를 갸웃했다.

　"설마 강이찬 씨도 미성년자인 데다 총기 면허도 없는 제
가 권총을 소지하고 있어야 한다고 생각하세요?"

　"……."

　"뭐, 모처럼 받은 거니까 버릴 수도 없고, 저보다는 강이
찬 씨가 들고 계시는 편이 훨씬 낫잖아요."

　그리고 나는 강이찬에게 내가 그를 신용하고 있다는 걸 보
여 줄 필요가 있었다.

　「이런 일이 있는데도 계속 이 친구를 쓰시려고요?」

　그래. 이게 곽철용이 내게 기대한, 이 선물을 사용하는 가
장 올바른 방법이겠지.

잠시 떨리는 눈으로 나를 보던 강이찬은 결국 하는 수 없다는 듯 총을 받았다.

"……되도록 사용하는 일이 없도록 하겠습니다."

"네."

그거면 됐다.

나는 강이찬에게 권총을 인수인계한 뒤, 어깨를 으쓱였다.

"뭐, 어차피 탄창도 비어 있던데요?"

내 말에 강이찬은 쓴웃음을 지었다.

"그렇게 생각하셨습니까?"

"그러면요?"

강이찬이 대답 대신 권총 슬라이더를 당기자.

팅.

하고 실린더에서 총알 한 발이 튀어나왔다.

"……."

영화에서 본 것 같다.

'총은 탄창 외에 실린더에 밀어 넣어 장전하는 방법이 있다고 했던가.'

강이찬은 손바닥 위에 총알을 하나 올려 보이며 말을 이었다.

"보신 대로 완전히 빈총은 아니었습니다."

"……."

아니, 이 사람들이.

내가 장난 삼아 방아쇠라도 당겼으면 어쩌려고 그랬어!

"너네 회사인데 나보다 늦으면 어떡해?"

우리 회사 VIP 전용 주차장에서 재회한 조세화는 나를 보자마자 볼멘소리를 늘어놓았다.

"길을 잘못 들었어."

내 말에 조세화는 멀찍이 서 있던 강이찬을 힐끗 쳐다보더니 어깨를 으쓱였다.

"그렇게 안 봤는데 저 오빠도 은근 맹한 구석이 있나 봐?"

"……그러게 말이야."

나는 굳이 강이찬의 실추된 명예를 변호해 주지 않았다.

이번에 조세화보다 도착이 조금 늦은 건 실제로도 강이찬 때문이긴 했으니까.

'오히려 어떻게 보면 내비게이션도 없는 이 시대에 헤매는 일 없이 곧장 찾아온 조세화 쪽 운전기사가 유능한 것으로도 볼 수 있겠지.'

조세화가 자연스럽게 내 팔짱을 꼈다.

"흐응. 아무튼 엘리베이터는 저기 있는 거 타면 되지?"

"응."

나는 조세화를 대동하고 엘리베이터에 올랐다.

"바깥에서 보니까 회사 좋더라. 신축?"

"그런 편이지."

"처음부터 작정하고 올린 거니?"

"아니. 삼광건설…… 지금은 물산이 인수했지. 아무튼 거기서 지은 걸 6 : 4 정도 지분으로 나눠 가지고 있어."

삼광 그룹이 이곳 분당 노른자 땅을 먹게 된 과정도 제법 우여곡절이 많았지만, 조세화에게 구태여 거기까지 설명할 생각은 들지 않았다.

"원래는 어디 있었는데?"

"역삼동."

"역삼동? 요즘 거기 괜찮다던데. 성진이 너, 혹시 빌딩 좀 볼 줄 아니?"

"왜, 관심 있어?"

내 말에 조세화가 빙긋 웃었다.

"혹시 또 모르니까. 응, 만일을 대비해 투자 개념으로 땅이라도 좀 사 두면 괜찮을 거 같아서."

"음, 이왕 투자하는 김에 만약 여윳돈이 된다면……."

내가 테헤란로 부근 땅을 추천하고 있으려니 엘리베이터가 띵, 하는 소리로 도착했음을 알렸다.

"거긴 지금도 북적이지 않니?"

"곧 있으면 더 북적이게 될 거야."

사장실로 향하는 복도에서 전예은이 꾸벅, 우리에게 묵례했고, 나는 하던 이야기를 멈추고 조세화를 보았다.

"뭔가 마실래?"

"아무거나, 너랑 같은 걸로."

나는 전예은에게 녹차를 부탁한 뒤 조세화와 함께 사장실로 들어왔다.

"여기니?"

주위를 두리번거리던 조세화가 사장실 구석에 놓인 퍼팅 연습기를 발견하곤 나를 돌아보며 씩 웃었다.

"골프 실력은 좀 늘었어?"

"그때 너랑 필드 돈 게 마지막이어서 잘 모르겠는데."

조세화는 응접용 소파에 툭 하고 엉덩이를 붙였다.

"조만간 또 가지 뭐. 그땐 무슨 내기를 해 볼까나."

"……평범하게 해, 평범하게."

나는 그녀 맞은편에 자리를 잡고 앉았다.

우리는 전예은이 다기를 내올 동안 서로가 암묵적으로 합의라도 한 양 의도적으로 영양가 없는 한담을 나누었다.

그 무의미한 대화는 왠지 모르게 일련의 사태가 터지기 전 그녀와 나 사이의 관계로 되돌리는 듯했고, 조세화 또한 자신이 조광 그룹의 대표가 아닌 조광 그룹의 철부지 아가씨로 돌아간 듯 재잘대며 떠들어 댔다.

"실례하겠습니다."

사장실로 들어온 전예은은 우리 앞에 다기를 내려놓은 뒤 말없이 정중하게 물러났다.

'전예은도 분명 조세화로부터 뭔가를 읽어 냈겠지만, 역시 내색은 않는군.'

조세화는 내가 다기로 녹차를 우려내는 모습을 물끄러미 바라보다가 불쑥 입을 뗐다.

"비서니?"

"응."

"직접 뽑았고?"

"그런 셈이지."

정확히는 전예은이 먼저 자신을 채용해 달라고 접근해 왔고, 나는 그녀의 '사장님의 의사 결정 과정에 도움을 줄 수 있다.'라는 맹랑한 PR을 통해 일련의 과정을 거쳐 채용을 결정했다.

"흐응."

"……왜?"

"아니, 그냥. 되게 동안이시네."

입으로는 그냥, 이라고 말했지만, 눈은 '저 비서가 네 이상형이구나' 하고 말하는 느낌이어서 나는 한숨을 내쉬었다.

"네가 생각하는 그런 거 아니야."

"에이, 아니긴."

"……엄연히 실력으로 뽑았거든."

"실력?"

"예은 씨는 내 비서일 뿐만 아니라 SBY의 프로듀서도 겸하고 있어. 더군다나 SBY가 요즘 어떤가를 생각해 보면 실력은 검증되었겠지?"

내 말에 조세화는 전예은이 물러난 사장실 문을 물끄러미 쳐다보았다.

"듣고 보니 굉장하네. 뭐, 나도 SBY 2집은 좋다고 생각했어. 그동안 1위를 못 한 것도 이래저래 타이밍이 나빴다고 생각했을 정도니까. 1.5집도 꽤 좋았고."

"정확히는 그 직전인 1.5집부터 예은 씨가 프로듀싱을 해 왔지."

"그래? 더 대단한걸. 솔직히 SBY는 1.5집부터가 본격적이라고 봤는데."

조세화가 씩 웃었다.

"사실, 지금 와서 말하는 거지만 1집 때만 하더라도 그저 그렇단 생각을 했거든."

그건 내게 없는 그녀의 사업가로서 타고난 감일까.

암만 첫술에 배부를 수야 없다지만, 시대를 앞서간 컨셉으로 1집 때부터 SBY가 적잖은 센세이션을 불러일으킬 줄 알았던 나로서는 조세화의 말에 조금 떨떠름한 기분이 되었다.

"흠, 그래 보여도 당시엔 꽤 대중에 먹힐 만한 요소만 모았다고 생각했는데."

내 말에 조세화는 앞에 놓인 녹차를 후룩, 한 모금 마셨다.

"그 노림수가 남들 보기엔 얄팍하고 노골적이었다고 말하면 화낼 거니? 아, 녹차 맛있다."

"……이미 말했으면서 뭘."

"신경 쓰지 마. 어쨌건 SBY는 지금 자타가 공인하는 성공한 아이돌 그룹이고, 뭐든 간에 결과가 모든 것을 말해 주는 거니까."

조세화가 찻잔을 내려놓으며 빙긋 웃었다.

"그러니 방금 내가 한 말도 어디까지나 비슷한 또래의 성공한 경쟁자를 향한 단순한 심술이었다고 받아들여 줘."

경쟁자라.

나는 그녀의 말을 속으로 곱씹으며 내 몫의 차를 한 모금 마셨고, 그사이 조세화가 말을 이었다.

"그 이야기를 듣기 전만 해도 솔직히, 나는 성진이 네가 내 유혹에도 꿈쩍 않는 걸 보고 취향이 독특해서 그런가, 생각했거든."

"……"

"농담이야, 농담."

조세화는 나를 보며 짓궂게 웃더니 조금 진지한 얼굴로 포크 끝을 보았다.

"……흠, 그래도 이거, 반대로 보면 범죄 아닌가?"

"범죄라니?"

조세화가 포크로 베어 낸 양갱을 한 입 먹었다.

"양갱 맛있네."

"……."

"신경 쓰지 마. 네 이야기 아니니까."

뒤이어 조세화는 둘러대는 느낌이 물씬한 어조로 말을 이었다.

"실은 듣다 보니 오히려 그런 인재를 네 비서로 두는 게 아깝단 생각이 들었거든."

"내 비서직이 어때서?"

"오해하지 마. 나라면…… 예은 씨라고 했니? 아무튼 예은 씨를 좀 더 책임감 있는 보직에 배정할 거라고 생각했을 뿐이니까."

능력만 놓고 보자면 그럴 것이다.

전예은은 그 누구도 따라갈 수 없는 타고난 능력으로 말미암아, 인사 배정이며 관리에 엄청난 힘을 발휘할 잠재성이 다분했다.

'만약 그녀가 그런 자리를 바랐다면, 나 역시 없는 자리를 만들어서라도 그녀를 그런 자리에 앉힐 용의는 있었지. 그건 나로서도 나쁘지 않고.'

그러나 전예은은 얼마 전 내가 그녀를 중용하기로 한 내기

에서 이겼음에도 불구하고 무슨 거창한 감투를 원하는 느낌
은 아니었다.

표현하기는 어렵지만, 그녀는 그저 '검증을 통해 내 신용
을 획득했다.'라는 과정과 성취에 만족한 느낌이 물씬했다.

'나 역시 내기의 결과가 나오기 전부터 그녀의 능력에 다
소간 의존해 왔고.'

그러니 전예은의 내면에서 내 신뢰를 얻겠다는 내용은 이
미 성취되었으며, 내기의 결과는 어디까지나 그 암묵적 명분
에 방점을 찍었다는 자신감만이 무형의 자산으로 남았다는
느낌이었다.

그래서일까, 최근엔 왠지 이따금, 특히 단둘만 있을 땐 나
를 고용주가 아닌 연하의 동생으로 취급하려는 낌새마저 스
멀스멀 느끼던 나였다.

'영악한 건지, 순진한 건지.'

뭐, 지금껏 반강제적으로 사람들의 못 볼꼴을 다 봐 온 전
예은이니 순진한 건 아니겠지만.

그런 전예은에 대한 이야기를 조세화 앞에 미주알고주알
늘어놓을 생각이 없었던 나는 일부러 퉁명스레 그녀의 말을
받았다.

"비서직도 중요한 업무야."

"나도 알아. 어디까지나 나라면 그랬을 거란 거고, 성진이
네가 일반적인 사회 통념과는 사고방식이 다르단 것도 잘 아

니까. 너라면 분명 적재적소에 인재를 배치하고 있겠지."

조세화가 어깨를 으쓱였다.

"솔직히 부럽네. 주위에 좋은 인재가 모여들어서."

"……왜, 설마 우리 회사로 온 김에 헤드 헌팅이라도 해 가려고?"

"됐어. 예은 씨는 내가 꼬셔도 안 넘어올 거 같거든."

나는 그 말에 피식 웃었다.

"무슨 근거로?"

"흐음, 글쎄. 여자의 감?"

"……."

인사 문제에 사업가의 감도 아니고, 여자의 감은 또 뭐람.

조세화가 말을 이었다.

"뭐, 우리 할아버지도 말씀하시길 주위에 좋은 인재가 모여드는 것도 사업가의 자질 중 하나라고 하셨으니까, 성진이 너도 그런 거겠지?"

"왜, 너도 분명 찾아보면 회사 안에 우리 못지않은 인재가 많을걸. 게다가 규모는 조광이 더 크잖아?"

"말은 쉽네. 하지만 나한테는 아직 그런 운이 없나 봐."

조세화가 차를 한 모금 마셨다.

"그야 우리도 엄연히 국내에서 손꼽히는 대기업 중 하나니까 유능한 사람들도 있긴 하겠지. 하지만 그 사람들은 엄밀히 말해 내 사람이 아니야. 어디까지나 우리 할아버지랑 아빠 사람들이니까."

조세화가 내려 둔 찻잔을 만지작거리며 중얼댔다.

"……지금의 나한텐 이 짐이 무거워."

그녀의 말은 나로 하여금 어딘지 모르게 표현하기 어려운 묘한 감상을 불러일으켰다.

'방금 전부터 마치 어디론가 멀리 떠나기 전 주위를 정리하는 것 같군.'

나는 조세화를 물끄러미 보았다.

"혹시 우리 할아버지한테 무슨 이야기라도 들었어?"

"……음."

조세화는 양갱을 한 입 더 먹은 뒤, 차까지 한 모금 마셨다.

"그래, 애당초 그 이야기를 하려고 온 거였지."

조세화가 말을 이었다.

"결과부터 말할까?"

"그게 편하다면."

조세화는 잠시 생각에 잠겼다가 고개를 들었다.

"할아버님께선 내게 유학을 권하셨어."

나는 그 말에 멈칫했다.

"유학?"

그래서 조세화는 내게 '어디론가 멀리 떠나가는 뉘앙스'를 풍긴 것인가, 하고 생각했다.

조세화가 그런 나를 보며 웃었다.

"응. 너무 결과만 말했니?"

"……CEO를 맡는 조건으로?"

조세화가 고개를 저었다.

"아니, CEO는 맡지 않으시겠대."

"뭐야, 그게."

그러면 협상은 물 건너갔단 이야기인가.

'이대로 조광을 내버려 둘 이휘철이 아닌데.'

나는 눈을 가늘게 떴다.

"설마 지분 양도 조건이 있었던 거야? 할아버지는 그 제안을 받아들이지 않은 거고?"

조세화는 픽 하고 웃으며 차를 한 모금 마셨다.

"그냥 처음부터 이야기하는 게 좋겠다. 사실, 이 일은 성진이 너랑도 무관하지 않은 제안이고……. 아니, 정확히 말하자면 성진이 너한테 적잖은 부담이 갈 이야기이긴 해."

"무슨 이야기야?"

조세화가 찻잔을 내려놓았다.

"할아버님께선 내게 SJ컴퍼니와 조광의 합자회사 설립을 권하셨어."

"합자회사?"

"응."

조세화는 고개를 끄덕인 뒤, 담담한 어조로 이휘철과 나눈 계획을 내게 들려주었다.

이휘철의 제안은 대담하면서도 파격적이었고, 나는 조세화의 이야기를 듣는 내내 '이래도 되나? 먹힐까?' 하는 생각만 했다.

'……그야 계획대로만 된다면야 조세화랑 나는 윈윈이지만.'

그렇다고 이휘철의 제안을 넙죽 받아들인 조세화도 조세화였다.

계획의 핵심 자체는 단순했다.

'조광을 인수 합병 할 수 있을 만큼 합자회사를 키울 것.'

이거 참, 모 아니면 도인 작전이군.

조세화는 차를 한 모금 마신 뒤 빈 찻잔을 내려놓았다.

"어떻게 생각해?"

나는 조세화의 찻잔을 채워 주며 대꾸했다.

"지금으로선 엉망진창이라고밖에 생각이 안 들어."

내 대답에 조세화가 쿡, 웃음을 터뜨렸다.

"……왜 웃어?"

"아니, 할아버님이 말씀하신 대로구나 싶어서."

조세화가 미소 띤 얼굴로 말을 이었다.

"할아버님께서 그러셨거든. '성진이는 분명 무어라 투덜댈 것이다.' 하고."

그야, 당연히 투덜대지.

"또, 이런 말씀도 하셨어. '그럼에도 그 아이는 이번 제안에 응할 것이야.'라고."

"……."

나 참.

'그래도 인정할 건 해야겠군. 이휘철은 나 따위보단 몇 수 위야.'

언젠가 이휘철이 바둑으로 꿰뚫어 보았듯 내 경영전략의 성향은 '리스크를 최소화'하는 것에 있었고, 그러니 내가 '죽었다 깬 뒤'에도 이휘철처럼 과감한 수를 던지는 일은 없을 것이다.

'또한 이휘철은 이번에 그런 내 성향마저 고려한 전략을 수립한 것이겠지.'

다만.

나는 소파에 등을 기댔다.

"너는 어떤데?"

"나?"

"너는 괜찮은 거야?"

조세화는 내 말에 슬며시 미소를 거두었다가 다시 미소를 지었다.

"유학을 떠나는 것도 뭐, 요즘엔 그렇게 특별한 일도 아니잖아?"

조세화의 태도는 일부러 강한 척하는 느낌이 물씬했다.

'그것만 물은 게 아닌데.'

이휘철은 조세화가 한국 땅을 떠나 있는 것을 이번 일에 도움을 주는 조건으로 내세웠다.

아니, 그건 어떤 대가성이 내포된 교환을 의미하는 바는 아니었다.

조세화에게 유학을 권한 이휘철의 제안 자체는 그가 수립한 계획의 일부로 작용하는 것이었고, 그에 따른 전제 조건 중 하나였다.

이휘철은 조세화가 상속받은 지분을 떼어 내 합자회사를 설립하는 한편, 조광 내에 분열을 조장하려 하고 있었다.

조세화가 전달한 이휘철의 말을 빌리자면, '등을 살짝 떠미는 것만으로도' 조광은 쪼개질 것이다.

이 상황에 조세화가 한국에 있다면 그녀는 어떤 식으로든 각 파벌에 이용될 여지가 있었고, 그러자면 조세화는 손길이 닿지 않는 먼 곳에 있는 것이 아무래도 유리했다.

'이미 조광 내부의 각 파벌은 어떻게든 조세화를 구워삶으려 벼르는 중이기도 하지.'

그리고 조세화의 지분을 사용해 설립된 합자회사는 몇 년 뒤, 그녀가 권리를 행사할 수 있는 성인이 되었을 때까지 규모를 키운 후, 쪼개지고 쪼그라든 조광을 흡수하여 재합병.

과감하고 무모하지만, 전생에도 전례가 없던 일은 아니다.

가까이 제니퍼의 경우만 놓고 보아도, 그녀는 오빠인 정대

성이 대차게 말아먹은 해림 그룹을 그녀 자신의 손으로 키워 낸 계열사를 통해 이를 다시금 합병한 바 있었다.

'그것도 이번 생에는 조금 달라지겠지만.'

조세화가 말을 이었다.

"그러니까 괜찮아. 어차피 지금 이대로 가다가는 아무것 도 못 하고 손가락만 빨다가 할아버지의 회사를 망치게 될 뿐이니까."

나는 조세화를 똑바로 쳐다보았다.

"그러면…… 이번 일에 따른 리스크는 알고 있고?"

"……."

나로서는 조세화가 어째서 이휘철의 이 노골적인 수작을 받아들이려 하는 것인지, 이해가 가질 않았다.

'바보는 아닌데 말이야.'

조세화는 잠시 뜸을 들였다가 내 말을 받았다.

"알아. 나도 오면서 생각했어."

조세화가 픽 웃었다.

"이건 나에게'만' 불리한 조건이기 때문인 거지?"

"……그래."

내가 이 수를 고려하지 않은 건, 그에 상응하는 리스크가 있기 때문이었다.

이 일의 리스크와 이익은 말 그대로 '모 아니면 도'였고, 그에 따른 리스크는 오롯이 조세화가 짊어지게 된다.

이때 조세화가 감내할 리스크는 크게 세 가지.

첫째, 조세화가 (합자회사 설립에 필요한 자금을 제외하고) 상속받은 지분 대부분을 포기할 것.

조세화가 내려놓은 조성광 회장의 지분은 각 파벌 다툼에 쓰일 밑밥이 될 것이다.

둘째, 조세화가 설립한 회사가 추후 조광을 집어삼킬 수 있을 만큼 성장할 것.

유학을 떠날 조세화는 경영에 개입하지 않을 것이니 내게만 오롯이 막중한 책임이 주어지겠지만, 자신이 없는 건 아니다.

'구체적으로는, 내가 회사를 성장시킬 자신보다도 이대로 가만히 내버려 두면 조광이 약소화하리라는 전망에 자신이 있는 거지.'

여느 계약직이 다 그렇겠지만, CEO가 자신의 존재 이유와 자격을 증명하려면 대외적으로 기업의 흑자와 주가를 올리는 일에 매진하기 마련이다.

그리고—이휘철이 조광의 CEO직을 거절한 이상 누가 조광의 CEO가 될지는 모르나—대부분의 범상한 회사는 기업이란 생물의 특성에 따라 합리성을 추구하게 된다.

그 합리성이라는 건 실견 단순해서 이들은 재무제표상의 흑자를 추구하는 경향이 생기게 되는데, 이때 초임 CEO가 선택하는 전략에는 하나, 구조조정이 있고, 둘, 소위 말하는

'돈놀이'가 있다.

하지만 구조조정에는 명분과 대가가 필요하다.

구조조정이란, 누군가에겐 생계의 위협을 가하는 일이다.

세간에선 회사라는 조직을 '합리성만을 추구하는 무감정한 기계 장치'에 비유하곤 한다지만, 결국 회사는 사람의 모임이고, 사람이 모인 일에는 비합리적인 이해관계가 따라붙기 마련이다.

하물며 구조조정이라 함은 그 이해관계에 칼을 들이미는 행위였다.

실제로 구조조정 전문 CEO는 악명이 자자한 법이고, 그들은 으레 구조조정으로 욕받이가 된 뒤 자발적(인 것만은 아니겠지만)으로 회사를 떠나는 수순이 예정되어 있곤 했다.

그러니 정말 경영 악화가 심각해 회사가 오늘내일하지 않는 한 기업은 구조조정이라는 수를 택하지 않았고, 하물며지금은 대한민국의 전에 없던 (끝자락이지만) 황금기였다.

이 시기에 조광이 구조조정이라는 '최후의 수단'을 택할 까닭은 없을뿐더러, 행한다면 (각 파벌의 이해관계로 선출된) CEO를향한 견제가 들이닥칠 것이다.

그러니 구조조정을 하지 않는다면, 대개 돈놀이를 택하게된다.

하물며 조광이라는 기업은 기술 집약에 바탕을 둔 제조 기업이 아닌, 막대한 인력과 기반 인맥, 조성광이 닦아 둔 터위에서 이루어지는 물류 유통으로 이루어져 있다.

그 말인즉 지금도 이미 대기업이라는 위치상 성장 한계에 봉착해 있고, 그렇다고 해도 해외에 진출하는 일은 요원하다는 의미였다.

그러니 이들은 '오너 경영 체제에서 벗어나 새롭게 거듭난' 조광의 성장치를 보여 주기 위해서라도 성과를 보여야 할 필요가 있고, 구조조정이라는 수단을 택할 수 없는 상황에선 그들이 돈놀이를 하지 않을 이유가 없는 것이다.

대기업의 돈놀이는 여간해선 실패하지 않는다.

'나에게 설 땅과 충분히 긴 지렛대를 준다면 지구도 움직여 보이겠다.'라는 아르키메데스의 말처럼, 지렛대가 길수록 들어 올릴 수 있는 힘도 늘어나기 마련이다.

더욱이 대기업의 자본이야, 개인 투자자가 레버리지(지렛대)를 끌어와도 엄두조차 내지 못할 투자 대상에 손을 대는 것이 가능하다.

하나, '대기업의 돈놀이는 여간해선 실패하지 않는다.'라는 말은 달리 말해, 실패하는 결과가 없는 게 아니라는 의미 또한 내포하고 있다.

제아무리 기업이 날고뛰어 봐야 뉴턴도 하지 못한 '시장 흐름'을 완전히 통제하고 예측하는 일은 불가능하다.

그리고 통제 변수는 이미 그 싹을 틔우고 있었다.

또한 이휘철은 한국 금융시장의 붕괴를 애초부터 내다보

고 있었으며, 이는 실제로 내년, IMF 사태라는 이름하에 실현된다.

전생의 조광은 숱한 대기업을 집어삼킨 IMF 사태에도 무사할 수 있었지만, 이는 어디까지나 '운이 좋았다'라고 밖에 할 수 없는 것이었다.

조설훈 오너 체제하의 조광은 '기업 최적화'라는 이름 아래에 구조조정을 감행, 대규모 숙청을 벌였다.

조설훈의 독주는 반대 파벌의 손발을 끊어 냈고, 이는 IMF 사태와 맞물리며 의도치 않은 '경영 안정화'를 불러왔다.

하지만 그건 어디까지나 조설훈이니 가능했던 일이자, 조설훈이라서 했던 일이었다.

그런 대규모 구조조정과 숙청은 현재 자기 세력이 없는 조세화는 결코 할 수 없는 일이며, 전문 경영인 체제의 조광도 할 수 없는 일이다.

아마 이번 세계의 조광은 갈팡질팡하는 사이 '돈놀이'로 투자한 채권도 회수하지 못한 채 고정자산을 갉아먹으며 쪼그라들 것이다.

'그러니 이때는 오히려 회사가 쫄딱 망하지 않는 정도로만 망해야 한다는 균형의 리스크가 있을 정도지.'

그리고 세 번째이자 마지막으로 조세화가 감내할 리스크는 '나(이휘철)를 믿을 것'이었다.

이휘철의 이번 계획은 내가 경계하던 '타 대기업의 견제'를 방지할 수 있을뿐더러, '남들 보기에 나쁘지 않은' 모습으로 조광과 삼광(전자의 자회사)이 손을 잡는 형태가 될 것이나…….

'여차하면 삼광이 조광을 꿀꺽할 수도 있는 계획이기도 하지.'

막말로 이번 일에 내가 감수할 리스크는 사실상 없다시피 했다.

그야 합자회사 설립에 '명목상'의 지분을 쥐기 위해서라도 최소한의 투자는 이루어지겠지만, 그것도 여차하면 조광을 통해 뜯어낼 수 있는 돈이었다.

반면에 이 이름조차 짓지 않은 합자회사가 성공을 거두어도, 이쪽이 작정하고 나서면 조세화는 땡전 한 푼 건지지 못하고 가진 모든 것을 잃는다.

이는 이휘철을 CEO로 영입하는 리스크에 비할 바가 아니었고―그땐 최소한 억지력이라도 가할 수 있으니―그게 무산된 지금, 이런 극단적인 수가 아닌 다른 방안을 모색한다면 최소한 평생 잘 먹고살 만큼의 돈이라도 건질 수 있을 것이다.

"그런데도 하겠다고?"

내 말에 조세화는 묵묵히 차를 한 모금 마셨다가 찻잔을 감싸 쥔 채 대답했다.

"나에겐 너만한 재능이 없어."

조세화가 담담히 말을 이었다.

"분명 내가 이대로 조광을 경영했다간 아등바등하다가 조금씩 내가 가진 것을 잃어 가겠지."

"이 제안을 받아들이지 않더라도 내가 어느 정도는 도와줄 수 있어."

"어느 정도는."

조세화가 쓴웃음을 지었다.

"그건 이번 일처럼 전부는 아니잖아?"

"……."

"아무리 너라도 내가 대표로 있는 이상, 관계자가 아닌 네가 도와줄 수 있는 일에는 한계가 있겠지. 또, 그랬다간 내가 잃는 건 단순히 돈뿐만이 아닐 거야."

그 결과 가족, 친구, 사람에 대한 신의 등 무형의 자산을 잃어 갈 것이라는 조세화의 현실 인식은 부족함 없이 자라온 중학생이 감당하기엔 다소 잔혹했다.

조세화는 흔들림 없는 눈으로 나를 보았다.

"하지만 이번엔 너를 믿고 기다리기만 하면 돼. 지금의 나로선 너를 믿는다는 것 외에 달리 할 수 있는 게 없는 이상, 나는 너를 믿을 거야. 내가 만일 이 일로 뭔가를 짊어져야 한다면 그건 너에 대한 미안함과 감사뿐일 거야."

"평가가 과한걸. 잃을 게 큰 도박인데?"

조세화가 고개를 저었다.

"나는 할아버님의 제안을 도박이라고 생각하지 않아. 너라면 분명 우리가 만들 합자회사를 훌륭하게 키워 낼 거니까."

"……내 말은 그게 아니라."

"뭐가 되었건 실패의 결과는 같다고 봐. 더군다나 나 혼자 발버둥 쳐 가며 조광을 지켜 내 봐야, 그건 조광이라는 이름 뿐인 껍데기가 될 거야. 우리 할아버지의 조광도 조세화의 조광도 아닌 한물간 그저 그런 회사로 전락했을 땐, 사내의 많은 식구가 설 자리를 잃은 뒤겠지."

조세화가 빙긋 웃었다.

"그리고 이건 내 선택이야. 결과가 어떻든 그건 오롯이 내가 감당할 거고, 그러니 너를 원망하지도 않을 거야. 그리고 남에게 일 전부를 맡겨야 한다면, 그 정도 리스크는 감수해야 하지 않겠니?"

입 밖으로 내지는 않았지만, 조세화의 말은 내 배신으로 인한 실패까지 감내하겠단 각오를 내포하고 있었다.

'그리고 그건, 조광이 자신의 대에서 끊어지더라도 그 본질이라도 세상에 남으면 족하단 거겠지.'

삼광조차 이용 가치로 판단할 뿐인 나로서는 그녀의 책임감이 이해가 되질 않았지만.

"좋아."

나는 하는 수 없이 고개를 끄덕였다.

"정 네 뜻이 그렇다면 나는 말리지 않을게."

"고마워."

"고마워할 거 없어. 이번 제안은 나한테도 이득이 되는 일이니까."

내 말에 조세화는 웃으며 차를 마신 뒤 그제야 한동안 쥐고 있던 찻잔을 내려놓았다.

3장

양상춘은 시간에 맞춰 약속 장소로 자신의 차를 끌고 왔다.

이런 생각을 해선 안 되겠지만, 약속 장소에는 평소 꾀죄죄하던 양상춘의 모습에서는 예상할 수 없던 외제 세단이 기다리고 서 있어서, 강하윤은 그가 깜빡이를 넣어 신호를 주기 전까진 그게 양상춘이 몰고 온 차라는 걸 전혀 생각조차 하지 못했다.

그래서 강하윤은 스스로 속물적인 선입견으로 양상춘을 대했다는 것이 부끄러워 차에 탑승한 뒤로도 입을 다물고 있었는데, 양상춘은 그런 강하윤의 태도를 오해한 듯 툭 하고 입을 뗐다.

"오전에 나눈 이야기가 아직 마음에 걸리나?"

"……예?"

"왠지 그런 거 같아서. 아니라면 됐고."

어딘지 달가운 오해에 강하윤은 조수석 안전벨트를 만지작거렸다.

그야, 그녀도 오늘 있었던 일이 마음에 걸리지 않은 건 아니다.

어쨌건 모처럼 양상춘이 먼저 화두를 던져 주었으므로, 강하윤은 조심스럽게 고개를 끄덕였다.

"무언가 저에게 따로 여쭙고 싶은 게 있으셨습니까?"

양상춘이 부드럽게 핸들을 꺾었다.

"맞아. 그리고 그건 정 형사의 태도와도 무관하지 않은 것 같아서, 부득불 자네만 따로 불렀다네."

정진건의 태도?

"자네도 알다시피 정 형사는 한 번 입 다물기로 작정하면 그 입이 쉬이 열리지 않을 사람이니까."

하긴, 양상춘은 오늘 약속을 잡기 전, '정 형사에게선 내가 바라는 대답이 나올 것 같지 않'다는 말을 강하윤에게 하긴 했다.

'그땐 양 박사님의 제안에 당황해서 깊게 생각하지 못했지만……'

강하윤이 물었다.

"혹시 관련해 짐작 가는 부분이 있으십니까?"

"정 형사는 내가 이번 가설의 핵심인 석동출 형사의 위증에 대해 언급하기 시작하면서부터 노골적으로 언짢아하기 시작했지."

"……."

돌이켜보면 그랬다.

정진건은 양상춘이 석동출의 위증을 언급하면서 배성준을 화두에 올리자마자 남은 커피를 후루룩 마시곤 작별을 고했다.

그건 아무리 눈치가 없는 사람일이지라도 알 법한, '더 이상 대화를 나누고 싶지 않다'는 시그널이었다.

양상춘이 말을 이었다.

"그래서 나는 잠시 정 형사가 뻔히 진실을 알면서도 일부러 이 사건을 덮고자 하는 건 아닐까, 생각할 정도였다네."

"예?"

강하윤이 눈살을 찌푸렸다.

"지금 대체 무슨 말씀이십니까? 선배님은……."

언짢아하는 기색이 물씬한 강하윤과 달리 말을 잇는 양상춘의 어조는 담담했다.

"그건 우리가 확신할 수 없지."

강하윤은 그래도 정진건과 양상춘 두 사람이 친하다고 생각했는데, 둘의 우정과 별개로 양상춘은 정진건을 용의선상에 올리는 일에도 거침이 없었다.

양상춘의 매정함에 강하윤은 불쾌감을 느꼈다.

"그렇지 않습니다! 오히려 선배님께서는……."

말을 이으려던 강하윤은 아차 하며 입을 꾹 다물었고, 양상춘은 심드렁하게 말을 받았다.

"내가 방금 전 '잠시'라 하지 않았나? 그래, 오히려 그는 배성준 형사가 조광과 유착해 오고 있었다는 점을 밝혀냈지. 나도 알아."

양상춘이 말을 이었다.

"뿐만 아니라 정 형사는 김보성 검사를 도와 직전까지 최선을 다해 수사에 임했어. 그에게도 조설훈과 조지훈의 사망은 예기치 못한 일이었겠지. 아무튼 의심한 건 잠시뿐이고, 최종적으로 정 형사에 대한 개인적인 혐의는 취소했다네."

그렇다고는 해도 강하윤은 정진건을 의심했던 양상춘에 대한 서운함을 떨치기가 힘들었다.

양상춘은 조수석을 힐끗 쳐다보았다.

"자네는 내가 잠시나마 정 형사를 의심한 일이 언짢은 모양이군."

그 말에 강하윤은 속이 뜨끔했다.

"……솔직히…… 그랬습니다."

"피차가 좀 더 솔직해진다면 괜한 수고로움을 감수할 필요가 없을 텐데 말이야."

고개를 돌려 '너무 냉정하신 거 아닙니까' 하고 받아치려던 강하윤은 전방을 향한 양상춘의 표정에 입을 다물었다.

정진건을 의심한 일은 양상춘이라고 해도 괴로웠을 것이다.

양상춘이 말을 이었다.

"그 정도로 정 형사가 배성준을 비호하던 모습은 어딘지 부자연스러웠다네. 그래서 나도 구태여 자네에게 '정 형사와 배성준 형사 사이에 친분이 있는가'를 물은 것이고, 자네는 내 질문에 정 형사와 배성준 형사가 별다른 접점이 없다고 답했지."

"……."

"둘 사이에 별다른 친분이 없었음에도 불구하고 정 형사는 배성준을 비호하는 듯 보였으니, 당시의 나로서는 그런 의심을 해야만 했어. 친분과 별개로 이해관계가 일치해 있다면 대상을 비호하는 것은 자기변호로도 이어지니까."

물론 양상춘에게 악의는 없었을 것이다.

그리고 그건 양상춘 스스로도 어찌할 도리가 없는 천성이리라.

양상춘이 가벼운 한숨을 토했다.

"그 감사와 관련해서 말인데, 혹시 석동출 형사에게도 혐의가 있었나?"

그럼에도 불구하고 금세 냉정하게 제 할 말을 하는 양상춘을 보며 강하윤은 쓴웃음을 지었다.

그런 강하윤을 오해했는지, 양상춘이 조심스럽게 말을 이었다.

"자신이 속한 조직의 치부를 드러내기 쉽지 않다는 건 나도 안다네. 하지만 여기엔 우리 두 사람뿐이잖은가."

이제 와서 새삼 조심스러워 해 봐야 무슨 소용이랴, 싶었지만.

강하윤이 고개를 저었다.

"아닙니다. 실은, 감사는 흐지부지되었던 모양입니다."

"흐음."

양상춘이 눈을 가늘게 떴다.

"감사가 취소되었나?"

"예. 제가 알기로 배성준 형사 외에는 혐의가 없었고, 배성준 형사가 순직하신 뒤엔 내부에서 덮기로 한 모양입니다. 사안이 사안이다 보니 경찰 내부에서도 이만하면 충분하지 않은가 하고……."

강하윤은 얼버무렸지만, 그렇다고 해서 Y서 전체가 털어서 먼지 하나 나오지 않을 만큼 깨끗했다는 이야기는 아니었다.

감사가 중단된 건 어디까지나 이 일을 덮고자 하는 윗선의 이해관계가 일치한 것뿐이었다.

하긴, 조설훈과 조지훈, 둘의 사인조차도 대중에게도 제대로 알려지지 않았을 정도니까, 어지간히도 입단속을 했을 것이다.

그리고 윗선에서 사건을 쉬쉬하기로 했다는 것은 양상춘 본인도 잘 알고 있었으므로, 그는 고개를 끄덕였다.

"그렇다면 최종적으론 석동출 형사에겐 유착 혐의가 없었다는 것으로 봐도 되겠군."

"저도 그렇게 생각했습니다."

"그래. 석동출 형사는 언론의 제물로 쓸 수도 없을 만큼 깨끗했단 거니까."

"……."

아니, 그건 뉘앙스가 좀 그런데.

양상춘이 말을 이었다.

"어쨌건 나는 자네의 말을 듣기 전까진 석동출 형사도 조광과 유착해 온 것이 아닌가, 생각했다네."

"석동출 형사가 위증을 해서, 아니 위증을 했다고 판단하셔서 그랬습니까?"

"그렇지."

"그럴 리 없잖습니까."

"흠, 그렇게 말하는 걸 보니, 강 형사, 석동출 형사랑 친한가?"

"……이번에는 제가 혐의에 오른 겁니까?"

양상춘이 눈살을 찌푸리자, 강하윤이 픽 웃었다.

"농담입니다."

"……자넨 농담에 소질이 없군."

말은 그렇게 했지만, 양상춘도 강하윤의 화가 풀렸다는 걸 알게 되어 썩 나쁜 기분은 들지 않았다.

"아무튼 수사도 공유할 정도였으니 친한 것으로 알고 묻겠네. 형사로서 석동출은 어때 보였나?"

강하윤은 딱히 잘 알지도, 친한 것도 아닌 석동출에 대해 왈가왈부하긴 꺼려졌으나, 양상춘의 추리에 도움이 되리란 판단에 대답했다.

"잘 알지는 못합니다만, 성실하고 유능한 분이라고 판단했습니다."

"마찬가지일세."

양상춘이 담담히 말을 받았다.

"배성준 형사도 남들이 보기엔 유능하고 성실하다는 평가를 받을 만한 인물일 테지. 그러니 평소 행실과 이면의 진실은 별개로 두고 사안에 접근할 필요가 있다는 걸세."

"……."

"아무튼 그런 무난한 대답을 한 걸 보니 자네가 석동출 형사와 별로 친하지 않다는 건 잘 알겠네."

강하윤이 입을 삐죽였다.

"말씀드리지 않았습니까, 잘 알지는 못한다고……. 혹시 그 말씀을 하시려고 여쭤본 겁니까?"

양상춘이 고개를 저었다.

"아니, 구체적으로는 석동출 형사가 공무보다 사익……

그러니까 이땐 의리나 우정 같은 걸 우선시하는 인물처럼 보였느냔 걸 묻고 싶었다네."

강하윤이 고개를 갸웃했다.

"질문하신 요지를 모르겠습니다."

"별일 아닐세. 그건 경우에 따라선 석동출 형사가 위증을 했던 중요한 동기가 되니까."

엥? 그건 별일 아닌 게 아닌데?

"그게 무슨 말씀이십니까?"

"그 일에 대답하기 전에 한 가지 물어보겠네. 자네, 배성준 형사에 대해선 잘 아나?"

강하윤이 고개를 저었다.

석동출이야 업무상 몇 번 대화를 나눈 사이니 때에 따라선 '알고 있다'고 말할 수 있는 사이였으나, 배성준은 그야말로 잘 모른다.

"판단할 여지조차 없습니다."

"흠, 이번엔 내가 질문을 잘못한 모양이군. 그러면 이렇게 묻지. 자네는 배성준 형사의 장례식장 조문을 갔는가?"

"아, 옙. 광수대 일동과 다녀왔습니다."

"장례식장은 어떻던가?"

이번에도 괴상한 질문이었다.

여느 장례식장이 그러하듯 배성준의 장례식장은 비통으로 가득하였고, 심지어 조문객조차 방명록 한 권을 채우지 못할 만큼 뜸해 쓸쓸하기까지 했다.

'하지만 분위기를 물어본 건 아닌 것 같고.'

강하윤이 조심스레 물었다.

"혹시 가족관계 말씀이십니까?"

"그래, 그거."

강하윤은 이제 얼추 양상춘을 대하는 원칙을 어렴풋하게나마 알 듯했다.

"음, 아내분은 오래전 사별하셨고, 직계가족으론 아직 어린아이 둘만이 남아 있었습니다."

"……그거 안됐군. 그러면 남은 아이들은 앞으로 어떻게 되나?"

"듣기로는 장례식장에 있던 먼 친척이 맡아 준다고 했습니다. 배성준 형사님 생전에도 맡아 길러 주셨다고……."

"……."

양상춘은 침묵 끝에 고개를 끄덕였다.

"알 것 같군."

"예?"

"그러면 이번엔 이걸 물어보겠네."

한 가지만 물어본다고 해 놓고선.

"말씀하십시오."

"석동출 형사와 배성준 형사 사이의 유대는 어때 보였나? 이건 그냥 자네가 눈으로 보고 판단한 걸로도 충분하네."

배성준과 석동출 각 개인에 대해서는 잘 모르지만, 그건 대답할 자신이 있다.

"유대는 무척 끈끈해 보였습니다."

양상춘은 '자네랑 정 형사처럼?' 하고 말하려다가 관두곤 잠시 생각에 잠겼다가 다시 입을 뗐다.

"다른 것과 달리 이번엔 확신을 갖고 말하는군."

강하윤이 머쓱한 얼굴로 볼을 긁적였다.

"예. 그 정도면 충분히……."

"좋아. 이걸로 아주 정확한 건 아니겠지만, 얼추 최소한 가려운 부분을 긁어 줄 만큼의 답은 나왔다네."

"답…… 말씀입니까?"

양상춘이 고개를 끄덕였다.

"그래. 정 형사가 이 일의 진상을 파헤치는 것을 꺼려 한 것과 석동출이 위증을 한 이유까지."

강하윤이 눈을 깜빡였다.

"뭡니까, 그게?"

"돈일세."

양상춘의 단도직입적인 대답에 강하윤이 눈살을 찌푸렸다.

"돈이라니, 설마 박사님께선 이번에도……."

양상춘이 강하윤의 말을 얼른 끊었다.

"아니. 오해하지 말게. 나는 정 형사나 석동출 형사가 뒷 돈을 받고 입을 씻었다는 게 결코 아니니까."

"……."

"내 말은 순직한 배성준 형사 이야기라네."

"배성준 형사님이…… 아."

그제야 강하윤도 눈치챈 듯 눈을 동그랗게 떴다.

"순직자에게 지급되는 보상금과 연금 말씀이십니까."

"그래."

양상춘이 쓴웃음을 지었다.

"자네도 알다시피 배성준 형사는 조광의 뒷돈을 받아 가며 가족을 부양했네. 그 자체는 비난할 일이지만, 그렇다고 그 사실을 몰랐던 가족들에게까지 연좌제를 적용할 수는 없는 노릇이야."

"……."

"그리고 두 아이는 배성준 형사의 순직으로 고아가 되었지. 부양가족을 잃고 만 두 아이들에게 정부에서 지급하는 연금은 큰 도움이 될 걸세."

양상춘이 말을 이었다.

"또, 자네는 감사가 흐지부지되었다고 했네. 그 결과 배성준 형사는 영웅……까지는 되지 않았지만, 그나마 순직이라는 형태로나마 명예를 지키며 남은 가족에게 최소한의 생계지원도 해 줄 수 있게 되었어. 하지만, 세간에 이 사건의 진실이 알려진다면 배성준 형사의 연금 자격은 박탈되어야 할 거야."

강하윤은 침울한 얼굴로 중얼거렸다.

"그래서 저희 선배님도……."

"음. 내 생각이지만 정 형사 역시도 그런 배성준 형사가 못내 마음에 걸린 모양이지. 경력도 비슷하고, 자식이 둘 있다는 점도 비슷해. 뭐, 그것만 두고 보자면 경찰 내에도 비슷한 처지가 많지만, 어쨌건 그 친구 성격에 배성준의 남겨진 가족에게도 차마 그런 엄격한 잣대를 들이밀 수는 없었겠지."

"……."

강하윤은 가만히 고개를 끄덕였다.

"마침내 진실이 드러났지만, 알고 나니 잔혹하군요."

그 말에 양상춘이 눈썹을 씰룩였다.

"그게 무슨 소리인가?"

"……예?"

양상춘이 한 손으로 안경을 고쳐 썼다.

"그런 건 사건의 진실이 아닐세. 어디까지나 진실을 가로막던 모호한 안개가 걷힌 것에 불과하지. 오히려 지금부터가 시작이라고 할 수 있을 정도야."

"……."

이 사람은 분위기 파악을 못 하는 걸까, 아니면 알면서도 신경을 쓰지 않는 것일까.

'……아마도 후자겠지.'

강하윤은 한숨을 푹 내쉬었다.

양상춘이 입을 뗐다.

"아무튼 이걸로 막연하게 추측하던 조각 하나가 풀리게 되었네."

"막연한 부분이라 하심은?"

"석동출 형사가 위증을 한 까닭이었지."

양상춘이 말을 이었다.

"그동안 내가 섣불리 어떤 가설을 생각할 수 없었던 건, 석동출 형사가 배성준과 어느 선까지 동조하고 있었는가, 하는 것이 의아했거든. 만일 그가 사적 이익을 추구하기 위해 위증을 한 것이라면 이래저래 걸리는 점이 생겨서."

그 말에 강하윤은 인상을 살짝 찡그렸다.

"여전히 위증을 전제로 말씀하시는군요."

"물론. 이 시점에서 석동출 형사가 위증을 했다는 자체는 명명백백하네."

"그것도 아직 정확히 밝혀지지는 않았습니다만."

양상춘이 힐끗 강하윤을 보았다.

"그러면 자네는 석동출 형사의 증언과 현장의 모순에 대해 생각한 바를 내게 설명해 줄 수 있겠나?"

강하윤이 떨떠름해하는 얼굴로 양상춘을 보았다.

"……최소한 박사님의 생각이 가설과 그 가설을 설명하기 위한 가설로 이루어져 있다는 생각은 하고 있습니다."

강하윤이 지지 않고 받아치자 양상춘이 빙긋 웃었다.

"좋아. 비판적 사고는 나쁘지 않지."

양상춘은 잠시 뜸을 들인 뒤 다시 입을 뗐다.

"알겠네. 마침 좋은 기회니 어디 석동출 형사가 위증을 하지 않았다고 가정해 보지."

"예."

"그러면 조지훈이 조설훈을 살해했다는 것에서 출발하게 되겠군. 여기서 좌회전인가?"

"아, 넵."

양상춘이 부드럽게 차선을 바꿨다.

"아무튼 석동출 형사의 증언을 사실로 판단했을 경우, 우리는 조지훈이 조설훈을 인적 드문 장소로 납치하여 총으로 살해하였다는 사실 또한 받아들여야 할 거야."

그 자체는 결과적으로도 사실이다.

양상춘이 말을 이었다.

"하면, 이때 조지훈은 어째서 그런 번거로운 방식으로 조설훈을 살해하였을까?"

"번거로운 방식, 말씀입니까?"

양상춘이 고개를 끄덕였다.

"그래. 자네도 알다시피 사람을 죽이는 일엔 여러 방법이 있다네. 이번 경우처럼 총살과 교살, 그 외에는 독살, 폭행치사…… 등등이 있겠지."

양상춘은 할 수만 있다면 세상에 존재하는 모든 살해 방식을 읊을 기세였으나, 지금은 별로 중요하지 않다는 듯, 이를 적당한 선에서 끊었다.

"그리고 이번엔 그 많고 많은 방법 중 '조지훈'은 총살을 선택했어."

왠지 비꼬듯 주어인 '조지훈'을 강조한 양상춘은 한 차례 뜸을 들였다가 물었다.

"하지만 합리성 측면에서 보자면, 굳이 그럴 필요가 있을까?"

새삼 생각하는 거지만 단어를 고르는 센스는 어딘지 양상춘의 인간성을 의심케 했다.

"합리성이라니……."

"물론, 모든 살인은 전쟁을 포함해 비합리적일세, 하지만 이 시점에 자네와 윤리 철학 문제를 가지고 왈가왈부하고 싶지는 않네만."

강하윤은 얼른 동의했다.

"저도 그렇습니다."

양상춘은 강하윤의 대답에 피식 웃어 보이곤 재차 말을 이었다.

"그러면 이를 합리성의 측면에서 생각해 보겠네. 내가 주안점을 둔 건, '총으로 쏘아 죽일 필요'야."

"필요 말씀입니까?"

양상춘이 고개를 끄덕였다.

"그래. 이번 사건은 살해자와 피살자가 누구든 간에 계획 범죄임은 분명하지. 술에 탄 마취약을 준비하였고, 불심검문에 걸리기라도 하면 변명도 못 할 권총까지 준비되어 있었어. 여기서 조설훈……. 아니, 여기선 일단 조지훈이지. 조지훈이 조설훈을 불러내 마취약을 먹인 이상, 그를 살해하는 방법은 여러 가지였다."

입으로는 조지훈의 살인 계획을 말하고 있었지만, 속내는 여전히 그렇지 않은 것 같다고 강하윤은 생각했다.

양상춘의 말이 이어졌다.

"조설훈이 마취되어 저항하지 못하는 상태였다고 가정한다면, 그를 죽이는 것 자체는 어렵지 않아. 현장에서 발견된 다른 시체에 이미 행하였듯, 죽이고자 했다면 교살만으로 충분했을 걸세. 실제로 현장에서는 교살당한 시체 한 구와 교살에 쓴 줄이 나왔지. 그 흉기는 조설훈을 포박하는 것에도 사용되었지만, 아무튼."

양상춘의 차가 신호를 받아 멈춰 섰다.

"이때 굳이 권총을 사용하는 건 다분히 비합리적이지."

강하윤이 물었다.

"이런 말을 하기는 조심스럽습니다만, 총으로 사람을 죽이는 일이 가장 쉽고 빠르지 않습니까?"

그 말에 양상춘이 픽 웃었다.

"효율성의 측면에서 총은 인류사에 일대 혁신을 가져온 무기임은 분명하지만, 그건 어디까지나 효율성이지, 효율성은 합리성과 합치하는 단어가 아닐세."

"……."

"이 대한민국 땅에서 총기를 사용한 살해는 리스크가 있지. 그래서 개인적으론 박길태 건도 거기에 총이 사용되지 않았다면 경찰과 검찰 측도 그렇게까지 열성적으로 수사하지 않았을 거라고 본다네."

그 '열성적으로 수사한' 당사자가 그런 말을 하니 어딘지 아이러니했지만, 강하윤은 그러려니 하며 고개를 끄덕였다.

이것도 만약이지만, 만일 박길태와 김수영의 사인이 총기가 아닌 다른 흉기─날붙이며 둔기 등이었다면 광수대가 조직되는 일도 없었을지 모른다.

실제로 박길태의 시체가 발견된 초기엔 조직 내부 항쟁으로 처리해 수사하려는 시도도 있었고, 그땐 한강 변사체 사건과 연결 지어 볼 생각도 하지 않았다.

양상춘은 신호가 초록불로 바뀌자 다시 차를 몰았다.

"그래서 나는 조지훈이 조설훈을 포박해 '처형'하였다는 것에 의심을 품었던 거지. 거기에 내가 알지 못하는 종교적 의미 및 의식의 수단으로서 '처형'을 택해야만 했다고 하면 나도 할 말이 없지만……. 그건 줄곧 이야기하고 있던 합리성 측면에 위배되니 일단 배제하겠네."

잠자코 양상춘의 이야기를 듣던 강하윤이 문득 생각난 걸 입에 담았다.

　"그러면 만약 도중에 조설훈의 마취가 풀렸다고 한다면 어떻습니까?"

　"음?"

　"그래서 조지훈은 조설훈의 거센 저항에 하는 수 없이 가지고 있던 총으로 조설훈을 살해하였다고 한다면……."

　양상춘이 고개를 갸우뚱했다.

　"굳이?"

　"예?"

　"그 가설에서 조지훈은 방식에 아랑곳하지 않고 조설훈을 죽이기로 작정했다는 게 되겠군. 게다가 그럴 거라면 마취가 풀리는 리스크와 장소를 옮기는 수고로움을 감수하느니 술집에서 마취약이 들었을 때 교살하면 간단한 일이지 않는가."

　그걸 '간단'하다고 말하는 건 좀 어떨까 싶은데.

　강하윤은 떨떠름해하는 표정을 감추지 않으며 반박했다.

　"술집에서는 죽일 수 없었다고 하면 어떻습니까?"

　강하윤은 미간을 찌푸려 가며, 방금 떠올린 생각을 이어 갔다.

　"그런 일이라면, 음, 이런 일도 있지 않겠습니까. 조지훈의 차 트렁크에서 발견된 운전기사를 방심시키고자, 당시에는 죽일 수 없었다. 이 시점에 조설훈이 사망해 있었다고 한다면 운전기사는 당연히 조설훈과 연락이 닿지 않음을 의심하지 않겠습니까? 하다못해 실종 신고라도…….”

“…….”

강하윤이 자신의 가설에 확신이 없는 듯 양상춘의 표정을 살피자, 양상춘은 짧은 침묵에 의아해하며 강하윤을 힐끗 쳐다보았다.

“계속해 보게. 흥미롭군.”

강하윤은 조금 안도하면서, 그리고 약간의 자신감을 담아 흐렸던 말을 이었다.

“예. 그러니까 조지훈은 일단 마취약에 취한 조설훈을 ‘술에 취했으니 부축을 도와달라’고 운전기사를 술집에 불러낸 겁니다. 이 시점에 조설훈이 사망해 있었다고 하면 호흡이며 맥박으로 알아차릴 수도 있으니 리스크가 생기죠. 또한 술집은 2층에 위치해 있었습니다. 이때 그들은 정문엔 CCTV가 있으니 뒷문 비상계단을 사용해 조설훈을 옮겼을 겁니다. 아무래도 둘보단 셋이 옮기기 쉽고, 옮긴 뒤에는 목격자까지 제거할 수 있으니…….”

일석이조, 일거양득 이라는 말을 하려던 강하윤은 자신의 사고가 저도 모르는 새 양상춘에게 옮은 것에 깜짝 놀라 말 끝을 흐렸다가 헛기침으로 말을 이었다.

“……흠, 흠. 아무튼 조지훈은 동시에 조설훈의 운전기사도 제거할 필요가 있어서 부득이하게 장소를 옮긴 것이 아닌가, 하고."

"……."

"그, 그리고 조지훈은 조설훈을 차에 태워 현장까지 데리고 간 겁니다. 그 뒤 조지훈은 조설훈이 약에서 깨어 정신을 차릴 때까지 기다린 걸로……."

강하윤은 양상춘의 침묵에 자신의 가설이 이상한건가, 하고 스스로 위축되기 시작하면서, 방금 전 자신감은 오간 데 없이 조심스레 덧붙였다.

"만일, 조지훈이 총을 들이밀고 조설훈과 대화를 나눌 필요가 있었다고 하면, 어떻습니까?"

"대화?"

"예. 이를테면, 아버지는 형만 좋아했다, 라거나……. 비밀금고의 자물쇠 번호라든가."

양상춘이 고개를 끄덕였다.

"일단 알겠네."

뒤이어 양상춘은 빙긋 웃는 얼굴로 강하윤을 보았다.

"자네가 생각하던 것보다 영화를 좋아한다는 걸."

"……."

예, 뭐, 그러실 줄 알았습니다.

강하윤이 입을 삐죽였다.

'그래도 중간까진 괜찮았던 거 같은데.'

양상춘이 어조를 바꿔 말을 이었다.

"아무튼 타당성은 있군. 정보를 얻기 위해서 살려 두었다고 하면, 일리는 있어."

강하윤은 안도하는 동시에 한 건 했다는 생각으로 뿌듯함을 느꼈다.

"예!"

"마침 현장은 총성이 울려도 신고할 사람이 없을 만큼 인적이 드물고, 비가 내려 산책할 사람도 없었지. 총으로 쏘아 죽이기로 작정했다면 그만한 장소도 달리 없었을 거야."

양상춘이 힐끗 강하윤을 보았다.

"그러면 자네의 견해 속에서 배성준 형사가 '정의로워지기 시작한' 시점은 언제일까?"

"……예?"

"석동출 형사의 증언에 따르면, 배성준 형사는 조설훈 혹은 조지훈…… 아무튼 증언을 토대로 말하자면 둘 중 한 사람을 감시하고 있었다. '사태가 심상치 않다'는 걸 직감한 배성준 형사는 석동출 형사와 합류, '조지훈이 조설훈을 살해하는 것'을 목격하곤 석동출 형사와 함께 즉시 현장 대응에 나섰지."

"……."

"이때 배성준 형사가 사태가 심상치 않음을 느끼기 시작한 시점은 언제라고 보나?"

강하윤은 생각하다가 조심스레 답했다.

"저…… 조설훈을 차에 실었을 때일까요?"

"그거 놀랍군. 자네의 말에 따르면 배성준 형사는 조설훈을 부축한 운전기사가 교살당한 뒤 트렁크에 실리는 걸 목격했음에도 불구하고 즉시 지원 요청을 하지 않은 게 되는데, 이때 그는 정의롭지 않았거나, 보다 큰 대어를 노린 셈이 되는 건가?"

"……아."

"뭐, 그것도 일단 가설이니 일단 내버려 두겠네. 단순히 사각 지역에 있다가 조지훈의 차가 움직이는 걸 발견하곤 뒤를 쫓았을 수도 있지. 이때는 현장에 조설훈의 차가 남아 있음에도 불구하고 조지훈의 차를 쫓았다는 게 되지만, 그것도 보류해 두지."

"……."

"그리고 배성준 형사는 비 내리는 폐공장 부지에서 조설훈을 포박한 채 총을 겨누고 무어라 떠들어 대는 조지훈을 보면서 그가 방아쇠를 당기기 전까지 기다렸겠군."

"……."

"아마, 그건 배성준 형사에겐 바람직한 일이었겠지. 조설훈만 죽어 준다면 자신의 부정을 증언할 사람이 줄어들게 되니까. 음, 이땐 석동출 형사도 현장에 있었다고 하니, 그에 동조했겠군."

강하윤이 인상을 찌푸렸다.

"하지만 박사님, 석동출 형사는…….."

"그래. 근면 성실하며 타의 모범이 되는 형사겠지. 동시에 자신의 버디와 끈끈한 유대가 있는 형사이고. 이때 그는 공무와 사적 관계 사이에서 배성준 형사의 이익을 우선시하는 한편 한 점 위증도 저지르지 않게 되었네."

담담한 어조였지만, 마치 몰아붙이듯 한 차례 쏘아 낸 양상춘은 잠시 뜸을 들였다가 다시 입을 뗐다.

"미안."

"……어째서 사과하시는 겁니까?"

"자네를 자극하려고 일부러 어휘를 골랐네. 그럴 의도가 있었다곤 하나, 뱉고 보니 바람직하지 않았다고 생각해서."

"……휴우."

강하윤이 한숨을 토하며 머리를 쓸어 올렸다.

"아닙니다. 박사님의 말씀을 듣고 보니 그럴 수도 있겠단 생각입니다."

그야 완전히 동의하지는 않는 데다가 자신의 말을 뒤집어 비꼬듯 논박한 것은 불쾌했지만, 양상춘도 그 점은 사과했으니.

'이제 와서 따져 봐야 나만 우습고.'

양상춘이 강하윤을 힐끗 쳐다보며 덧붙였다.

"아, 그래도 운전기사를 운반에 사용했단 점은 흥미로웠다네. 또 내심은 석동출 형사에 대한 자네의 긍정적인 견해

다시 사는
재벌가
망나니

에도 그닥 반대하지 않아."

그 말에 강하윤이 쓴웃음을 지었다.

'지금 그 말은 좀 치사하네.'

강하윤은 가볍게 고개를 저은 뒤, 양상춘을 물끄러미 바라보았다.

"……그러면 만약 박사님의 견해대로 석동출 형사가 위증을 했다면, 그는 근면 성실하며 타의 모범이 되는 형사이자 버디와 끈끈한 유대가 있는 형사가 될 수 있습니까?"

잠시 뜸을 들인 양상춘이 고개를 끄덕였다.

"관점에 따라서는. 그리고 석동출 형사 역시 정 형사가 비호해 줄 만큼의 인물이 될 여지도 있겠군."

강하윤이 눈을 깜빡였다.

"예? 위증을 했는데, 어째서입니까?"

"그건……."

양상춘은 대답하려다가 말고 창밖을 보았다.

"언젠가 기회가 된다면 말해 주겠네."

이야기하는 사이, 양상춘의 차는 어느새 원래 목적지였던 박강선이 있는 임시 보호소에 도착해 있었다.

"어머, 그러면 예은 언니라고 불러도 될까요?"

"그럼요."

"말 편하게 하세요. 제가 연하이긴 해도 나이 차도 크게 나지 않잖아요."

"그러면…… 그럴까?"

"네, 언니!"

어쩌다가 일이 이렇게 됐는지.

나는 조수석에 앉아 뒷좌석에서 들려오는 이야기를 들으며 턱을 괴었다.

조세화를 요한의 집으로 데려가는 건 내 예정에 없던 일이었지만, 어쩌다 보니 그녀와 요한의 집까지 동행하게 되었다.

'당최 무슨 생각인지 알 수가 없군.'

나는 조세화가 박강선을 만나는 일을 꺼림칙해할 것이라 생각했다.

그도 그럴 것이 그녀는 박강선이 박상대의 사생아라는 것도 알고 있는 데다가 트로피 속 도청을 들었을 테니, 박상대와 조설훈의 관계가 어떠했다는 것쯤은 알고 있을 텐데 무슨 생각인지.

'다행히(?) 그건 미수에 그쳤지만, 그래도 조설훈은 명백히 박상대를 제거하려고 했는데 말이야.'

게다가 거긴 강하윤이며 정진건도 올 텐데, 이미 끝난 일이라지만 조설훈을 수사 대상에 올렸던 광수대 소속 인물과 마주하게 하는 것도 꺼림칙했고.

내가 그 부분을 '경찰도 올 것'이라며 슬쩍 언급했더니, 조세화는 잠시 멈칫했을 뿐 '그렇구나' 하며 대수롭지 않게 내 말을 받았다.

'알고서도 만나 보겠다는 건가. 아니면 그렇기에 더더욱?'

그렇게 따지면 조성광의 장례식 날, 조세화는 김보성 검사를 앞에 두고도 아무렇지 않게 대화를 나누기도 했다.

나는 슬쩍 백미러를 보았다.

'그렇게 따지면 전예은도 전예은이지.'

전예은은 조세화가 누구인지, 내가 그녀를 데리고 회사에 방문하자마자 알아보았을 것이다.

심지어는 내가 조세화를 파악하고 있는 것보다 더 잘 알고 있을지 모른다.

'게다가.'

나는 운전석의 강이찬을 힐끗 쳐다보았다.

'그녀는 강이찬을 통해 여기 오기 전 김철수를 만나서 권총을 건네받았다는 것도 알고 있을 거고.'

그러면서도 태연하게 '저는 아무것도 몰라요' 하고 잡아떼는 전예은을 보고 있자면 여간 잔망스러운 것이 아니다.

'사실상 따지고 보면 전예은만큼 속내를 잘 감추는 사람도 드물지.'

생각하면 전예은이 '안다'고 하는 건 내게 그 정도의 리스크를 수반하는 일이었다.

그녀가 했던 말과 내가 행했던 몇 가지 테스트로 말미암아, 나는 전예은의 능력이 내게 통하지 않음을 확신했다.

하지만 나를 제외한 내 주변 인물에 대해서는 그녀의 초능력이 여지없이 통했고, 이는 그녀가 내 주변 인물을 통해 사안에 접근할 수 있다는 단초마저 제공하는 일이기도 했다.

'그러니 나로서는 전예은을 어느 정도까지 신용해도 좋을지 모르는 이상, 신중할 필요가 있어.'

만에 하나 있을지 모를 그녀의 배신을 대비하여 가족을 인질로 잡아 두려 해도, 요한의 집 출신인 그녀에겐 그조차 요원한 일이었다.

'하다못해 돈으로 회유하려 해도 워낙 검소하니.'

나는 이따금 긴밀히 주고받을 이야기가 있을 때면 종종 전예은의 집을 찾곤 했는데, 내가 마련해 준 빌라 내부는 마치 미니멀리즘을 지향하는 것처럼 휑했다.

'그나마 벽에 SBY 포스터가 붙어 있는 건 또래 애들 느낌이긴 했지만, 그것도 사실상 업무와 관계된 거였고.'

그래도 한창 이성에 관심이 많을 시기인데, 애인이라도 생기지 않으려나 싶어 주변을 둘러보아도 그런 일은 없어 보였으니.

'그렇다고 내가 그걸 남한테 넌지시 캐 보는 것조차 그녀가 알게 될 수 있으니, 전예은의 약점을 잡는 일은 꽤나 어려워.'

그나마 그녀의 능력에 제약이라고 한다면 '직접 본 대상'에 한해서 그 능력이 발동하는 것이어서, 그녀와 아무런 접점도 없을 만한 인물을 정보원으로 만들어 견제하자면 못 할 것도 없지만.

'그것도 하려면 신중하게 시도해야 하겠지.'

잠시 전예은에 대해 생각하고 있으려니 조세화의 목소리가 이어졌다.

"안 그래도 언니 보면서 참 동안이다 싶었는데, 저보다 나이가 조금 더 많은 줄은 몰랐어요."

"그랬니?"

"네, 그나마 범죄는 아니어서 다행이다 싶긴 하네요."

전예은을 고용한 일이 딱히 불법은 아니다만?

전예은이 대답했다.

"응, 고작 네 살 차이인걸."

조세화랑은 세 살 차이 아닌가?

조세화가 그 말을 웃으며 받았다.

"그래도 네 살 차이면 크죠, 언니."

"흠, 사회에서는 딱히 그렇지만도 않은걸?"

"어머, 그러게요. 언니는 벌써 사회인이군요. 저는 아직 학생인데."

"응. 그런데 세화는 학생 땐 학업에 열중할 때라고 생각하지 않니?"

"후후, 저 이래 봬도 할 거 다 하면서 성적도 좋은 편이거든요."

"응, 공부 잘할 거 같더라. 그래도 목표는 높게 잡아야 하지 않을까?"

"저도 향상심은 중요하다고 생각해요."

"그럼. 유학도 간댔으니, 한동안은 그래야 할 거 같네."

"그래도 종종 연락은 주고받을 거예요. 요샌 인터넷이 있으니까요. 또, 앞으로 있을 일을 생각하면 종종 신세 질 거 같으니 그땐 잘 부탁드려요."

"응. 나야말로."

뒤를 힐끗 살피니 둘은 웃는 얼굴로 담소를 나눌 뿐이었다.

'다행히 화기애애하군.'

뭐, 전예은에겐 다른 사람에게 맞춰 주는 숨은 특기가 있는 데다가 조세화도 사교적인 성격이니까.

덧붙여, 강이찬은 괴로운 듯한 얼굴로 방금 전 가벼운 한숨을 내쉬었는데, 아무래도 오는 길에 있었던 김철수 일로 고민이 있는 모양이었다.

'그래서인지는 몰라도 서둘러 퇴근하고 싶어 하는 기분인 것 같군.'

차도 묘하게 속도가 빠른 느낌이고.

그 덕분인지는 몰라도 요한의 집에는 예정보다 빠른 시간에 도착할 수 있었다.

"여기가 요한의 집이구나."

차에서 내린 조세화는 고개를 끄덕이며 짤막한 소회를 표했다.

"생각보다 좋은데? 텃밭도 있고."

그렇게 말한 조세화는 찌르르르 울어 대는 매미 소리를 뒤로하고 미소를 지었다.

"게다가 비교적 신축 건물도 보이는데, 이것도 성진이 네가 후원을 하면서 좋아진 걸까?"

나는 조세화의 말을 가볍게 받았다.

"아니야, 원래도 터는 좋았어."

그러니 조광도 구봉팔이 있는 재단을 통해 침을 발라 두었겠지.

요한의 집이 자리 잡은 D구는 그린벨트로 묶인 지역답게 산턱을 낀 주위가 초록빛으로 가득했다.

내가 처음 요한의 집에 방문했을 땐 겨울이어서 헐벗은 산등선이만 보았을 뿐이었지만, 날이 풀리고 초목이 우거지기 시작하니 제법 그럴듯한 경관을 자랑했다.

'당초 요한의 집은 설립 당시부터 추후 그린벨트가 풀렸을 때를 대비해 묶어 두려는 목적으로 설립된 곳이었으니, 조세화의 말마따나 주위 경관은 나쁘지 않군.'

요한의 집을 끼고 도는 저 산턱부터 아래를 타고 쭉 이어지는 임야는 박상대가 D구 지역 유지였던 선대로부터 물려받은 재산 목록에 포함되어 있었다.

여기서 다소 아이러니한 일이지만, 그 박상대의 유산을 재판 없이—유상훈은 아쉬워했지만—상속받게 된 박강선은 그 영향력하에 있는 보육원인 요한의 집에 신세를 지게 되었다.

'박강선이 얼굴 한 번 보지 못한 부친 박상대도 요한의 집과 무관하지 않았단 걸 고려하면, 참 얄궂군.'

양친을 모두 잃은 박강선이지만, 솔직히 말해 박상대의 결코 적지 않은 유산을 상속받은 그는 구태여 고아원 신세를 질 필요가 없었다.

박강선은 지금이라도 적당히 이름뿐인 후견인만 붙여 기숙사가 있는 해외로 유학을 떠나 한국에 발붙일 필요 없이 평생 잘 먹고 잘살 수도 있었지만, 어째 박강선은 유상훈의 사탕발림에도 불구하고 한사코 요한의 집에 가겠단 말만 반복했다.

'아버지를 따라 지역 기반을 다져 정치라도 하려는 건가?'

그게 아니면 그 재산을 관리하는 내가 허튼짓을 하지 않도록 감시하기 위해서?

설마, 그건 아니겠지.

'쿵, 박강선만 없으면 이쪽 부동산을 담보로 여러 사업도 벌일 수 있을 텐데.'

자고로 D구라 함은 정부의 개발 제한 해제 이야기가 나올 때마다 번번이 물망에 오르던 곳이기도 했다.

그때마다 D구의 부동산 가격은 요동치기 일쑤였고, 그래서 D구에 부동산을 가진 사람들은 '이번에야말로' 하며 계속 땅을 묶어 두고 있다가 재개발이 무산되면 '그러면 그렇지' 하며 한숨을 내쉬는 일이 빈번했다.

결국 박상대가 건재하던 전생에도 D구는 재개발이 이루어진 적이 없었는데, 이는 역설적으로 '국회의원' 박상대가 선친에게서 물려받은 땅에 재개발을 추진하는 일이 남들 보기에 퍽 노골적인 일이어서, 그도 일단 자제하고 있었을 공산이 컸다.

'하지만 그것도 이번 생에는 어떻게 될지 모르겠군.'

만약 D구의 개발제한이 풀린다면, 박강선이 상속받은 부동산 가격은 지금과 비교할 수 없을 정도로 뛰어오를 것이며, 이는 자연스레 그 재산을 펀드로 관리하는 내게도 이익으로 돌아온다.

'뭐, 그렇다고 꼬맹이의 코 묻은 돈(?)을 탐내야 할 정도로 곤궁한 건 아니지만.'

그래도 그 돈이 내게는 이휘철 등등과 무관하게 굴릴 수 있는 자본이라는 점은 높이 살 만했다.

'지금도 어느 정도 이휘철의 손아귀 아래서 놀아난단 느낌이고.'

만일 D구에 재개발이 이루어진다면 전생의 강남 아래 분당이며 성남 방향으로 이루어졌던 수도권 개발은 D구가 있는 강북 위쪽으로 성사될 수도 있으리라.

'그것도 어디까지나 가능성 이야기지, 확정 요소는 아니야.'

그나저나 느티나무 아래 주차장엔 우리 차밖에 없는 것으로 보아, 박강선을 데리고 오기로 한 강하윤은 아직 오지 않은 모양이었다.

'강이찬이 좀 밟긴 했는데.'

전화라도 걸어 볼까, 생각하고 있으려니 때맞춰 핸드폰이 울려 나는 조세화에게 양해를 구한 뒤 전화를 받았다.

"여보세요."

-성진이니? 나야, 하윤 누나.

"아, 네."

양반은 못 되겠군.

-혹시 오늘 요한의 집에 오나 해서 전화 걸었는데.

"지금 막 도착했어요."

-그래? 잘됐다. 우리는 강선이 데리고 밥 먹고 오느라 조금 늦었거든.

강하윤은 뒤이어 언제쯤 도착한다는 내용을 포함해 나와 몇 가지 사담을 나누었다.

'정진건이 오지 않는 건 좀 다행이군.'

아무래도 조세광을 체포해 데려간 인물이고, 조세화랑 있으면 불편할 것 같았으니까.

그리고 강하윤이 아차 하며 덧붙였다.

－그런데 오늘 선배님 말고 다른 손님 한 분을 더 모시고 갈 건데, 괜찮니?

누군가 내가 모르는 동행이 있는 모양이었다.

그렇다고 한들 내게 양해를 구할 필요가 있나 생각했더니 강하윤이 말을 이었다.

－안 그래도 한 번쯤 널 봤으면 하던 분이거든.

나를 만나 보고 싶어 한다?

'⋯⋯누구지?'

경찰 관계자? 아니면⋯⋯.

강하윤이 덧붙였다.

－아, 꼭 그래서 방문하시는 건 아니고, 원래도 강선이 일로 이런저런 도움을 주셨어.

지금 추측해 봐야 단서가 부족했다.

더 캐물어 보려 해도 왠지 그녀가 관련 내용을 전화로 말하기 꺼려 하는 느낌이어서 나는 하는 수 없이 고개를 끄덕였다.

그전에 들어 뒀으면 모를까, 내가 여기 온다는 사람 말릴 수 있는 입장도 아니고.

"알겠습니다. 그러면 그때 뵙죠."

이후 몇 가지 형식적인 작별 인사를 나눈 뒤 전화를 끊었다.

"하윤 언니인가요?"

전예은의 말에 나는 고개를 끄덕였다.

"예. 곧 도착한다고."

"사장님께선 하윤 언니랑은 오랜만에 뵙겠네요."

"그러게요."

잠깐 빈틈이 생기자마자 조세화가 슬쩍 끼어들었다.

"하윤 언니? 그게 누군데?"

"여기 오기 전에 말했던 경찰 누나야."

조세화가 눈을 동그랗게 떴다가 슬쩍 시선을 피했다.

"……아, 강선이를 보호하고 있다던."

짧게 중얼거린 조세화가 다시 고개를 홱 돌려 나를 보았다.

"그런데 누나라니?"

"나보다 연상의 여성이니까."

"……아니, 그러니까, 네가 그분을 누나라고 부르는 거니?"

"어쩌다 보니 그렇게 됐어. 그렇다고 사적인 친분에 강하윤 형사님, 하고 부르기엔 딱딱하잖아."

"흐응. 그래? 그렇구나. 흐응."

묘하게 눈이 웃고 있질 않은 조세화를 상대하고 있으려니 전예은이 내게 다가와 말을 붙였다.

"사장님, 그러면 저는 원장님께 가 보겠습니다."

"아뇨, 함께 가시죠. 저도 오늘은 인사를 드려야 할 거 같으니까."

나는 대답하면서 조세화를 힐끗 쳐다보았다.

"너도 갈래?"

따지고 보면 조세화도 요한의 집을 경영하고 있는 구봉팔을 휘하에 두고 있으니, 요한의 집 경영과 아주 무관하지는 않고.

조세화는 잠시 생각하다가 고개를 끄덕였다.

"내가 가도 실례가 안 된다면."

"그렇지는 않아. 좋은 분이시거든."

"……응."

우리는 '저는 여기서 대기하고 있겠습니다' 하고 말한 강이찬을 내버려 두고 원장실로 향했다.

4장

여름방학이 한창이어서 요한의 집은 등교하지 않은 원생들로 북적거릴 거라고 생각했는데, 의외로 아이들 떠드는 소리 한 점 없이 말 그대로 평일 한낮의 수도원처럼 고요했다.

전예은은 그런 내 생각을 읽은 듯—아니면 나랑 비슷한 생각을 떠올린 조세화의 생각을 '읽었'거나—선뜻 입을 뗐다.

"이 시간에는 보통 사장님께서 추진하셨던 방과 후 교실 프로그램을 수행하느라 원생들이 없다고 합니다."

"방학 때도 하는 모양이군요."

전예은이 미소로 내 말을 받았다.

"실장님 말씀으론 방학 때 더 활발하게 진행한다고 해요."

"하긴, 방학 기간엔 대학생 강사 영입도 더 수월할 테니까 말이죠."

특히 요한의 집이 있는 D구 T동 학군에는 시범 케이스를 적용한단 명분하에 좀 더 본격적으로 방과 후 교실 프로그램을 추진하기로 한 바 있었다.

'그렇다고는 해도 우리 같은 외부인이 아무렇지 않게 요한의 집을 드나들 수 있다는 건 조금 문제가 있군.'

아무리 그래도 요한의 집에 도둑이 들지는 않겠지만, 최근 요한의 집엔 최신 기재가 들어오기 시작한 데다 오늘부로 박강선이 입원(入院)하게 될 터이니 최소한의 경비 인력은 확충해 둬야 할지도 모르겠다.

잠자코 우리 이야기를 듣던 조세화가 나를 보았다.

"방과 후 교실?"

"너희 학교는 안 해?"

내 말에 조세화가 고개를 저었다.

"아직. 솔직히 그런 게 있다는 것만 주워들은 건데, 그보다 그거, 네가 하는 거였니?"

"응, 정확히는 우리 그룹 재단에서 하는 거지만."

우리 회사 비서실장인 윤선희가 이남진과 주체가 되어 함께하고 있는 일이니 내 공으로 돌려 두어도 크게 상관은 없겠지만, 나는 일부러 내 공과를 줄여 말했다.

"요한의 집이 있는 인근 학군은 시범 케이스를 적용해서 운영하고 있거든."

"흐응."

조세화가 고개를 끄덕였다.

"너 의외로 이것저것 하는구나?"

조세화는 내가 '우리 그룹 재단에서 하는 일'이라고 했음
에도 불구하고 그 일이 마치 내 공로인 줄 아는 양 말을 받
았다.

"훌륭해."

"그렇게 추켜 줄 필요 없어."

나는 결국 내 공로를 약간 시인하며 조세화의 말을 받았
다.

"특히 세화 네가 칭찬하는 건 무슨 꿍꿍이가 있을 것만 같
거든."

"애가 진짜."

조세화가 눈을 흘겼다.

"나도 잘한 건 잘했다고 해 주거든? 아무튼, 좋은 취지라
고 생각해."

그녀가 주위를 둘러보며 말을 이었다.

"내가 다니는 학교는 학원이니 뭐니 하며 바빠서 별로 수
요는 없겠지만, 그렇지 않은 케이스도 얼마든지 있으니까."

"그렇겠지. 우리도 가능하면 학교의 재량에 따르고 있어."

"응, 단점이라면 그 프로그램이 인근에 대학교가 있는
초·중학교 학군으로 한정된다는 건데……."

거기까지 말한 조세화는 말끝을 흐리더니 손사래를 쳤다.

"아, 오해하지 마. 비난할 생각은 결코 없어. 나도 취지에 공감하는 데다가 좋은 일이라는 건 알고 있거든."

"알아."

나는 픽 웃었다.

"수도권이나 광역시 정도를 제외하면 제도가 제대로 정착하기 힘들겠지. 이것도 어디까지나 대부분을 대학생들의 선의에 기대고 있는 형편이어서 변수를 줄이려면 별도의 조치가 필요하긴 할 거야. 예산이 한정되어 있으니 전문적인 외부 강사로 채우는 건 현실적으로 어렵고."

"음, 방학 중이라면 고향에 내려간 대학생들에게 학점으로 보상을 한다거나, 장학금을 주는 방식으로 메꿀 수 있지 않을까?"

"그것도 대학교 측과 이야기를 해 봐야겠지. 혹시 정부에서 지침을 내려 준다면 국립대학에 한해 가능할지도 모르겠어."

"아, 그런 거라면⋯⋯."

조세화는 활기차게 내 말을 받으려다가 멋쩍은 얼굴로 머리를 긁적였다.

"아니야, 신경 쓰지 마."

아마 그녀가 하려던 말은 '우리 할아버지에게 부탁한다면'으로 시작하는 모양이나, 도중에 그녀 스스로 조성광의 부재를 자각한 듯했다.

'이쪽도 하려면 못 할 거 없는 로비지만, 굳이 사서 할 필요도 없는 일이고.'

나는 그래서 일부러 더 캐묻지 않고 고개를 끄덕였다.

"아니. 우리 재단의 입김이 닿은 대학교가 제법 되니까, 네가 말한 것도 한번 시도해 볼게. 해 보고 괜찮다 싶으면 정부에서도 따라와 주겠지."

"……응."

조세화는 가만히 고개를 끄덕였다.

우리는 이윽고 원장실 앞에 섰고, 전예은이 원장실 문을 두어 번 두드렸다.

똑똑.

안쪽에서 '예, 들어오세요' 하는 원장의 말이 들리자 전예은이 문을 열었다.

"실례하겠습니다."

원장은 자리에서 일어선 채 우리를 반겼다.

"어서 오세요."

이어서 원장의 부드러운 시선을 받은 조세화가 고개를 꾸벅 숙였다.

"처음 뵙겠습니다. 조세화라고 합니다."

방문 예정이 없던 조세화의 자기소개에 그녀는 분명 그녀가 (차림새부터가 어딘가 공주님 같았으니)조광의 관계자임을 눈치챘겠지만, 그럼에도 불구하고 딱히 놀라는 기색도 없이 부드럽게 미소 띤 얼굴로 인사를 받았다.

"반갑습니다, 자매님. 소피아입니다."

조성광의 장례식 때를 생각하면 조세화는 불교이거나 무교일 터인데, 자매님이라.

'사해동포도 아니고.'

부지불식간에 이런 냉소적인 생각을 한 것도 전생부터 겪어 온 종교인에 관한 내 인상이 한몫한 거겠지만.

'……그래도 어찌 되었건 그녀는 믿을 만한 사람이긴 하지.'

그전에야 새마음아동복지재단의 부정에 암묵적인 동조를 보내 왔지만, 우리가 후원한 막대한 기부금을 착복하지도 않았으니까.

인사를 마친 원장은 응당 그래야 하는 것처럼 자연스럽게 포트에 물부터 끓였다.

"누추하지만 앉아 주세요."

원장은 원장실 한구석에 조그맣게 비치된 탕비 공간에서 머그컵 넉 잔을 꺼내 허브티를 준비했다.

"오늘은 제법 복작거리겠네요."

누구에게 하는 말인지 모를 말로 운을 뗀 원장이 재차 말을 이었다.

"그러잖아도 원생들이 종종 사장님이 언제 오시나 찾곤 했는데, 강선이와 더불어 좋은 선물이 될 거 같아요."

"저를요?"

"네. 사장님은 우리 아이들에게 인기 만점이랍니다."

나는 딱히 한 것도 없는데.

그야 이래저래 후원이야 했지만, 애들이 그런 걸 신경 쓸 리가 없으니 나는 원장의 말을 그냥 인사치레로 받아들이기로 했다.

"영광이네요."

부드러운 미소로 대답을 대신한 원장은 머그컵에 뜨거운 물을 부어 쟁반에 받친 뒤 우리가 앉은 테이블로 다가와 앉았다.

"세화 자매님께선 사장님의 지인으로 오셨나요?"

"네. 사전에 연락드리지 못한 점, 양해 부탁드립니다."

"신경 쓰지 마세요. 여긴 누구에게나 열린 곳이니까요."

아니, 조만간 경비 업체는 넣을 거다만.

"게다가."

원장이 조세화를 보며 말을 이었다.

"이곳은 따지고 보면 조광 그룹과 무관하지 않은 곳이기도 하고요."

예상대로 원장은 조세화가 조성광의 손녀임을 한눈에 알아본 모양이었다.

한편, 원장의 부드러운 말씨 가운데 단도직입적으로 와닿은 내용에 조세화는 조금 당황한 눈치로 허둥지둥 그녀의 말을 받았다.

"아, 저는……."

조세화도 새마음아동복지재단이 무슨 일을 해 왔는지 알고 있다.

그야 이를 그녀 자신이 지휘한 일은 아니지만, 가문에 메인 조세화는 그녀 스스로 선대의 연좌제를 받아들이려는 쓸데없는 책임감으로 가득했으니까.

'여기 방문한 것도 단순한 변덕은 아닐 거야.'

내 짐작대로라면 그녀는 오늘 방문을 통해 가문의 죄를 직시하려고 함일까.

조세화는 이제 더 이상 세상의 밝은 면만 보고 자라 온 방목지의 소가 아니었고, 이제부턴 부족함 없이 자라 왔던 낙원 이면에 짙게 드리운 응달을 마주 보며 각오를 다지려 했을 것이다.

'……쓸데없는 짓이군.'

나는 그렇게 생각하며 묵묵히 차를 한 모금 마셨다.

'그래 봐야 기분만 찝찝해질 뿐이지.'

조세화가 무릎 위로 주먹을 꾹 쥐었다.

"죄송합니다."

수녀에겐 고해성사의 권한이 없음에도, 어쩌면 원장 앞에 선 사람들은 자신의 죄를 회개하지 않고선 못 배기는 병이라도 걸리고 마는 걸지도 모르겠다.

원장이 미소를 살짝 거둬들였다.

"어째서 사과하시는 건가요?"

"……예?"

"자매님께서 제게 사과하실 일은 아무것도 없습니다."

"하, 하지만……."

나라면 '그렇게 해 봐야 네 자기위안밖에 되지 않는데' 하고 쏘아붙였겠지만, 소피아 원장 수녀는 나와 달리 성인군자이기라도 했던 모양이다.

"저에겐 자매님께서 요한의 집을 방문해 주셨다는 사실만으로도 충분해요."

"……."

"그리고 이 말씀을 먼저 드려야 했는데. 돌아가신 회장님의 명복을 빕니다."

조세화가 움찔하더니 고개를 떨어트리곤 물기 어린 목소리로 중얼거렸다.

"……감사합니다."

용서(나는 그런 생각조차 다소 가증스럽다고 생각하지만)며 위로에 긴 말은 필요 없다는 것일까.

'아무튼 종교인이란.'

원장은 새마음아동복지재단의 부정에 소극적이나마 동조해 온 인물이다.

나 또한 깨끗한 인간은 아니니 그녀에게만 결벽적인 잣대를 들이밀 필요는 없겠으나, 나에겐 그녀가 누군가를 용서하고 하지 않고를 재단하려 한 자체가 마음에 들지 않았다.

'내가 전예은이라면 원장의 위선에 환멸을 느꼈을 것 같은데……. 아, 그게 아니지.'

그러고 보니 원장은 전예은의 능력이 통하지 않는 사람 중하나로 짐작되는 인물이었다.

언젠가 나는 전예은이 말한 '원래는 수녀가 되려고 했다'는 말과 '몇몇 신부며 수녀들에겐 그녀의 능력이 통하지 않았다'는 것에서 모종의 가설을 세워 본 바 있었다.

'뭐, 상식을 벗어난 미스터리한 부분을 파헤쳐 봐야 가설에 불과하긴 하다만.'

그렇다곤 하나 내겐 전예은을 견제할 수단으로 종교인을 고르는 일조차 리스크가 다분하다.

'오히려 내겐 종교인이 더 피곤하다면 피곤한 부류고.'

더군다나 그 제약이 '신앙의 깊이'라고 하는 막연하고 형이상학적인 것을 수반하고 있다면 더더욱.

원장은 그녀를 보며 미소 지은 뒤, 고개를 돌려 전예은을 보았다.

"안나."

세례명을 불리자 잠자코 있던 전예은이 말을 받았다.

"네, 원장님."

"세화 자매님께 시설 안내를 부탁드려도 될까요?"

"네."

그리고 전예은은 울음을 참는 조세화를 부드럽게 이끌고 원장실을 나섰다.

원장은 두 사람이 나가자마자 가벼운 한숨을 내쉬었다.

"자매님께 오늘 방문이 모쪼록 위안이 되어 준다면 좋겠군요."

원래도 평온과 자애의 아이콘 같은 사람이긴 했지만, 그럼에도 어딘가 안절부절못하고 불안감이 내재되어 있던 사람이었다.

하지만 오랜만에 본 원장은 저번에 보았을 때에 비해 왠지 모르게 한결 평안해 보였다.

그 평안함은 가슴속 응어리 한 점을 덜어 낸 까닭으로도 보였으나 고민이 해소된 결과의 후련함과는 또 다른 무언가로 내게 비쳤다.

'그사이, 무언가 계기가 있었던 건가?'

있다면 있고, 없다면 없지만, 지금 그 심경의 변화가 된 원인을 짐작하기엔 나로서도 막연했다.

나는 빈자리에 놓여 한 모금도 비지 않은 채 뜨거운 김을 피워 올리는 머그컵을 힐끗 쳐다보았다.

"원장님, 혹시 저에게만 따로 하실 말씀이 있었습니까?"

"의도하고 행한 바는 아니었습니다만."

원장이 쓴웃음을 지었다.

"그게 주님의 뜻이라면 따라야겠지요."

"……."

"또, 저도 세화 자매님의 방문에는 놀랐답니다."

원장은 차를 한 모금 마셨다가 잔을 내려놓았다.

"그리고 저에게는 누군가를 용서하거나 죄를 사할 자격도 없고요. 그래도 제 말이 그분께 자그마한 위로라도 되어 주었다면 감사해야겠죠."

그녀의 말에 나는 괜스레 그녀를 향한 냉소가 들켰나 싶어 속이 뜨끔했다.

'하긴, 전예은 같은 초능력이 없어도 사람 속을 꿰뚫어 보는 사람은 있기 마련이지.'

이를테면 이태준이나 이휘철처럼.

나는 미소 띤 얼굴로 원장의 말을 받았다.

"굳이 저에게 하실 말씀은 아닌 거 같습니다만."

"그렇겠군요."

원장은 흔들림 없이 내 말을 받았다.

"물론 어디까지나 세속의 일입니다만, 저라고 인연 있는 분이 부탁하신 걸 마다할 만큼 배움이 깊지는 않거든요."

"부탁요?"

원장이 고개를 끄덕였다.

"얼마 전…… 구봉팔 씨가 오랜만에 이곳을 방문하셨답니다.”

구봉팔이라.

'하긴, 구봉팔은 이래저래 요한의 집과 인연이 깊던 인물이긴 했지.'

내가 조사한 자료며 원장이 내게 전해 주었던 이야기로 추측건대, 구봉팔에게 요한의 집은 애증의 대상일 터였다.

아마도 그렇기에 그는 나와 접촉하기 전부터 새마음아동복지재단을 통해 요한의 집과 관계를 맺어 오면서도 여간해선 이곳을 방문하지 않은 것이리라.

'전예은이 구봉팔에 대해 모호한 인상만을 갖고 있던 것 역시 그 때문일 테고.'

한편, 구봉팔이 '얼마 전' 요한의 집을 찾아와 원장과 이야기를 나누었다는 건 내게 묘한 인상을 남겼다.

나는 이번 일이 진행될 때 다양한 루트를 통해서 구봉팔의 일거수일투족을 눈여겨보고 있었다.

'조세화한테는 구봉팔을 신뢰하라고 일러두었지만, 내가 그를 경계하는 건 그것과 별개의 일이지.'

구봉팔과 나는 어디까지나 일시적 조력의 형태였고, 사실상 박상대가 사망(내가 바라거나 예상한 형태는 아니었지만)한 이후 그와 나 사이의 계약은 완수된 것이나 다름없었다.

비록 아직 박상대의 사생아인 박강선이 남아 있긴 했지만, 구봉팔은 그 악연을 박강선에게 전가할 생각까진 없어 보였다.

'게다가 따지고 보면 구봉팔은 그 외에 조광 일가와 딱히 원수진 것도 없고.'

오히려 해석하기에 따라선 생전의 조성광에게 은혜를 입었다고도 볼 수 있겠지만, 그 의리라고 하는 것도 조광에 이래저래 시달리는 사이 옅어진 데다 조성광의 사망으로 종결되었을 것이다.

그러니 더 이상 거리낄 것이 없어진 구봉팔에겐 이후 내명령을 수행할 필요는 하등 없었고, 조세화를 보좌한단 임무를 따르지 않아도 무방할 터.

아닌 말로 구봉팔은 이번 일을 통해 조광 그룹의 핵심 인재 중 한 사람으로 거듭나게 되었으니, 그가 조세화를 배신하고 조광의 요직을 차지하더라도 내가 그에게 강제력을 행사할 여지는 없는 것이다.

'얼마 전 이휘철은 구봉팔을 믿어도 된단 뉘앙스를 내게 전하긴 했지만 설령 그 말대로 흘러가지 않는다고 한들, 지금 나에겐 별로 상관없는 일이지.'

조세화 치하의 조광을 어떻게 처리할지 확정되지 않던 오늘 오전까지만 하더라도 구봉팔의 차후 행보를 주시하던 나였지만, 조광을 한 차례 휘청거리게 만들고자 한 지금은 그가 자신의 욕망대로 조광에서 한몫 차지하려 해도 무방했다.

'오히려 내부에서 분탕질을 쳐 주면 쳐 줄수록 좋고.'

그런데 부탁이라.

나는 차를 한 모금 마신 뒤, 잔을 내려놓았다.

"원장님과 구봉팔 씨께서는 세화가 방문하리란 걸 예상하신 겁니까?"

"그럴 리가요. 오늘 세화 자매님의 방문은 저도 예상한 바가 아니랍니다. 구봉팔 씨의 예상도 아니었고요."

"……그러면 부탁이라 하신 건요?"

원장은 담담한 말씨로 입을 뗐다.

"크게 두 가지입니다만, 우선은 강선이군요."

"구봉팔 씨가, 강선이를요?"

"예."

구봉팔이 박강선에 관해선 별로 신경 쓰지 않는 눈치라곤 하지만 그래도 원수의 피붙이인데 껄끄럽진 않은 건가.

원장은 그런 내 생각을 이해한다는 듯 대답을 이었다.

"구봉팔 씨가 말씀하시더군요. 자신은 어디까지나 박상대 씨와 한번 얼굴을 마주하며 대화를 나눠 보고 싶었을 뿐이라고."

"……."

"그것도 결국엔 무산되고 말았다며 씁쓸해하시기는 했지만요."

그 내용 자체는 나도 구봉팔에게 보고를 들어서 알고 있는 바였다.

박상대가 궁지에 몰렸을 때, 조설훈은 구봉팔을 시켜 박상대를 제거하라는 명령을 내렸다.

'그리고 구봉팔은 그 명령에 불복했지.'

그걸 나한테 미리 알리지 않고 자의적으로 처리하려 한 건 조금 괘씸했지만, 엄밀히 말하면 나는 그와 협력 관계에 불과했으니 세세한 부분까지 관여할 자격은 내게 없었다.

'뭐, 나한테도 당시엔 박상대가 살아 있어 주는 게 더 이득이어서 별말은 하지 않았다만.'

그러나 조설훈의 명령에 반하면서까지 박상대를 살려 두기로 한 이유가 '대화를 나눠 보고 싶었을 뿐'이었다는 건 나로서도 금시초문이었다.

'구봉팔은 박상대를 증오하고 있던 게 아니었나?'

원장은 차를 한 모금 마셔 뜸 들일 시간을 만든 뒤 잔을 내려놓았다.

"그럼, 어디서부터 이야기를 해 볼까요…….''

그리고 원장은 구봉팔이 들려주었다던 이야기를 내게 풀어놓았다.

구봉팔이 백설희와 박상대 사이에서 품은 생각, 구봉팔이 소년교도소에 가게 된 과정, 지금은 구봉팔만 알고 있는 그날 밤의 진실.

백설희의 죽음은 누군가, 귀한 자식을 '천한 계집아이'에게 빼앗기고 싶지 않은 작자가 의도한 일도 아니었고, 그렇다고 박상대의 잘못도 아니었다.

그건 스스로 죽고자 한 백설희와 그녀를 따라 죽고자 한 박상대의 뜻이 맞물려 일어난 비극이었다.

'그날 밤 박상대는 백설희의 손을 놓은 뒤, 그녀를 따라 뛰어내리려 했군.'

그 뒤 박영효의 별장에 불을 지른 것도, (짐작건대)박상대였다.

오히려 구봉팔은—당시엔 박영효를 때려죽일 생각이었을지도 모르나—불길을 헤치고 박영효를 구한 은인이었다.

구봉팔은 그 일을 언급하면서 그저 제3자의 이야기를 하듯 담담한 술회만 있었을 뿐 억울해하지도, 자랑스러워하는 기색도 아니었다고, 원장은 덧붙였다.

'그까짓 건 구봉팔에게는 이미 지나간 일에 불과하단 거겠지.'

그리고 그날 구봉팔은 처음으로 조성광과 만났고, 이후 그에게서 거둬져 출소 후 조광 그룹에 들어가게 되었다.

'사건의 경위가 어딘지 모르게 부자연스럽다 생각했더니, 그래서였군. 박영효가 국회의원 출마까지 포기해 가며 이 일을 덮은 건 단순히 체면 때문만은 아니었던 건가.'

거기에 더해 조성광이 손을 썼을지도 모르고.

그것도 지금 와선 알 수 없는 일이지만, 별개로 그 대목에서 나는 조성광이 그때부터 이미 박영효를 제치고 D구 일대를 집어삼키려 하고 있었음을 짐작할 수 있었다.

'요한의 집도 그때부터 조성광의 관리하에 들어갔겠고.'

그쯤 하니 조설훈이 대를 이어 가며 박상대의 뒤처리를 해 오던 까닭도 보다 구체적으로 알게 되었다.

'선대부터 공들여 작업해 온 걸 무산시킬 수 없었던 거군.'

어쩌면, 전생에 D구의 그린벨트가 해제되지 않고 지긋지긋하리만치 재개발이 이루어지지 않은 건, 그런 조설훈을 경계한 박상대의 자구책이었을지도 모르겠다.

'박상대는 부동산 작업이 들어가는 순간 자신은 버림 패가 된다는 걸 짐작했겠지.'

그 기묘한 공생 관계도 훗날 조세광에 이르러 파토가 나고 말지만, 그것도 전생의 이야기다.

내가 셈을 하고 있는 사이 원장의 말이 이어졌다.

"그래서일까요, 정순애 씨의 사진을 보자마자 구봉팔 씨는 참 복잡한 심경이었다고 제게 털어놓았습니다."

그 대목에서 나는 그녀에게 내가 생각하기에도 퍽 단도직입적인 질문을 던졌다.

"닮았습니까?"

원장이 쓴웃음을 지었다.

"저는 그분의 사진을 보지는 못했습니다만, 구봉팔 씨에 의하면 어딘가 데오도라(백설희)를 떠올리게 하는 모습이었다고 하더군요."

"……."

"그리고 강선이의 사진도 보았다더군요."

원장이 담담한 말씨를 이어 갔다.

"정순애 씨와 강선이의 사진을 본 순간 구봉팔 씨는 어딘지 모르게 마음 한구석에 켜켜이 쌓여 있던 나쁜 마음들이 스르르 녹아 사라지는 기분이었다고, 제게 말씀하셨습니다."

"……."

"이제 와서는 저도 짐작만 할 뿐이지만, 박상대 씨는 정순애 씨를 통해 데오도라를 비쳐 보지 않았을까……. 그렇게 생각했습니다."

그것이, 전생의 구봉팔과 현생의 구봉팔을 나누는 어떤 계기가 아니었을까.

나는 전생의 구봉팔을 모른다.

조설훈의 대규모 숙청 때 사라졌거나, 박상대에게 집착하다가 제거되었으리라 어림짐작할 뿐.

내가 전생의 그를 모른다는 건, 그는 지금 같은 요직에 오르지도, 중히 쓰인 적도 없다는 것만이 내가 짐작하는 전생의 구봉팔의 전부였다.

그는 정순애의 사진을 보기 전까지 박상대가 백설희와의 관계를 한때의 방황으로 치부하고 저 혼자 잘 먹고 잘살고자 하는 놈이라 생각했을 것이다.

하지만 박상대의 가슴에 아로새겨진 상흔은 시간이 치유

해 주지 않는 것이었거나, 아물기엔 시간이 부족했던 모양이었다.

생각해 보면, 내가 만나 본 전생의 그는 자신의 위치에 비해 어딘지 모르게 신경질적이고, 자기 파괴에 가까운 방탕한 삶을 살았다.

나는 그것이 박상대의 천성일 것이라고 생각했지만, 어쩌면 그건 그가 장년에 다다른 전생에도 백설희의 주박을 벗어나지 못했단 반증일지 모른다.

'이휘철의 말을 빌리자면 과거에 얽매인 자의 대명사쯤 되었겠지. 실제로도 이휘철은 내게 박상대를 과거에 얽매인 부류로 취급했고.'

그리고 백설희의 주박에서 벗어나지 못한 박상대는 정순애를 보고 백설희를 생각했을 것이다.

'구봉팔조차 사진만으로도 백설희를 떠올렸을 정도니, 어지간히도 닮은 모양이었겠지.'

그리고 박상대는 마치 영혼이 끌리듯, 정순애를 통해 백설희의 환영을 좇았으리라.

'하지만 백설희와 정순애는 엄연히 다른 사람이야. 박상대도 나중엔 그걸 깨닫게 되었을 거고…… 아니면 처음부터 알고 있었음에도 그저 단순히, 위로가 필요했을지도 모르지.'

그래 봐야 이제 와서 내가 죽은 박상대의 속내를 짐작할 수는 없다.

한 가지 분명한 건, 이번 작업을 통해 구봉팔은 박상대를 향한 오해를 풀었다는 점이었다.

전예은이 내게 '예전의 구봉팔'의 인물평을 내리기로, '가까이 두기 추천하지 않는' '무리에서 떨어져 나온 이리'에 비유했다.

「그런 부류는 주위에 적이 많고, 그 성격이 잔혹하죠. 잃을 것이 없단 생각으로 일직선을 향해 나아가지만, 그 끝에는 몰락이 예정되어 있어요. 본인을 파괴할 뿐만 아니라 그 여파가 주변 사람들을 휘말리게 하죠.」

우연인지는 몰라도 그건, 이휘철이 내린 '예전의 구봉팔에 대한' 인물평과 얼추 맞아떨어지는 면이 있었다.

'그러면서 이휘철은 내게 지금의 구봉팔은 다르단 식으로 말했지.'

만약 전예은이 현재의 구봉팔을 본다면, 그때와 다른 말을 내게 전할까?

'그렇다고 한다면, 전예은의 인물평이라는 것도 해당 인물이 변화할 가능성까진 짐작하지 못하는 것이 되겠군.'

원장은 차를 한 모금 마신 뒤 담담하게 말을 이었다.

"이것도 제 생각입니다만 두 사람은 입장도 처지도 달랐지만, 한편으로는 서로를 가장 잘 이해할 수 있는 사이였던 것이 아닐까요?"

"……."

거기까진 내 알 바 아니다.

'이미 다 끝난 일이고.'

나는 차를 한 모금 마신 뒤 입을 뗐다.

"잘 모르겠군요."

나는 솔직한 심정을 담아 답하며 이 담화를 본론으로 이끌어 갔다.

"말씀을 들으니 구봉팔 씨가 원장님께 강선이를 부탁했다는 심정은 얼추 짐작할 수 있을지도 모르겠습니다만, 원장님께서 그걸 저에게 전하신 이유까지는 짐작이 가질 않습니다."

따지고 보면 구봉팔의 고해를 내게 일러바친 것이나 진배없으니까.

원장은 그런 내 힐난 섞인 생각을 짐작한 듯 쓴웃음을 지었다.

"……아까 전 강선이를 부탁한다는 구봉팔 씨의 말씀에 이어서 대답해 드리겠습니다."

원장은 한 차례 숨을 고른 뒤 말을 이었다.

"구봉팔 씨는 사장님께서 저를 찾아오시거든 제가 했던 이야기를 전해 드리라고 부탁하셨답니다."

그게 원장이 말한 '인연 있는 사람의 부탁'인가.

'조세화를 부탁한다는 내용은 아니었군.'

하긴, 원장도 조세화랑 오늘이 초면인데, 구봉팔도 새삼 그런 걸 부탁할 리는 없지.

나는 원장에게 보란 듯 미소를 지었다.

"흠, 그런 거라면 구봉팔 씨도 그냥 저에게 직접 말씀하시면 됐을 텐데요. 물론 어린애 상대로 그런 기분이 들지 않았다면 할 수 없지만요."

"그럴 리가요. 구봉팔 씨는 사장님이 생각하시는 것 이상으로 사장님을 높이 평가하신답니다."

원장이 미소를 거두었다.

"게다가 실은 사장님께 이야기를 전하기에 앞서 조건이 있었거든요."

나는 그 말에 고개를 갸웃했다.

"조건이라니요?"

"예. 그중 하나는 사장님께서 세화 자매님을 저버리지 않는 것이었죠."

"……."

나는 원장의 말에 잠시 얼이 빠질 뻔한 걸 간신히 추슬렀다.

'나 원 참. 원장 입에서 그런 말이 나올 줄은 몰랐는데.'

그만큼 원장의 입에서 나온 '조건'이라는 어휘의 뉘앙스는 노골적이고, 세속적이며, 모종의 계략마저 느껴진 기미가 다소 불쾌했다.

'게다가 그중 하나라고 했으니, 조건엔 다른 것도 있단 거로군.'

나는 떨떠름한 속내를 감추며 원장의 말을 받았다.

"구봉팔 씨가 그 정도로 세화를 각별히 생각하는 줄은 몰랐군요. 다른 하나는 뭡니까?"

"강선이랍니다."

"……강선이요?"

"예. 사장님께서 강선이를 챙겨 준다면, 이라는 조건이었죠."

거참, 이중 조건인가.

"오늘 몸소 찾아와 주신 걸 보니, 사장님께서 강선이를 생각하고 계신다는 걸 알았기에 저 나름대로 구봉팔 씨의 이야기를 전해 드려도 된다고 판단했습니다."

원장의 말에 나는 조금 뜨끔했다.

'여차하면 그냥 안 올 생각이었는데.'

나는 일부러 보란 듯 미소를 지었다.

"그러잖아도 강선이의 유산은 손대지 않고 잘 관리하고 있습니다만."

"물론 그렇겠지요. 사장님께서 하시는 일이니까요."

비록 원장의 말은 사근사근했지만 어딘지 모르게 '유산을 관리한단 명목으로 꿀꺽하려 한 건 아니고?' 하는 느낌이 물씬해서 나는 또 한 번 뜨끔했다.

'그나저나.'

나는 구봉팔이 원장에게 맡긴, 자신의 속내를 나에게 털어놓기 앞선 조건의 의도를 생각해 보았다.

'……즉, 구봉팔은 그 나름대로 내가 신용할 만한 인물인지를 가늠했단 거로군.'

내가 구봉팔을 신뢰할 만한 인물인가를 가늠하는 것처럼, 그 또한 '상호 동맹'이 끝난 뒤 내가 신뢰할 만한 인물인가를 평가한 것이다.

'그에 앞서 내 인간성을 떠본 건가? 흠, 만약 내가 그 시험을 통과하지 못했다면 그는 계속 나를 경계했을지도 모르겠어.'

구봉팔은 나를 판단하는 근거에 조세화와 박강선에 대한 인간적 예우를 전제로 삼았다.

타인에게 자신의 약점이 될 수도 있는 흉금을 털어놓겠단 의미는 우선, 그 대상이 믿을 수 있는 상대인가를 판가름하고 난 뒤부터다.

하물며 경계심이 강한 구봉팔이랴.

'그리고 원장이 이 모든 이야기를 내게 전했다는 건, 그도 원장을 통해 나를 믿을 수 있을 만한 인간으로 판단했단 거겠지.'

결국 나는 구봉팔의 손 위에서 잠시 놀아난 셈이었지만,

돌이켜 보니 조건 운운하던 이야기를 들을 때와는 달리 썩 나쁜 기분은 들지 않았다.

결과적으로 이로 인해 나 역시도 구봉팔을 신뢰해도 좋다는 판단을 내릴 수 있었으니까.

만일 구봉팔이 아무런 조건이나 계기 없이 계속 나와 한편이 되어 줄 뿐이었다면, 나 역시 그를 향한 경계를 늦추지 않았을 것이다.

'하긴, 구봉팔이 나를 덮어 놓고 신뢰할 만한 까닭은 없으니까 말이야.'

게다가 이번 일을 수행하며 내 인간성을 의심할 만한 순간은 여러 차례 있었을 것이고.

'솔직히 그건 피차일반 아닌가 싶은데.'

원장이 차를 한 모금 마셨다.

"제가 구봉팔 씨에게 부탁받은 건 여기까지입니다. 이후는 사장님의 판단에 맡길 뿐이죠."

그러는 원장 역시도 내 인간성의 잣대를 가늠한 것이지만.

나는 일단 송구스럽다는 양 꾸벅 고개를 숙였다.

"번거롭게 해 드려 죄송합니다."

"아뇨."

원장이 빙긋 웃었다.

"덕분에 저도 한시름 놓았답니다. 저로서도 사장님께서 방문해 주신 덕에 저 혼자 앓는 일 없이 이 일이 원만하게 수

습되었으니까요."

나는 원장을 보며 이 사람도 속에 능구렁이를 키우고 있는 부류임을 깨달았다.

'아니, 이게 저 사람의 본성이었던 거겠지. 그동안은 그녀 자신이 미혹에 싸여 겨를이 없었던 것뿐이야.'

하긴, 새마음아동복지재단의 마수가 뻗치고 있는 중에 요한의 집을 지킨다는 건 마냥 사람이 좋기만 해선 할 수 없는 일이었다.

따지고 보면, 이 일은 구봉팔에게 뿐만 아니라 원장에게도 위안이 되었을 것이다.

'대놓고 말은 하지 않았지만, 그녀 역시도 과거에 집착하던 구봉팔이 염려되었겠지.'

오늘 본 원장의 '가슴속 응어리를 한 짐 덜어 낸 것 같은 모습'은 구봉팔의 방문과 무관하지 않으리라.

어쩌면 구봉팔은 박강선을 통해 백설희가 유산한 아이를 비쳐 보고 있을지도 모른다.

구봉팔과 마찬가지로, 원장 또한 박강선을 통해 자신의 태어나지 못한 조카 손주를 보고 있을지 모른다.

다만 그건 타인을 지인의 대체재로 취급하는 일로 치부할 수만은 없는 일이고, 그들 역시도 이를 인정하려 들지 않을 것이나.

'……뭐, 이걸로 됐어.'

당사자의 심경이야 내 알 바 아니고, 내가 그들의 인생을 책임져 줄 것도 아니다.

'어쨌건 이걸로 구봉팔의 신뢰를 얻게 되었으니, 조만간 그를 불러 향후 대책을 논의해 봐야겠군.'

그때 마침, 저 멀리 희미한 자동차 소리가 들려 나는 고개를 들었다.

'음, 원장실에서 바깥이 보이는군.'

그래서 나는 자연스럽게 창문을 보며 강하윤이 온 건가 했더니, 외제차 한 대가 미끄러지듯 주차장에 들어서고 있었다.

내가 알기로 강하윤은 자가용이 없어서 '정말로 급할 때만' 정진건의 차를 빌리곤 한다던데, 외제차라니.

'그사이 한 대 뽑았나?'

아니지, 동행이 있다고 했다.

저 외제차는 그 동행의 물건일 것이다.

고개를 돌려 창밖을 바라보던 원장이 자연스럽게 자리에서 일어섰다.

"강선이가 온 것 같네요."

말마따나 차에서 정진건이 아닌 남자 한 명과 강하윤, 박강선이 내렸다.

'남자친구? 멀어서 잘 보이진 않지만…… 꽤 고급차야. 돈깨나 버는 양반인가 보구먼.'

느티나무 아래 평상에 앉아 책을 읽던 강이찬은 자연스럽게 자리에서 일어나 승용차를 향해 다가갔고, 강하윤이 고개를 꾸벅 숙인 뒤 동행한 남자를 소개하듯 제스처를 취하는 모습이 보였다.

강이찬은 남자와 인사한 뒤 강하윤과 남자를 도와 트렁크에서 짐 내리는 걸 도왔고, 나는 그 모습을 보다가 원장을 따라 원장실을 나섰다.

차량 배기음은 '요한의 집을 구경하던' 조세화와 전예은에게도 닿았는지, 우리는 자연스럽게 마당 겸 운동장 앞에서 합류할 수 있었다.

"예은 누나!"

일행과 함께 마당을 가로질러 오던 박강선이 쪼르르 달려와 전예은의 품에 폭 안겼다.

어린애의 특권이군.

커서도 저러면 성희롱이지만.

"아, 성진이 형도 안녕하세요."

초면 때의 데면데면함은 이제 오간 데 없이 박강선은 전예은의 품에 안긴 채 고개만 돌려서 내게도 인사를 건넸다.

"그래. 오랜만이야. 그리고……."

나는 저 멀리서 여행용 캐리어를 끌고 오며 줄곧 나를 주시하고 있던 남자와 눈을 마주쳤다.

깡마른 체구에 안경을 낀 남자는 중년으로 보기엔 어리고,

청년으로 보기엔 겉늙어 보였다.

그는 자연스럽게 내 시선을 피하더니, 사회적 결례를 따라 이 자리의 가장 연장자인 원장에게 꾸벅 고개를 숙였다.

"처음 뵙겠습니다. 양상춘이라고 합니다."

양상춘.

그 소개에 나는 움찔할 뻔한 걸 참았다.

'양상춘? 양상춘이라면 분명……'

내가 그를 생각하는 짧은 사이 원장은 미소 띤 얼굴로 인사를 받았다.

"어서 오세요. 본원의 원장인 소피아라고 합니다."

박강선이 웃으며 말했다.

"원장님, 박사님은 의사 선생님이에요."

"의사 선생님?"

박강선은 그를 의사로 알고 있는 건가?

"거기다가 패킷몬 마스터래요."

"……"

그건, 직업으로 어떨까.

뒤에서 전예은이며 원장과 눈인사를 주고받던 강하윤이 웃으며 끼어들었다.

"그게 아니라……"

"아니, 맞아. 의사."

양상춘이 끼어들자 강하윤은 움찔했다가 입을 꾹 다물었

고, 양상춘은 빙긋 웃으며 원장을 보았다.

"지금은 의사 일은 하고 있지 않지만, 면허는 있습니다."

그 말에 놀란 건 강하윤이었다.

"의사 면허도 있으셨습니까?"

"의대 나왔거든."

양상춘은 강하윤의 말을 건성으로 받은 뒤 멋쩍게 웃으며 원장을 보았다.

"그쪽은 손 놓은 지 오래지만요."

"그러셨군요. 그러면 지금은……."

"백수입니다."

"……."

그걸 당당히 말하나?

원장이 어색한 미소로 서 있으니, 박강선이 끼어들었다.

"저 백수 알아요! 여건만 받쳐 주면 좋은 직업이라고, 은서 누나가 말했어요."

그 말에 잠자코 있던 전예은이 '보셨죠?' 하는 눈으로 나를 흘겨보았다.

'아니, 뭐, 나도 걔가 그걸 사방에 전파하고 다닐 줄은 몰랐지.'

양상춘은 킬킬 웃으며 고개를 끄덕였다.

"좋은 거 배웠구나."

"여기 있는 성진이 형이 은서 누나한테 알려 준 거래요."

그제야 양상춘은 '계기'가 주어졌다는 듯 나를 보았다.

"그렇다는 건 네가 이성진인가 보구나."

그러며 양상춘이 내게 악수를 건넸다.

"반갑다. 애들한테 좋은 거 가르치네."

그런 말을 하면서 비꼬는 기색이 없다는 건 놀랍다.

"애들도 현실을 알아야죠. 처음 뵙겠습니다. 이성진입니다."

나는 양상춘의 악수를 받았다.

지금이 초면이지만, 나는 이 인물을 알고 있다.

그 이름을 들은 건 몇 달 전, 강하윤과 함께 외삼촌인 서명훈에게 한강에서 발견된 반지의 소유주를 찾을 때였다.

당시 강하윤은 정진건에게 전화를 걸어 '내키지 않는다는 듯이' 양상춘의 핸드폰 번호를 받아 냈는데, 나는 이때 들은 핸드폰 번호도 외우고 있었다.

게다가 분명, 강하윤이 정진건과 통화할 때 곁에서 듣기로는 국과수였댔다.

'그런 양반이 요한의 집에는 무슨 일이지? 단순한 동행?'

더욱이 이 자리에서 그가 왜 '백수'라는 거짓말을 하고 있는 것인지는 나도 짐작이 가질 않았다.

'남들 앞에선 국과수 소속이라는 걸 감추고 싶은 건가?'

양상춘이 웃으며 부드럽게 쥔 손을 흔들었다.

"암, 그런 건 조기교육이 중요하지. 강 형사에게 들었다만,

정작 자네는 가르침과 달리 사장 직함을 달고 있지 않나?"

"안타깝게도 제겐 그럴 '여건'이 없어서요."

"그거 정말 안타깝군. 그러면 자네도 내 위치에 이르도록 힘내 주게나. 그나저나……."

양상춘은 자연스럽게 그 자리에 우두커니 서 있던 조세화를 보았다.

"여기 계신 공주님은 여자친구인가?"

오늘 차림새가 공식 석상에 나온 어느 나라 공주님 같은 조세화가 보란 듯 완벽한 미소로 양상춘의 인사를 받았다.

"처음 뵙겠습니다. 공주님도, 성진이 여자친구도 아닌 조세화라고 합니다."

"그러셨군요. 만나 뵙게 되어 영광입니다, 공주님."

"공주님 아니라니까요!"

양상춘 앞에서 울컥하고 만 조세화는 겁에 질린 박강선을 보며 한숨을 내쉬었다.

"미안."

"공주님께서 굳이 우리 같은 평민에게 사과할 거 없다네."

"아저씨한테 한 거 아니거든요!"

다 큰 어른이 애 놀리면 재밌나?

'그나저나 양상춘은 조세화의 이름을 듣고도 아무렇지 않아 하는군. 모르는 건지, 아니면 모르는 척하고 있을 뿐인

건지.'

나는 슬쩍 뒤에 서 있던 강하윤을 보았다.

'조세화를 보는 강하윤의 표정이 굳어 있는 걸 보니, 모르는 척하고 있을 뿐인 것 같군.'

어쨌건 양상춘의 농담을 계기로 우리는 서로 자기소개를 했고, 원장이 웃으며 말을 이었다.

"아참, 여기서 이럴 게 아니라 안에 들어가시겠어요?"

"그러시죠. 날도 덥고."

그때 전예은이 미소 띤 얼굴로 양상춘에게 다가갔다.

"짐은 제가 옮기겠습니다."

"아니, 보기보다 무거워서. 이런 걸 비서 아가씨에게 맡길 수야 없지."

"아니에요. 손님께 이런 일을 맡겨서야 실례고…… 또, 위치는 제가 잘 알고 있거든요. 게다가."

전예은이 힐끗 강하윤을 보았다.

"두 분께선 수속 문제로 따로 하실 일이 있을 거 같고요."

원장이 고개를 끄덕이자 양상춘은 하는 수 없다는 듯 전예은에게 캐리어 손잡이를 맡겼다.

캐리어를 넘겨받은 전예은은 이번엔 고개를 돌려 조세화를 보았다.

"그러면 세화는 그동안 강선이랑 놀아 주지 않을래?"

소개 후 물끄러미 복잡한 얼굴로 박강선을 보고 있던 조세화가 고개를 끄덕였다.

"네, 언니."

그리고 조세화는 조금 겁에 질린 박강선의 손을 붙잡았다.

'낯가림 자체는 여전하군.'

아니, 조세화가 버럭하는 걸 본 이후여서 그런 걸지도 모르겠다.

이번엔 전예은이 나를 보았다.

"그렇게 됐으니까, 사장님께서 저를 도와주셔야겠어요."

"……."

내 짬밥에 꼬맹이 짐이나 옮기게 생겼냐?

'아니, 짬밥으로 따지면 내가 박강선 다음으로 어리군.'

나는 '하는 수 없이' 강하윤에게서 짐을 건네받았다.

"성진아, 미안. 부탁할게. 나도 도와주고 싶지만 서류 작업이 필요해서."

예, 어련하시겠습니까.

묵묵히 서 있던 강이찬이 끼어들었다.

"도와드리겠습니다."

나는 미소 띤 얼굴로 강이찬을 만류하며 그 손에 들린 짐을 챙겼다.

"아니에요. 제가 할 테니 강이찬 씨는 쉬고 계세요."

게다가.

'전예은이 굳이 나를 지목한 건, 이 일로 나에게 따로 할 말이 있단 걸 테니까.'

나는 박강선의 짐을 들고 전예은의 뒤를 따랐다.

분명 무척 많은 것을 읽어 냈을 것인 데다가 할 말도 그만큼 많을 것이지만, 전예은은 이동하는 내내 생각에 잠겨 별다른 말을 하지 않았다.

이윽고 나를 남아용 기숙사에 안내한 전예은은 '박강선' 명찰이 붙은 옷장 겸 개인 수납함 앞에 섰다.

"원장님께서는 강선이가 돌아올 때 그대로 사용할 수 있도록 하신 모양이네요."

일고여덟 명의 원아가 생활하는 이곳은 공부를 할 수 있는 앉은뱅이책상과 그 아래 곱게 접은 담요가 공간 수납해 있었다.

"생각보단 괜찮아 보이는군요."

내 말에 전예은이 캐리어를 열며 쓴웃음을 지었다.

"이번에 증축한 덕이에요. 예전에는 많으면 스무 명 가까이가 한 방에서 지내기도 했다는 모양이거든요."

"……."

"지금은 아이들이 쾌적하게 지낼 수 있도록 방 여러 곳에 성별과 연령대에 맞춰 구분해 두고 있대요. 물론 이것도 물론 사장님께서 살펴봐 주신 덕에 가능한 일이지만요."

전예은은 앉은 자리에서 캐리어 속 물건을 크게 두 분류로 나눠 정리했다.

박강선이 가지고 온 물건은 한국에 들어왔을 당시와 별반 달라진 것이 없었는데, 여기에 정순애 소유의 짐을 제하면 여름용 옷가지와 속옷 몇 벌이 늘어난 것이 박강선이 가진 짐의 전부여서 기실 태반은 쓸모없는 것들이었다.

박강선의 상속 유산을 관리하는 유상훈에게 들은 내용인데, 그는 정순애가 태국에 있을 때 얻었던 집과 그 집의 집기를 정리하며 거기서 한국으로 가져오는 것보단 한국에서 새로 물건을 구입하는 편이 훨씬 나을 거란 말을 내게 전했다.

송달받은 돈도 결코 적은 액수는 아니라고 들었건만, 의외로 정순애와 박강선 모자는 태국에 살 때부터 살림이 검소한 편인 듯했다.

정순애는 송달받은 돈 거의 전부를 박강선이 태국에서 다니던 고급 사립학교 학비에 쏟아부었고, 이는 그녀가 박강선을 박상대의 후계자로 부족함이 없게끔 열과 성의를 다했던 흔적이기도 했다.

'그것이 모성인지 아니면 박상대를 향한 집착에 말미암았던 것인지, 그것도 지금 와선 알 수 없는 일이 되고 말았지만.'

나는 그녀를 도와 정순애의 소유물인 그녀의 옷가지를 캐리어에 따로 담았다.

"예은 씨가 지낼 땐 어땠습니까?"

"여자애들은 남자애들에 비해 비교적 숫자가 적어요."

"그렇습니까?"

"네. 게다가 갓난아기일 때 입양되는 일도 많고, 또 여자애들은 어릴 때부터 얌전한 경우가 많아 양부모의 마음에 곧잘 들곤 하거든요."

비록 입 밖으로 꺼내지는 않았지만, 거기에 용모가 받쳐 준다면 입양될 가능성도 더 높아질 것이다.

나는 전예은의 가지런한 옆모습을 보며 내심 그녀가 '입양되지 않은 이유'를 생각했다가, 관뒀다.

전예은이 남 이야기 하듯 담담하게 말을 이었다.

"사실 그것도 초등학교 고학년쯤 되면 다들 포기하는 셈이죠. 아, 나는 입양될 일 없이 평생 고아로 지내겠구나, 하고요. 다들 입 밖에 내지는 않지만 어느 시점이 지나고 나면 다들 조금쯤 그런 체념을 하곤 해요."

"……."

"그렇다고 해서 자신이 특별히 불행하다거나 하는 생각은 하지 않아요. 그저 받아들일 뿐이죠. 그래서인지는 몰라도 피를 나눈 부모 형제자매는 없지만, 고아원 애들에겐 그들끼리 일종의 유대 관계가 형성되죠. 결국 세상은 혼자 살 수 없고, 그걸 깨달은 아이들은 서로가 서로의 버팀목이 되어 주며 정보와 의식을 공유해요."

"어려서부터 집단의식을 가지는군요."

"오히려 어리니까 그런 거겠죠."

전예은이 차곡차곡 접은 박강선의 옷가지를 옷장에 넣었다.

"그러다 보니 학교에서 누가 맞고 왔다는 이야기가 들리면 우르르 몰려가 따지기도 하고………. 그래서 고아원 애들은 학교에서 건들 수 없거나 건들지 않는 애들이 되어서 더더욱 고립되곤 하는 모양이에요. 싸우고 난 뒤 친구가 되는 경우도 있고, 관심이 가지만 제대로 말을 못 해서 시비로 불거지는 경우도 있는데 고아원 애들도 역시 어리다 보니 그걸 잘 모르는 거겠죠."

박강선의 얼마 되지 않는 옷가지를 정리한 전예은이 물끄러미 옷장을 바라보며 말을 이었다.

"그래서 고아원 출신 애들은 고아원을 나와서 갑작스레 맞이한 그 고독감을 견디다 못해 또 다른 집단에 자신을 맡기는 경우도 왕왕 있어요. 남들이 보기에 고아원 출신 애들은 비교적 일찍 철이 든 것처럼 비칠 때가 많지만, 정작 속에선 혼자가 되는 걸 두려워하죠. 조금 더 정확히 하자면 혼자가 되어 본 적이 없기 때문에 그 낯섦에 적응하지 못하는 거겠지만요."

"예은 씨도 그렇습니까?"

"글쎄요."

전예은이 묘한 웃음을 지으며 내 말을 받았다.

"저는 조금, 아니 많이 특이한 경우여서요."

"그런 것치고는 원생들이 잘 따르던데요."

"일찍 철이 들어서겠죠?"

전예은이 웃었다.

"아무리 그래도 사장님만큼 철이 들지는 않았지만요."

"칭찬입니까?"

"절반쯤요."

그러면 남은 절반은 힐난인가?

옷장을 닫은 전예은이 고개를 돌려 나를 보았다.

"제가 그런 환경에서 자라 왔기 때문인지는 몰라도, 저는 사장님처럼 뭐든 혼자서 하려는 사람을 볼 때면 조금 불안해지곤 해요."

대놓고 말은 하지 않았지만, 그건 왠지 내게 '아직도 나를 믿지 못하고 있는 건가요?' 하는 물음으로 들렸다.

전예은이 말을 이었다.

"……아무래도 저는 SBY 오빠들이 가요무대에서 1위를 한 뒤부터 극적인 변화가 있을 거라고 생각했나 봐요."

하물며 차라리 원망이라도 담겼다면 모를까, 나를 향한 전예은의 착 가라앉은 담담한 눈빛은 어딘지 모르게 그녀가 말했던 '체념하고 받아들인' 느낌조차 받고 말아, 나로선 속이 불편했다.

나는 그녀에게 단도직입적으로 물었다.

"그렇게 생각한 건 오늘 본 것들 때문입니까?"

내 말에 전예은은 멈칫하고 망설였다가 조심스레 고개를 끄덕였다.

"네. 회사에선 사장님 곁에 가장 가까이 붙어 있었는데도 정작 저는 사장님이 하시는 일에 대해 아는 게 없었단 걸 깨달았거든요."

"……."

나는 정순애의 옷가지며 화장품이 담긴 캐리어를 닫았다.

"아무래도 예은 씨는 자신이 가진 능력을 맹신하는 경향이 있는 듯하군요."

"……네?"

전예은이 의아한 듯 눈을 동그랗게 떴다.

솔직히 그녀가 무엇을 보았는지, 나는 모른다.

그녀의 능력은 만능이 아니고, 그녀는 보는 것에 자신의 주관을 더해 해석하는 경향마저 있었으므로—그 판단이 내게 유리한 방향으로 작용하곤 하는 것은 전예은이 가진 초능력과 별개로 그녀의 직관과 지성이 더해진 결과일 것이다— 전예은이 내게 전달하고자 하는 바 모두를 신뢰할 수는 없는 일이다.

'심지어 때론 알고 있으면서도 일부러 입 밖에 내지 않은 것들도 있는 것 같으니까.'

나는 그녀를 보며 입을 뗐다.

"모처럼 단둘만 있게 되었으니 묻겠습니다. 예은 씨는 자신이 본 걸 확신하고 있습니까?"

전예은이 미간을 살짝 찡그렸다.

"실례지만 사장님께서 말씀하신 의도를 모르겠어요."

"흠."

나는 캐리어를 치운 뒤 정좌를 하고 앉았다.

"이렇게 이야기해 보죠. 예은 씨는 예은 씨가 가진 능력으로 사람을 보고 그 사람의 과거며 본심, 인격, 당사자만 알고 있는 비밀 등등을 읽어 낼 수 있는 것처럼 보입니다."

"그런…… 느낌이에요."

전예은은 내 말을 정정하려다가 관두었는데, 나로선 평생 가도 그녀가 바라보는 세상이 어떤지 알 수 없을 것이므로 구태여 이를 캐묻지 않았다.

"예, 실제로 얼마 전에는 그 능력으로 납치 사건을 미수에 그치게 만들기도 했죠."

내가 SBY 건을 언급하자 전예은이 고개를 끄덕였다.

"지유진 씨가 납치될 뻔한 사건 말씀이군요."

"예. SBY가 경찰 표창장을 받았던 그 일이죠. SBY 이야기가 나와서 하는 말이지만, 그들의 개성을 발굴해 1류로 만든 것 역시 예은 씨의 공로라고 할 수 있겠군요."

"원래부터 재능이 출중한 분들이어서요."

비록 내 앞에선 그들을 발굴한 천희수에게 공을 돌리는 것으로 겸양을 표하긴 했지만, 그녀 스스로도 내심은 그들을 개발해 낸 공로를 자부심 가득히 인정하고 있을 것이다.

그래서 나는 그녀 앞에서 한 말을 보다 구체적으로 풀어
주었다.

"하지만 구슬이 서 말이어도 꿰어야 보배인 법이죠. 설령
그들에게 타고난 재능이 있었다 한들, 그걸 발굴해 갈고닦을
수 있었던 건 예은 씨 덕분입니다."

전예은은 그녀가 처음 들을 터인 내 본격적인 공치사에 어
찌할 바를 몰라 당황했다.

"감사……합니다."

"예. 그러니 그 능력 자체는 실존하며 가치를 입증할 수
있는 요소라 할 수 있겠죠."

내 말에 전예은은 살짝 서운한 표정을 지었는데, 그건 내
가 그녀의 능력을 온전히 믿지 않고 계속해서 검증을 이어
갔단 것에서 오는 섭섭함일 것이다.

'이를테면 내가 구봉팔이 원장을 통해 나를 시험대에 올렸
다는 걸 알게 되었던 것처럼.'

나는 전예은의 표정 변화에 아랑곳하지 않고 일부러 사무
적인 말씨를 이어 갔다.

"따라서 예은 씨의 능력은 사용하기에 따라선 무척 유용할
뿐만 아니라, 예은 씨가 제게 말했던 대로 '의사결정 과정에
도움'을 줄 수 있는 능력이라고 판단 중입니다."

"그러면……."

나는 손을 들어 전예은의 말을 제지했다.

"하지만 그것과 별개로, 거기에만 의존해서는 안 된다고도 생각하고 있죠."

"……."

전예은은 어리둥절한 얼굴이었다.

그녀는 지금처럼 남들에게는 좀처럼 보여 주지 않는, 내 앞에서만 평정심이 무너진 표정을 보여 줄 때가 간혹 있었는데, 이는 그녀의 '읽어 내는' 능력이 내게는 통하지 않는단 점이 한몫하고 있을 것이다.

나는 담담히 말을 이었다.

"이를테면 오늘 예은 씨가 세화에게 요한의 집을 안내하고 있을 때 일입니다만, 저는 원장님과 담소를 나누고 있었죠."

"……네."

"예은 씨에게 원장님과 나눈 대화 내용을 말씀드리기 전에 몇 가지 물어보겠습니다. 예은 씨가 구봉팔 씨를 본 건 언제였습니까? 그때는 먼발치에서 한 번 본 적 있다고는 들었습니다만."

전예은은 내 말에 당황해하면서도 곧잘 대답했다.

"그러니까…… 몇 년 전, 제가 초등학교 6학년생일 때, 요한의 집에 찾아온 구봉팔 이사장님이 시찰을 마치고 돌아가는 모습을 잠깐 스치듯 보았습니다."

그렇다는 건, 구봉팔이 새마음아동복지재단의 이사장으로

취임한 지 얼마 되지 않은 때일 것이다.

"그러면 예은 씨가 제게 전해 준 구봉팔 씨에 대한 인상은 그 당시 몇 해 전의 것이겠군요."

"……네."

"게다가 구봉팔 씨가 요한의 집 출신이었다는 것도 제가 전해 드리기 전까진 알지 못했고요."

전예은이 고개를 끄덕였다.

"그렇습니다."

"사실 저는 그때 예은 씨의 능력이 참 두루뭉술하구나, 하고 생각했습니다."

"……."

나는 전예은이 시무룩해하기 전에 얼른 덧붙였다.

"아, 물론 도움이 되는 건 사실입니다. 실체를 부정하는 것도 아니고요. 실제로 그 능력 덕분에 사람을 구하기도 했으니까요."

"……네."

나 참.

마치 그런 '능력'이 없으면 내게 가치 증명을 할 수 없다고 여기기라도 하는 모양이었다.

'이 아가씨는 묘한 구석에서 섬세하단 말이지. 사춘기여서 그런가, 그에 따른 감정 기복도 롤러코스터 같고.'

그녀 스스로도 의식하지 못하는 바이겠으나, 전예은은 자신의 능력을 맹신하며 거기에 기대는 경향이 있었다.

'그러니 역설적으로 능력이 통하지 않는 내게 호기심을 느끼고 먼저 접근한 것이기도 하지만.'

나는 재차 말을 이었다.

"그렇다면 최근엔 구봉팔 씨를 보지 못하였겠군요."

"실은 최근이랄 것도 없이…… 그때 이후론 줄곧 뵙지 못했지만요."

왜냐면 둘이 마주치지 않도록 일부러 신경을 기울였으니까.

'그녀가 구봉팔을 통해 내가 하려던 일체의 계획을 읽어 냈다간, 말 그대로 내 인간성을 의심할 거였거든.'

나는 생각한 바를 내색하지 않으며 전예은을 향해 빙긋 미소 지었다.

"그러면 예은 씨는 아직도 구봉팔 씨를 '무리에서 떨어져 나온 이리'이며 '잔혹'한 데다 '돌아보지 않고 일직선을 나아가다가 몰락이 예정된' 인물로 판단하고 있습니까?"

내 말에 전예은은 복잡한 표정이 되었다.

"저는…… 그게…….."

예상대로 전예은은 당황하여 제대로 대답하지 못했다.

"하, 하지만 사장님, 저는 어디까지나 사장님께 도움이 되고자…….."

"압니다."

그야 이 일의 결과만 놓고 본다면 전예은의 판단은 보기 좋게 빗나갔을 뿐만 아니라, 그녀가 내게 말한 것과 달리 정작 (조세화 등을 통해 엿본 결과)간접적으로 알게 된 구봉팔은 강직하며 신용도가 높은 인물이기도 했다.

'그것도 결과에 지나지 않지만.'

나는 전예은이 내 의도를 오해하기 전에 이를 막아섰다.

"이번엔 조금 방향을 바꿔서 여쭤보죠. 지유진 씨의 납치 미수 사건을 막아 냈을 때, 예은 씨는 무엇을 보고 개입해야겠다는 판단을 하였습니까?"

내 질문의 주제가 구봉팔을 벗어나 심영한을 향하자 전예은은 의아해하면서도 성실하게 대답했다.

"정말로 우연입니다만, 당시 저는 승합차를 탄 사람으로부터 몹시 좋지 않은 것을 받아들이고 말았습니다."

"받아들였다?"

"네. 그게…… 사람을 토막 내던 모습이."

"……."

"그 경험이 최근일수록, 그리고 강렬할수록 뚜렷하게 인상에 남아요. 게다가 그건 일부러 읽으려고 한 게 아니라…… 다가오는 것이어서."

당시의 추체험을 떠올렸는지, 말하는 전예은의 인상이 다소 파리해졌다.

하긴 시체를 토막 내는 것 이상 강렬한 경험은 몇 개 없겠지.

"좋지 못한 걸 떠올리게 해 드린 모양이군요. 죄송합니
다."

"아, 아뇨. 신경 쓰지 마세요."

오히려 전예은이 당황하며 손사래를 친 뒤, 천천히 말을
이었다.

"그래서 그 뒤, 저는 그들이 누군가를 납치하고자 한다는
계획을 알게 되었고, 이찬 오빠에게 부탁해 이 일을 막아야
한다는 것을 생각했습니다."

"그 배후에 조설훈 씨가 사주했다는 것은?"

"마침 당일 발생한 최근의 일이어서요."

말마따나 그 경험이 최근일수록, 그리고 강렬할수록 뚜렷
하게 인상에 남는다고 하니, 이는 그녀가 읽어 내는 정보의
정확도와도 관련이 있는 모양이었다.

'덕분에 새로운 사실을 알았군. 그 모호함의 경계와 선명
도에 대해선 아직 실험의 여지가 있지만, 어쨌건 관측한 시
점에 따라 정보의 질도 달라지는 것인가.'

때때로 그녀의 능력과 관련한 질문에서 의견이 모호하게
갈릴 때가 있었는데, 이는 그녀가 일부러 정보를 감추고 내
게 알리지 않았다는 것 외에 그 정보의 신선도(?)가 부족한
바람에 정말로 몰랐던 일도 있었던 듯했다.

'하긴, 암만 전예은이라 할지라도 마주한 대상의 일생 전

체를 무작위로 받아들인다면 그 부하를 견디기 힘들 거야.'

내가 보기에 전예은의 힘은 쓰기 나름 운운하기 이전에 사실상 저주에 가까운 능력이었다.

'그렇기에 역설적이게도 그녀는 아무것도 읽을 수 없는 내게 안정감을 느끼는 것이겠지.'

그녀가 정적을 좇아 종교에 귀의하려 했던 것 또한, 전예은이 택할 수 있는 몇 가지 방편 중 하나였으리라.

하지만 내가 방금 지유진 이야기를 꺼낸 건 능력의 비밀을 파헤치기 위해서도, 그녀를 괴롭히기 위해서도 아니었다.

나는 고개를 끄덕였다.

"알겠습니다. 그러면 십수 년 전에 일어난 일까진 예은 씨도 잘 모르겠군요."

"……네. 경우에 따라서는요."

"그래서 예은 씨는 구봉팔 씨가 요한의 집 출신이었던 것을 몰랐던 것이겠군요."

전예은이 고개를 끄덕였다.

"네. 저도 그 분이 요한의 집 출신이었다는 건 저번에 사장님께 듣고서야 알았으니까요."

"그러면 구봉팔 씨가 요한의 집을 떠나게 된 계기가 된 일도 모르실 테고."

"……네."

나는 미소 띤 얼굴로 전예은을 보았다.

"그때 당시의 구봉팔 씨는 예은 씨가 판단한 것처럼 곁에 두고 중용하기 조심스러운 인물이었겠죠. 저 역시 당시 예은 씨의 판단이 틀렸다고 생각하지 않습니다. 물론 여러 결과로 확인한 바, 예은 씨의 능력을 의심하지도 않고요."

전예은은 혼란스러움과 안도감이 반반 뒤섞인 얼굴로 조심스럽게 고개를 끄덕이며 내가 했던 말을 걸고 들어갔다.

"저기, 사장님. 그러면 당시라고 하심은……."

"지금은 그 판단을 조금 정정해도 되지 않을까 생각하고 있습니다."

전예은이 고개를 갸웃했다.

"그게 무슨 말씀이신가요?"

"구봉팔 씨가 '변한 것 같다'고 하면, 어떻습니까?"

"……."

사람은 쉽게 변하지 않는다.

전예은은 분명 그 말을 하고 싶었겠지만, 그렇다고 그 얼굴에서 내 말을 원천 부정하려는 냉소적인 느낌은 들지 않았다.

오히려 전예은은 그녀 스스로도 모르는 일을 입에 담은 내게 호기심을 느낀 듯했다.

나는 그런 그녀를 보며 입을 뗐다.

"순서가 다소 뒤로 밀려나고 말았습니다만, 이 이야기를 해야겠군요. 예은 씨는 구봉팔 씨가 제게 협력한 이유를 무엇이라고 생각하십니까?"

내 물음에 전예은은 잠시 생각에 잠겼다가 대답했다.

"제 생각입니다만, 사장님께서 요한의 집에 후원을 하신 것으로 인해 새마음아동복지재단에 회계상의 허점이 생겼고, 재단 이사장인 구봉팔 씨는 이를 덮기 위해 사장님과 일시적으로 협력한 것으로 보입니다. 이는 구봉팔 씨에게 회계 조작을 명한 조광 입장에서도 딱히 나쁘지 않은 제안일 테고요."

그녀는 간접적으로 주어진 단편적인 정보의 맥락만을 종합해 구봉팔이 내게 협조할 수밖에 없었던 까닭을 유추해 냈다.

역시, 유능하다.

'실제로 어느 정도 사정을 아는 사람에겐 그렇게 보이겠지.'

나는 미소 띤 얼굴로 전예은의 말을 받았다.

"그러면 예은 씨가 생각하기에 구봉팔 씨는 더 이상 저와 협력할 까닭이 없어졌겠군요."

전예은이 조심스럽게 고개를 끄덕였다.

"굳이 물으신다면…… 그 생각에 변함은 없었습니다."

이를 과거 시제로 받는 걸 보면 전예은도 신중한 성격이다.

하지만 그 유능함은 역으로 구봉팔의 '본래 의도'와 멀어진 추리를 하게 만들었다.

'그렇기에 더더욱, 일체의 일이 끝난 지금은 구봉팔을 곁에 둘 필요가 없어졌다고 판단하는 중일 거야.'

나는 고개를 끄덕였다.

"말 그대로입니다. 사실 표면상으로나 본질적으로나 구봉팔 씨와 협력 관계는 이제 끝난 것이나 다름없죠. 그는 그 나름대로 얻을 것을 얻어 냈고, 이 시점에 제가 새마음아동복지재단의 회계상 부정을 들춰 봐야 긁어 부스럼밖에 되질 않는단 것도 알고 있을 겁니다."

"……."

"하지만 그럼에도 저는 그와 관계를 온전히 끊어 낼 수 없는 상황이죠. 예은 씨도 아시겠지만, 저는 오늘부로 조세화를 도와 조광과 협력 업체를 만들게 되었으니까요."

전예은은 조세화를 통해 오늘 무슨 일이 있었는지, 그녀가 나를 찾은 것과 우리 집에 방문해 이휘철과 만났다는 것까지 파악하고 있을 것이다.

'더군다나 이건 오늘 발생해 신선도가 높은 정보니까 말이야.'

전예은이 입을 뗐다.

"그래서 사장님께선 제게 구봉팔 씨의 이야기를 꺼낸 것인가요?"

"예. 아무래도 조광 내부에 제게 우호적인 협력자가 많을

수록 좋거든요."

"……."

"그리고 저는 오늘부로 구봉팔 씨를 신뢰해도 좋다는 판단을 내렸습니다. 그 역시 저를 신용해도 좋단 판단을 내린 것은 마찬가지겠죠."

전예은의 얼굴은 당혹감에 물들었다.

거기엔 내가 그녀의 의견을 따르지 않는 것에 대한 서운함과, 내가 자신이 알지 못하는 걸 알고 있다는 것에서 오는 혼란스러움이 뒤섞여 있었다.

나는 이쯤 해서 그녀에게 구봉팔의 이야기를 꺼내기로 했다.

"사실 구봉팔 씨가 제게 협력했던 건, 그가 요한의 집을 떠나게 된 계기가 된 사건과 무관하지 않았습니다."

"예?"

"아, 이것도 전해 드려야겠군요. 원장님과 구봉팔 씨는 서로 과거부터 알고 지내던 사이였습니다."

내 말에 전예은은 어리둥절해하며 눈을 껌뻑이기만 했다.

나는 구봉팔과 박상대 사이의 악연, 그리고 그 사이에서 구봉팔을 지켜본 원장의 이야기를 그녀에게 들려주었다.

"……."

내 이야기를 모두 전해 들은 전예은은 듣는 내내 놀란 듯 눈을 깜빡이다가 결국 한숨을 내쉬었다.

"……전혀 몰랐어요. 그분께 그런 과거가 있는 줄은……."

"여간해선 모를 거라고 생각합니다. 저도 자세한 이야기는 원장님께 듣고서야 알게 되었고요."

전예은이 괴로운 듯 나를 보았다.

"그러면 구봉팔 씨는 강선이에 대해서도……."

"예. 의식하고 있을 겁니다. 하지만 거기엔 당사자가 아니고선 알 수 없는 복잡한 심경이 담겨 있겠죠."

"……."

"얄궂다면 얄궂은 이야기지만, 강선이의 존재를 알게 된 이후 구봉팔 씨는 더 이상 과거에 얽매이지 않고 앞으로 나아갈 힘이 생겼다고 봅니다. 이제부터 구봉팔 씨는 그간 있었던 미혹을 떨쳐 내고 미래를 보기로 한 것이겠죠."

전예은은 입을 꾹 다물었다가 시무룩한 얼굴로 고개를 숙였다.

"그러면 제 말은 오히려 구봉팔 씨에 대한 나쁜 선입견만을 안겨다 주었을 뿐……. 사장님께 아무런 도움도 되어 드리지 못했군요."

다시 고개를 든 전예은의 얼굴에는 자신의 쓸모를 증명하지 못한 참담함이 묻어 있었다.

"즉, 사장님께서 제게 이런 말씀을 하신 까닭은 앞으로도 제가 사장님의 의사결정에 도움이 될 일은 없을 것임을 통보하려 하신 건가요?"

전예은의 말은 비관적이었다.

'이야기가 왜 그렇게 흘러가는 거냐?'

나로선 그렇게 묻고 싶을 만큼, 그녀는 지금 자신감을 잃은 상태였다.

전예은을 보고 있자면, 그녀는 자신의 존재 이유를 그녀가 가진 그 저주에 가까운 능력에서 찾는 경향이 있었다.

그래서일까, 때로 전예은을 보고 있자면, 그녀는 내가 그녀의 초능력만을 보고 그것으로 인해 그녀를 고용했으며, 그 능력이 무용한 것임이 증명되는 순간 가치가 사라지고 만단 생각을 하고 있는 듯 보일 때도 왕왕 있었다.

'뭐, 처음엔 그런 것도 없잖아 있었지만.'

어쨌건, 그런 전예은이기에 그녀는 자신의 능력이 내게 검증되어 일이 잘 풀릴 때면 보란 듯 풀어지며 슬쩍 '본래 성격'일 응석이 나오기도 했는데, 역으로 그녀가 그 자신감의 원천을 잃는 순간엔 지금처럼 금세 풀이 죽고 만다.

'……아무리 행동거지가 조숙하다고는 해도, 결국 그녀도 아직 어린애인 거지.'

그렇기에 전예은은 자신의 능력에 의존하며 그것이 역으로 맹점이 되어 판단에 착오가 생겼을 때면 과도하리만치 위축되는 것이리라.

'거참, 섬세하기도 해라.'

나는 고개를 저었다.

"그렇지 않습니다. 오히려 반대죠."

"예?"

"제가 이 이야기를 예은 씨에게 전한 까닭은 이 일로 교훈을 얻어 한층 성장하길 바란 것이었습니다."

"……."

"하물며 제가 예은 씨를 중히 쓰지 않기로 했다면, 굳이 자리를 만들어 가며 이런 이야기를 전해 드릴 까닭도 없겠죠. 저는 이번 일을 계기로 예은 씨 역시 상대의 과거가 아닌, 미래와 변화 가능성까지 염두에 두고 사고하길 바랍니다."

전예은이 쓴웃음을 지었다.

"유념……하겠습니다."

"뭐, 예은 씨 앞에서는 잘난 듯 말했습니다만, 사실 저 역시도 이번 일로 사람을 대함에 선입견을 배제해야 한다는 교훈을 얻었습니다."

나는 슬쩍 그녀에게 약한 모습을 내비쳤다.

"그러니 우리 둘 다, 이번 일로 배움을 얻어 한층 더 성장했길 바라야겠죠. 저도 아직 미숙한 데다가 하는 일에 확신이 없거든요."

"사장님께서요?"

"예은 씨는 종종 깜빡하는 모양입니다만, 저는 아직 초등학생이거든요."

속은 아저씨지만.

전예은은 내 말에 멀뚱멀뚱하더니 쿡, 하고 웃음을 터뜨렸다.

"맞아요. 그랬네요."

"앞으론 예은 씨도 그 능력을 너무 맹신하진 않았으면 합니다. 저도 예은 씨의 말을 참조는 하겠지만, 그런 능력이 없어도 예은 씨는 이미 제게 소중한 사람이니까요."

내 말에 전예은은 움찔하더니, 입술을 삐죽였다.

"……그건, 비서로서 말씀이겠죠?"

아니면, 달리 뭐 있나?

아, 있긴 하군.

"그럴 리가요. 예은 씨는 이미 제게 비서 그 이상입니다."

그녀는 비서 업무 능력뿐만 아니라 프로듀서로서 능력도 초일류니까.

"……으아."

전예은이 고개를 푹 숙이더니 귓바퀴를 붉히며 우물쭈물했다.

"지금 그런 말씀은 조금…… 치사한데요. 이러니까 저도 사장님을 초등학생으로 못 보는 건데."

"……."

응?

'……아하. 알겠군.'

그 말인 즉, 입으로만 공치사를 하는 게 아닌, 보너스를 내놓으란 건가.

'여하튼 잔망스럽다니까. 생활력 하난 알아줘야겠어.'

나는 미소로 그 말을 받았다.

"걱정하지 마세요. 말뿐이 아니라, 조만간 행동으로 보여드리겠습니다."

"네? 행동이라니……."

"한 입으로 두말하진 않습니다. 아, 그럴 게 아니라, 오늘 돌아가서 곧장 해 버리죠."

보너스 지급을.

전예은은 내 말에 빨개진 얼굴을 들었다.

"네에?"

그러잖아도 전예은에게 필요한 것이 무엇인지는 줄곧 생각해 오던 바가 있었다.

"어디 보자, 한다면 예은 씨가 지금 살고 있는 집이 좋겠죠?"

지금 그녀에게 가장 부담이 되는 일은 내 소유의 빌라에 전세를 빌려서 살고 있다는 점일 것이다.

'전예은도 이번 일로 힘써 줬으니, 이 기회에 한 개 호실 정도는 내줘도 좋을 것 같군.'

하지만 내 말에 전예은이 황급히 손사래를 쳤다.

"아, 안 돼요! 그런 건!"

"……예?"

전예은이 쿡 찌르면 펑 하고 터질 듯 빨개진 얼굴로 우물 쭈물하며 횡설수설 말을 이었다.

"그, 그게, 지금은 사장님께서 한창 그런 쪽에 관심이 싹 틀 때라는 건 알지만요, 사장님이나 저나 아직은 미성년자 고, 그런 일은 성인이 되고 나서부터, 또 진지하게 숙고를 거 친 다음에야……."

"……."

전예은이 무슨 말을 하는 건지 모르겠다.

아.

"걱정 말고 제게 맡겨 주십시오. 저, 이런 건 여러 번 해 봐서 잘 압니다."

전예은이 마른침을 꼴깍 삼켰다.

"여, 여러 번……? 벌써요……? 아직 초등학생인데요?"

"뭐, 실은 그걸로 재미 좀 봤거든요."

"힉?"

"게다가 제가 이쪽 방면으로 제법 장래가 기대된다는 건 저희 가족이며 친척들도 다 인정하고 있죠. 이미 서로 여러 차례 도움도 주고받았답니다."

특히 분당 쪽 부동산을 장악한 일엔 내 공로가 무척 컸지.

'새삼 감회가 새롭군.'

전예은은 옴짝달싹 못하며 식은땀을 훔쳤다.

"그, 그런 세계가 있었군요. 심지어 가족들도 알고 있다니······."

"재벌가에선 드문 일도 아니죠."

"으앗······."

"그야 남 앞에서 크게 떠들 일은 아닙니다만."

"그, 그, 그렇겠죠? 아무래도 윤리적으로는······."

윤리적으로?

뭐, 그야 조세 포털로 쓰인단 점을 생각하면 윤리적으로 떳떳지 못한 경우가 많긴 하지.

"그래도 예은 씨는 걱정할 거 없습니다. 합법적으로 할 테니까요."

"예? 그, 그게 합법인가요?"

"그럼요. 미성년자라도 주택 소유주가 될 수 있습니다. 예은 씨도 아직 등기 이전 쪽은 잘 모르시나 보네요."

"······."

전예은이 멈칫하더니 천천히 고개를 갸웃했다.

"······네?"

"혹시 소유주 이전 절차 때문이라면 걱정하실 거 없습니다. 서류 준비만 해 두면 무방하거든요. 저도 그러고 있으니, 예은 씨 나이에도 충분히 자가 주택 소유주가 될 수 있습니다."

"······."

전예은은 가만히 나를 쳐다보다가 아하, 하고 무표정한 얼굴로 고개를 끄덕였다.

"사장님께선 지금 보너스로 현재 제가 살고 있는 집을 주시겠다는 거군요?"

"예. ……혹시 마음에 안 드십니까?"

오히려 혼자 살기엔 휑할 정도로 넓을 텐데.

전예은은 어째, 한숨을 내쉬더니 무표정한 얼굴로 고개를 저었다.

"아닙니다. 무척 감사하고 있습니다."

"……."

말과는 달리 만족한 얼굴이 아니다.

'생각해 보면 이 정도도 파격적인데, 대체 보너스로 뭘 기대한 건지.'

나는 전예은의 끝 모를 물욕이 살짝 걱정되기 시작했다.

'……차라리 그냥 스톡옵션으로 할 걸 그랬군.'

구봉팔에 대한 신임 문제를 일단락한 뒤, 나는 전예은에게 양상춘에 대해 물었다.

"솔직히…… 잘 모르겠어요."

전예은은 올 게 왔다는 듯 한숨까지 내쉬어 가며 그렇게 대답했다.

"저처럼 읽을 수 없는 부류입니까?"

전예은의 능력이 적용하지 않는 대상에 내가 포함되어 있긴 했지만, 그렇다고 해서 나는 나 자신이 특별하단 생각은 하지 않았다.

'원장의 경우도 있고.'

해서, 그런 질문을 던졌더니 전예은이 고개를 가로저었다.

"아뇨, 그런 건 아닌데……. 일단 그분은 생각이 많고 복잡한 데다가 양면성이 큰 사람이거든요."

"양면성?"

"네. 직관적이면서도 이성적이고, 열정적이면서도 냉소적이죠. 아, 비유하자면 몬드리안과 피카소가 뒤섞인 느낌으로……."

"……."

그렇게 비유를 들어도 잘 모르겠다.

전예은의 비유대로 이미지를 떠올려 봐도 어딘가 괴상망측했고.

"양상춘 박사님 같은 유형은 저도 낯설거든요. 이걸 뭐라고 하면 좋을지……."

전예은은 잠시 생각에 잠겼다가 고개를 들었다.

"사장님, 이따금 사람들은 자신이 한 거짓말을 어느 순간 진실로 믿는 경우가 있죠?"

"……그럴 때가 있죠."

그런 건 특히 어린아이에게 많은데, 전예은은 어린애들을 대하며 그쪽은 통달했을 것이다.

"그 외엔 잘못된 진실을 사실로 받아들이는 경우도 있고요."

"예."

이를테면, 전생의 약혼자가 내게 웃으며 말했듯 어느 영화에 출연한 적 없는 배우를 출연했다고 철석같이 믿고 있다가 뒤늦게 아니었단 걸 깨닫는 경우라든가.

'다소 극단적인 예시지만, 전예은은 조현병 환자의 말만 듣고 그것이 거짓인지 아닌지 분간할 수 없다는 것도 되겠군.'

전예은이 말을 이었다.

"제가 보는 건 어디까지나 그 사람이 인지하는 세계의 형태예요. 그러니까 그 사람이 거짓을 진실이라고 믿고 있으면, 저로서도 그걸 분간할 수 없어요. 따라서 시간이 지남에 따라 기억이 희미해지듯, 그 사람이 기억하지 못하는 일은 저도 알 수 없는 것이고요."

"······흠."

그런 맹점도 있었나.

하긴, 만일 '하늘의 계시'를 받았다고 주장하며 총기난사를 한 광인이 있다면, 그건 그 사람에겐 '진실'일 것이다.

"그렇다는 건, 양상춘이라는 분의 정신건강에 문제가 있다는 겁니까?"

"그렇게까지는 이야기하지 않았어요."

전예은이 쓴웃음으로 내 말을 받았다.

'하지만 원천부정은 하지 않는군.'

아무래도 사고방식이 멀쩡한 사람은 아닌 모양이다.

전예은이 볼을 긁적였다.

"음, 그러니까 우리가 소설책을 읽을 땐 자연스럽게 그 문장이 묘사하는 풍경 등을 머릿속에 이미지해서 떠올리곤 하잖아요?"

"그렇죠."

"양상춘 박사님은 그 상상을 이미지하는 것이 뚜렷해 그게 본인의 체험인지 아니면 머릿속에 그 광경을 재구성해 떠올린 것인지, 저로 하여금 헷갈리게 하는 분이에요."

전예은이 웃었다.

"그러니 제가 본 바에 의하면 양상춘 박사님은 손에 꼽을 수도 없을 만큼 많은 사람을 살해한 악인이거든요."

"……."

그게 웃으면서 할 말인가.

전예은이 슬쩍 웃음을 거뒀다.

"물론 그럴 리는 없겠죠. 하윤 언니가 그분께 보내는 신뢰가 탄탄했거든요."

결국 그녀는 강하윤을 통해 양상춘을 읽은 모양이었다.

"하지만 그건, 그만큼 그분의 머릿속에 있는 이미지가 뚜렷하고 다층적이면서 복잡하단 의미이기도 해요."

나는 그녀가 하는 말의 절반도 알아들을 수 없었지만, 일단 고개를 끄덕였다.

"그러면 '의사 면허가 있는 백수'라는 약력은요?"

"그게…… 공교롭게도 사실이에요."

"그게 사실이라고요?"

전예은이 한숨을 내쉬었다.

"네. 그분은 그걸 진실로 취급하고 계셨거든요. 하지만 한 편으론 하윤 언니의 생각에선 국과수 관계자라는 이미지가 있었고……."

역시.

나는 그 말에 빙긋 웃었다.

"맞을 겁니다. 국과수."

"그런가요?"

"사실 저도 스치듯 듣긴 했습니다만, 제가 알기로 그분은 국과수에서 일하는 분이거든요."

"아."

전예은이 고개를 주억거렸다.

"그래서 이미지 속에 사체를 해부하던 모습이 있었군요."

나는 전예은이 바라보는 세계는 알지 못하지만, 그것조차 실재인지 상상인지 헷갈릴 정도라면 양상춘은 그녀로 하여 금 혼란스러운 인물이긴 할 터였다.

'어떤 의미에선 전예은과 상극이군.'

전예은이 어조를 바꿔 말을 이었다.

"그런데 사장님께서는 양상춘 박사님이 국과수에 재적해 계시다는 걸 어떻게 아셨어요? 왠지 두 분은 초면이신 거 같던데……."

"초면인 건 맞습니다. 음…… 예전에 강하윤 형사님과 물고기 배 속에서 발견된 반지 주인을 찾은 적이 있었죠? 그때 강하윤 형사님이 곁에서 통화하는 걸 들었거든요. 그때 양상춘 박사님이 언급된 적이 있어서 그걸 기억하고 있는 것뿐입니다."

전예은이 나를 물끄러미 쳐다보다가 고개를 저었다.

"새삼 느끼는 거지만, 사장님께선 기억력이 참 좋으시네요. 하윤 언니도 그런 일이 있었다는 건 생각도 하지 못하고 계신데."

심지어는 양상춘의 핸드폰 번호도 외우고 있지만, 나는 일부러 대수롭지 않게 그녀의 말을 받았다.

"별거 아닌 특기입니다."

"……저는 대단한 특기라고 생각하는데요?"

글쎄. 지금처럼 두 번째 인생을 살아가는 경우가 아니라면, 그렇게 대단한 특기라곤 생각하지 않는다.

'그조차도 지금처럼 전생과 역사가 바뀌면 대처할 수 있는 것이 줄어들고.'

그런 것보단 이휘철이나 이태석처럼 시대의 혁신을 이끌 만큼 재량이 번뜩이는 부류가 부러울 따름이다.

전예은이 말을 이었다.

"아무튼, 그러니 제가 그분에 대해 사장님께 무어라 말씀이라도 올리고자 하면 조금 더 시간을 두고 관찰해 봐야 할 거 같아요."

어쨌건, 그가 쉽지 않은 인물임은 분명한 듯 보였다.

'아마, 그가 여기 찾아온 것도 단순히 박강선을 차로 태워 주려 온 건 아닐 거야.'

나는 문득 생각난 김에 물었다.

"지금 양상춘 박사님의 가장 큰 관심사는 무엇입니까?"

"……."

전예은은 잠시 뜸을 들였다가 나를 힐끗 쳐다보았다.

"……사장님이에요."

"저요?"

전예은이 고개를 끄덕였다.

"네. 다만 사장님을 향한 그분의 관심이 호의적인지 아닌지 판단하기는 힘들지만요."

"……."

덮어 놓고 호의적일 까닭은 없지만, 그렇다고 내가 초면에 비호감을 살 만큼 자기관리가 허술한 편은 아니다.

오히려 이성진이라는 인물은 기본적으로 상대에게 호감을 주는 첫인상의 소유자라고 할 수 있었다.

'만일 내게 불호를 느꼈다면, 그건 어떤 선입견이 작용했

을 수도 있겠군.'

이를테면, 나라는 인간을 사전에 알고 있었다든가.

'……유념해 둬야겠어.'

전예은이 말을 이었다.

"일단 사장님께 호기심은 품고 있어요. 하지만 그건 '초등학생 사장'을 향한 호기심은 아니었고, 무언가……."

전예은은 그녀 스스로도 무어라 설명해야 할지 몰라 갈팡질팡하다가 결국 말끝을 흐린 채로 입을 다물더니 조심스럽게 중얼거렸다.

"……그 부분은 나중에 생각이 정리되면 말씀드릴게요."

이성진이 전예은과 함께 박강선의 짐을 정리한다는 핑계로 대화를 나누는 사이, 강하윤은 박강선의 수속을 마쳤다.

초면엔 낯을 가리는 박강선은 조세화가 데면데면한 눈치였는데, 도중에 원장실에서 빠져나온 양상춘이 합류한 덕에 조세화는 내심 안도했다.

양상춘은 박강선과 게임보이를 연결해 패킷몬 배틀이라는 것을 하며 조세화에게 툭 하고 입을 뗐다.

"그나저나 공주님."

"……공주님 아니라니까요!"

"말은 그렇게 해도, 그런 옷차림이면 설득력이 없는데?"

조세화가 한숨을 내쉬었다.

"여기 오기 전, 예의를 차려야 하는 장소에 들렀다 왔을 것뿐이에요."

"예의라."

양상춘이 턱을 긁적였다.

"상견례라도 했나?"

"좋을 대로 생각하시죠."

표독스럽게 쏘아붙인 조세화는 이내 자신이 다소 무례했다는 걸 자각하곤 조심스레 덧붙였다.

"죄송해요."

"괜찮아, 난 그런 거 신경 안 쓰니까."

조세화는 멋쩍게 웃으며 박강선이 조작하는 게임기 화면을 보았다.

"실은 오전 중에 성진이네 집에 다녀왔거든요. 아까 보신 개요."

"그래? 그러면…… 여자친구는 아니랬으니, 맞선이었나?"

"아니거든요."

부정하는 조세화의 얼굴이 조금 붉어졌다.

"그런 게 아니라…… 사업차 논의할 게 있어서 방문했을 뿐이에요."

양상춘이 슬쩍 고개를 들어 조세화를 쳐다보았다.

"흐음, 요즘 초등학생은 사업하는 게 유행인가?"

"그럴 리 없잖아요."

어처구니없다는 듯 말을 받은 조세화가 눈을 흘기며 말을 이었다.

"그리고 전 중학생이에요."

"아. 그래?"

"왜요, 중학생으로 안 보이나요?"

"내 나이쯤 되면 초등학생이나 중학생이나 거기서 거기거든."

"……예에."

뭐, 조세화도 양상춘에게 그런 섬세한 배려까진 바라지 않았다.

"그런데 아저씨."

"이왕이면 박사님이라고 불러 주면 좋겠는데."

은근히 까다롭네, 하고 생각하며 조세화가 입을 뗐다.

"……네, 박사님. 대신 박사님께서도 저한테 공주님이라고 부르지 말아 주셨으면 하는데요."

"선처하지."

"감사해요. 아무튼, 방금 전엔 무슨 용건이셨나요?"

"아, 별거 아니야."

삐용, 삐용 하는 게임 소리 사이로 양상춘의 목소리가 끼어들었다.

"너, 혹시 조광 그룹의 조세화냐?"

"……."

조세화는 입을 꾹 다물고 양상춘을 쳐다보았다.

양상춘은 고개도 들지 않고 말을 이었다.

"신문에서 조광 그룹의 차기가 중학생 여자애라는 걸 본 기억이 나서."

조세화는 '내가 중학생인 걸 알고 있었으면서, 방금 전엔 일부러 그랬구나' 하고 생각했다가, 아차 하며 그를 경계하는 눈으로 보았다.

"그건 왜 물으시는데요?"

"그냥. 꼭 이유가 있어야만 하나?"

양상춘의 대답에 조세화는 게임기 화면에 집중하고 있는 그를 물끄러미 쳐다보다가 대답했다.

"제 생각엔 '그냥' 여쭤보신 건 아닌 거 같은데요, 박사님."

"말 그대로 그냥 물어본 것뿐이야."

양상춘이 덤덤하게 대꾸했다.

"내가 '오늘 삼광 그룹의 이성진과 조광 그룹의 조세화가 만나서 사업차 논의를 나누었다'는 것을 알아봐야, 그걸 어디 쓰겠어?"

"모르죠. 기자들에겐 충분히 구미가 당길 만한 일이니까요."

조세화의 가시 돋친 말에 피식 웃은 양상춘이 입을 뗐다.

"받아라, 파괴광선!"

게임보이에서 나온 효과음 소리에 박강선은 울상이 되어 양상춘을 보았다.

"에엑, 너무해요!"

"하하, 인생이 그런 거란다."

양상춘은 자신이 갖고 있던 게임보이를 박강선에게 건넸다.

"필요하면 내 패킷몬 가져도 돼."

"진짜요?"

"그럼. 나는 이미 한참 전에 끝판 깼거든."

"감사합니다, 의사 선생님!"

박강선은 활짝 웃으며 게임보이를 든 채 자리를 옮겼고, 양상춘은 그런 박강선을 보다가 툭 하고 입을 뗐다.

"하긴, 게다가 자네가 여기 와서 박상대의 아들과 친하게 지내는 모습도, 기자에겐 충분한 흥밋거리겠지."

"……."

양상춘이 고개를 돌려 조세화를 보았다.

"하지만 아쉽게도 내겐 알고 지내는 기자가 없다네. 있었다면 한 턱 단단히 얻어먹었겠지만."

조세화가 양상춘을 노려보았다.

"……아저씨, 뭐 하는 분이세요?"

"박사님이라고 불러 달라니까."

"……"

"아무튼 대답하자면 지금은 그냥 백수라네. 오늘 책상 위에 사표를 올려 두고 오긴 했지만……."

양상춘이 조세화를 향해 빙긋 웃었다.

"그 전에는 '국립과학수사연구원'이라는 곳에 몸담고 있었지."

국립과학수사연구원.

양상춘의 말은 조세화에게 까닭 모를 불안감과 불쾌감, 그리고 약간의 호기심을 안겨다 주었다.

"……그걸 저에게 말씀하신 저의가 뭐죠?"

조세화의 날 선 대답에 양상춘은 얼굴에 드리운 웃음기를 살짝 거둬들였다.

"나는 세화가 누군지 얼추 알고 있지만, 세화는 내가 누군지 모르니까. 그건 공정하지 않잖나?"

양상춘의 말은 일견 상식적인 대답처럼 들렸으나, 그럼에도 불구하고 조세화는 그가 하는 말이 상식을 비껴가 뒤틀려 있다고 느꼈다.

그래서 조세화는 그녀도 놀랄 만큼 비틀린 대답을 내놓았다.

"말씀을 듣고 나니, 저는 왠지 박사님께서 요한의 집에 방문하신 목적도 알 거 같은데요."

"왜, 내가 조세화와 이성진을 만나기 위해 일부러 발걸음을 한 것 같은가?"

"사실이잖아요."

양상춘이 픽 웃었다.

"그럴 리가. 강 형사에게 들었지만 오늘 요한의 집에 이성진이 방문하는 것조차 확정 요소가 아닌 것 같던데. 심지어 세화 네가 여기 찾아오는 건 전혀 예정에 없던 거였고."

"……."

"게다가 혹여 내가 자네의 아버지, 조설훈 씨의 죽음에 대한 수사를 이어 가고자 했다고 생각했다면 그야말로 착각 일세. 들었다시피 나는 사표를 책상에 던지고 여기로 왔으니까."

조세화는 아무렇지도 않게 조설훈의 죽음을 언급한 양상춘에게 불쾌감을 느꼈다.

"그 일에 대해 제가 드릴 말씀은 없어요. 정말 필요하다면 영장이라도 가져오시든가요."

"말하자면 내게 그런 권한은 없네."

"그렇다면 더더욱 드릴 말씀이 없네요."

확하고 돌아선 조세화의 등 뒤로 양상춘이 말을 붙였다.

"세화는 그날 있었던 일의 진실이 궁금하지 않나?"

조세화가 움찔하더니 고개를 돌렸다.

"진실이라뇨?"

"그 일에 대해, 자네는 어디까지 알고 있지?"

조세화는 입을 꾹 다문 채 양상춘을 노려보다가 천천히 입을 뗐다.

"저도 그날 무슨 일이 있었는지 정도는 변호사님께 들었어요."

다른 가족에게는 알리지 않았지만, 조성광의 상속자 중 한 사람인 조세화만큼은 그날 무슨 일이 있었는지 알고 있었다.

조성광 회장의 전속 변호사는 장례식 날 조세화를 불러 '조지훈이 조설훈을 살해'하였기 때문에 상속 자격이 원천 박탈되었으며, 따라서 조지훈의 유족에게는 그 유류분조차 지급할 필요가 없다는 말을 전했다.

그러면서 전직 판사라던 그 변호사는 더 이상 연루되고 싶지 않다는 듯 사무적인 어조로 '어떻게 하든 세화 씨의 선택'이라는 말을 덧붙이며 선을 긋는 태도를 보였다.

하지만 조세화는 친척인 조지훈의 가족에게 그 일을 알릴 수 없었다.

조지훈이 아버지인 조설훈을 살해하였고, 경찰과 총격전을 벌인 끝에 그 역시 사망하고 말았다는 건 조세화가 듣기에 충격적이었지만……

어째서인지 '생각 외로' 덜 충격적이었다.

양상춘이 조세화를 물끄러미 쳐다보았다.

"하면, 세화가 알고 있는 그건 경찰이 알고 있는 진실이겠군."

"……."

조세화는 대답하지 않았다.

어쩌면, 조세화 자신도 내심 조설훈의 죽음이 부자연스러웠다는 걸 인지하고 있었던 걸지도 모른다.

그녀는 조설훈이 죽기 전날, 그에게 조지훈이 트로피에 감춰 둔 도청기의 존재를 알렸다.

조설훈은 분노했고, 다음 날 그는 조지훈을 비롯한 여러 사람들과 함께 시체로 발견되었다.

조세화는 그것이 '부자연스럽다'고 생각했다.

조지훈에게는 조설훈을 죽일 이유가 없는 것이다.

그녀가 아는 작은아버지, 조지훈은 비록 뒤에서 추잡한 음모를 꾸밀지언정 진심은 가족이 우선인 사람이었다.

아마, 그도 트로피 속 도청기를 세간에 공개할 생각은 하지 않았을 것이다.

그도 그럴 것이 트로피에 도청기를 숨겼던 당시와 상황은 달라졌고, 그러고자 마음만 먹으면 어떻게든 회수할 수도 있었을 텐데 조지훈은 트로피를 회수하지 않았다.

무어라 형용하기는 어려우나, 오히려 인간적인 면모에서만큼은 차갑고 잔혹한 조설훈보다 조지훈이 더 나았다.

조지훈에게 도청기를 설치했던 당시는 과거로 남았고, 그는 이후 조설훈과 '화해'했노라 철석같이 믿었으며, 형님을 경계할 필요가 없어졌으니 여기에 더 이상 관심을 기울일 필요가 없다고 생각했을지 모른다.

그러니—조세화는 생각하지 않으려 했지만—조설훈이 조지훈을 죽이면 죽였지, 그 반대의 경우는 있을 수 없으리라 생각했다.

하지만 변호사에게 들은 내용은 그 반대였고, 눈앞의 양상춘이란 인물은 '또 다른 진실'이 존재한다는 암시를 풀풀 풍기고 있었다.

조세화의 방어기제는 이대로 저 무례한 남자를 외면하고 두 번 다시 만나선 안 된다는 경종을 울리고 있었으나.

호기심은 고양이를 죽인다.

슈뢰딩거의 실험 속에서 상자에 든 고양이는 관측하지 않는 이상 죽지도 살지도 않는 상태로 남는다.

하물며 양상춘에게 '그날의 진실'을 듣는 일은 판도라의 상자를 여는 일이자, 고양이를 죽이는 일이 될지도 모른다.

어쩌면 이후, 자신은 아버지의 죄를 직시하고 이를 받아들여야만 할지도 모른다.

그러나 이대로 모른 척 가만히 있기만 한다면, 아무런 문제도 생기지 않는다.

그럼에도.

"왜요, 그러면 혹시 박사님께서 저희 아버지를 부검하시기라도 했나요?"

조세화는 그렇게 내뱉곤 스스로도 자신이 그런 말을 했다는 것에 내심 놀랐다.

한편 양상춘은 조세화의 말에 잠시 뜸을 들였다가 고개를
끄덕였다.

"맞아."

"……."

조세화가 주먹을 꾹 쥐었다.

"그러셨군요."

조세화는 목소리가 떨리지 않도록 신경을 기울이면서 말
을 이었다.

"연락처 알려 주세요. 여기는 그런 대화를 나누기에 적절
치 않아 보이거든요."

"그게 좋겠군. 마침 나도 몇 가지 묻고 싶은 게 있거든."

양상춘이 고개를 끄덕인 뒤 조세화에게 명함을 건넸다.

"이제 쓸 일이 없을 거라 생각한 명함이지만, 핸드폰 연락
처만 참조하게. 그럼, 연락 기다리고 있겠네."

"……."

명함을 받아 든 조세화는 평생 가도 이 사람과 사이가 좋
을 일은 없을 거라고 생각하며 몸을 돌렸다.

강하윤이 수속을 마치고 나와서 얼마 지나지 않아 요한의

집에 소형 버스 한 대가 들어섰다.

이 통학용 소형 버스는 내가 후원을 시작하면서부터 장만하게 된 것으로 요한의 집 원생들이 등하교 및 시내로 현장학습을 갈 때 사용하곤 했는데, 이는 좀처럼 배차를 늘려 주지 않는 보육원 근처 버스 정류장을 훌륭히 대체하였다.

오늘은 방학이었지만 요한의 집이 속한 D구 학군은 방과 후 교실 시범 사업이 시행되어 원생들은 한 사람도 빠짐없이 방과 후 교실에 참여, 보육원의 일손을 덜어 주고 있단 이야기를 언젠가 전예은에게 전해 들은 기억이 났다.

'그래서 이왕이면 한 번에 우르르 싣고 다니는 건가.'

박강선은 그중, 버스에서 원생들을 인솔하던 한 여인을 발견하곤 반색하며 쪼르르 달려가 그 품에 안겼다.

"춘자 이모!"

화장기 없이 수수한 인상의, 하지만 어딘지 모르게 몸짓에서 화려함이 묻어나는 '춘자 이모' 역시 박강선을 반기며 그 머리를 쓰다듬어 주었다.

"강선이 왔구나? 오늘부터 온다고 들었는데."

"네!"

이 '춘자 이모'에 대해 전예은이 내 곁에서 설명해 주었다.

"강선이 어머니랑 친구였대요."

굳이 말하지 않아도 이미 알고 있었지만, 나는 모른 척 고개를 끄덕였다.

"그렇군요."

양춘자.

생전부터 정순애의 지인이며, 한때 내가 구봉팔에게 감시를 부탁한 인물.

'조설훈이 노리고 있었지.'

그것도 지금은 일단락되었지만.

다만 그녀가 왜 여기 와 있는지 그게 의문이긴 했다.

"춘자 씨는 앞으로 여기서 일하겠대."

내 의문을 해소해 준 건 강하윤이었다.

"그래요?"

"응, 오래되지는 않았고, 얼마 전부터."

강하윤이 어딘가 쓴웃음처럼도 보이는, 하지만 그 안에 모종의 흐뭇함도 묻어 있는 복잡한 미소를 지었다.

"실은 처음엔 입양을 알아보려 하신 모양이지만…… 입양엔 절차가 있거든."

그 말에 나는 강하윤의 묘한 미소의 정체를 알 듯했지만, 모른 척 그녀의 말을 받았다.

"그러면 아직 미혼이신가 보네요."

"어머, 성진이는 그런 것도 알고 있구나?"

"그냥 상식선에서지만요."

양춘자는 박강선의 입양이 무산되자, 박강선의 곁에 있을 수 있도록 가게 등 하던 일을 모두 정리하고 요한의 집으로 온 모양이었다.

그것이 정순애를 향한 남에게 말 못 할 죄책감 때문인지, 아니면 단순한 정인지는 알 수 없고, 또 내 알 바 아니지만.

'그래도 쉽지 않은 결정이었을 텐데.'

어쩌면 양춘자는 정순애가 박상대의 사생아를 배었을 때부터 그런 비극을 예상하고 있었을지도 모른다.

'정순애는 언젠가 박상대가 박강선을 집에 들이는 걸 기대하며 꿈에 부풀어 있었겠지만…….'

그런 일은 전생에도 벌어지지 않았고, 이번 생 역시 결과는 마찬가지였다.

그리고 지인의 헛된 꿈을 차마 만류할 수 없었던 양춘자는 뒤늦게 박강선의 곁에 서는 것으로 위안을 삼으려 한 걸지도.

'어쨌건 이럭저럭 박강선에겐 유사 가족이 생겼군.'

박강선에겐 더 이상 피를 나눈 가족은 없어도 앞으론 요한의 집 원생들과 양춘자가 그를 보호해 줄 것이다.

'그 앞에 모습을 비출지는 모르겠지만, 구봉팔도 알게 모르게 박강선을 챙겨 주려 할 거야.'

최근까지 박강선에게 닥친 일은 누가 보아도 비극이지만, 역설적이게도 내가 보기에 지금의 박강선은 전생의 그보다 덜 고독하게, 한편으로는 행복하게도 보였다.

내 시선은 자연스럽게 그들에게 다가간 양상춘에 머물렀다.

"오랜만입니다."

"어머, 안녕하세요."

양상춘은 양춘자와 구면인지, 알은체를 하면서 인사를 건넸고, 양춘자는 그런 양상춘을 보곤 조금 놀라며 꾸벅 고개를 숙였다.

"요한의 집에서 일하기로 하셨습니까?"

"네, 어쩌다 보니."

박강선이 끼어들었다.

"이모, 의사 선생님이 저한테 패킷몬을 주셨어요!"

"어머, 그거 혹시 비싼 거 아니니?"

"돈 주고도 못 사는 거긴 해요."

양상춘이 웃었다.

"하하, 세상에 돈 주고 못 사는 건 없단다."

양춘자가 양상춘을 흘겨보았다.

"애 앞에서 그런 말씀하지 마세요."

"어이쿠, 실례했습니다."

나는 그 화기애애한 모습을 보며 생각했다.

'……전직 국과수 인물과 구면이라.'

구봉팔에게 듣기로, 양춘자는 조설훈을 피해 고향으로 피신했다가 현지 경찰의 도움을 받아 다시 서울로 올라왔다고 했다.

'그런 양춘자가 양상춘과 구면이라는 건, 양상춘은 이번

사건에 깊이 연루되어 있다는 방증이겠지.'

어쩌면 양상춘은 박강선의 유전자 검사를 실시한 본인일지도 모른다.

'박강선의 유전자 정보를 채집하는 과정에 박강선이 그를 의사로 오인한 걸지도 모르고.'

그건 강하윤과 동행한 시점에서 눈치챈 일이지만, 막연한 추측과 이를 실증하는 것 사이에 차이는 크다.

'그렇다면 양상춘은 어느 선까지 사건과 관여하고 있었을까?'

아마도 처음부터 끝까지.

'그러면 이번 사건 일체를 종합해서 판단하고 있을 가능성도 있겠군.'

그나저나.

내 곁을 힐끗 쳐다보니, 조세화는 이 훈훈한 광경을 보고도 생각에 잠긴 듯 무표정한 얼굴이었다.

'……그새 뭔 일이라도 있었나?'

그리고 조세화의 시선은 양상춘을 좇고 있었다.

'혹시 그에게 무슨 이야기를 들은 건가?'

그때 전예은이 부드럽게 내 옷깃을 잡아끌었다.

'나중에 알려 주겠단 거로군.'

전예은도 생각이 얼추 정리된 듯했다.

나는 전예은의 몸짓을 따라 모른 척, 시치미를 떼며 박강선이 원생들과 인사를 주고받으며 재잘거리는 모습을 가만히 지켜보았다.

이후 원장으로부터 저녁 식사를 하고 가라는 권유를 받았으나, 슬슬 광수대로 복귀를 해야 한다는 강하윤의 말에 마침 좋은 구실이 생겨 이를 정중히 거절했다.

'조세화의 상태도 신경이 쓰이고.'

우리는 박강선을 요한의 집에 남겨 둔 채 차에 올랐다.

분명 직전까지 퍽 화기애애한 분위기였음에도 불구하고 우리는 가타부타 이렇다 할 말없이 강이찬이 모는 차에 몸을 맡길 뿐이었다.

이 어딘가 묘하게 어색한 분위기엔 요한의 집에 오기 전과 달라진 조세화의 태도 변화가 한몫했는데, 그 원인을 읽어 낸 전예은은 분위기를 환기하려는 듯 내게 다정히 말을 건넸다.

"새삼 느끼지만 애들이 사장님을 참 좋아하네요."

나도 우리가 조세화를 의식하고 있다는 걸 그녀가 알지 못하도록 전예은의 실없는 말을 받는 중이었다.

"애들은 솔직하니까요."

"애들이 솔직한 것과 관계가 있나요?

"어른들과 달리 애들은 외모에서 느낀 호감을 솔직하게 발산하거든요. 그것과 무관하지 않은 거겠죠."

"……사장님께선 스스로 잘생겼다는 자각을 하고 계시네요?"

"그럼요. 다른 건 몰라도 얼굴 하난 잘생기지 않았습니까?"

이성진은 누가 보아도 잘생겼고, 아마 삼광 그룹 관계자가 아니었다면 모델로 명성을 높였으리라.

그 멀쩡한 겉모습은 유소년기라 해서 다를 바 없었다.

전예은이 말을 이었다.

"왠지 남 이야기하듯 말씀하시네요."

지적이 제법 예리했지만, 전예은은 더 파고들지 않고 대화의 물꼬를 조세화 방향으로 틀었다.

"세화도 그렇게 생각하지?"

"……네?"

딴생각에 잠겨 있던 조세화는 허둥지둥 고개를 끄덕였다.

"아, 네. 그런 거 같아요."

"어느 면에서?"

방금 전까지 무슨 이야기를 주고받았는지도 모르던 조세화는 말문이 막혀 고개를 푹 숙였다.

"죄송해요, 언니. 못 들었어요."

전예은도 조세화가 딴생각에 잠겨 있었단 걸 알면서 물은 것이니, 의외로 짓궂다.

"아니야, 신경 쓰지 마. 그러면 무슨 생각을 그렇게 골똘히 하고 있었는데?"

상대에게 심리적 채무를 지우곤 그 틈을 노려 자연스럽게 핵심을 파고든다.

전예은의 협상술을 보니, 그녀가 그간 어떻게 SBY의 영업을 뛰어 왔는지 알 것 같기도 했다.

조세화는 잠시 망설이다가 한숨을 토했다.

"실은…… 아까 양상춘 박사님이랑 따로 대화를 할 기회가 있었거든요."

"그래?"

"네, 그런데……."

그 대목에서 조세화는 아차 하며 말끝을 흐렸고, 떨떠름해하며 말을 이었다.

"아무것도 아니에요. 조금 개인적인 일이 있어서."

"그랬구나."

전예은이 딱히 추궁을 이어 가지도 않았는데 조세화는 알아서 변명을 이어 갔다.

"조금 무례한 사람이죠, 그분?"

"나도 오늘 처음 만나서 잘은 모르겠지만, 세화한테 짓궂은 행동을 보이긴 했다고 봐."

"제 말이 그거예요. 다짜고짜 사람을 공주님이라고 부르지 않나, 분명 저를 아직 어린애 취급하는 게 분명해요."

"어른들이 보기에는 그럴 수도 있지. 나만 해도 종종 어린애 취급 받곤 하는걸?"

"언니는 그래도 뭐 충분히……."

"뭐가 충분한데?"

"아, 아뇨. 신경 쓰지 마세요. 그보단……."

전예은 덕에 신경을 다른 곳에 돌릴 기분이 든 모양인지, 조세화는 가는 내내 전예은과 두런두런 대화를 이어 갔다.

전예은에겐 사람과 상황에 맞춰 가면을 쓰는 재능이 있다는 걸 나도 알고는 있었지만, 이 정도로 능수능란한 줄은 미처 몰랐다.

'내 앞에서 하는 것과는 전혀 다르군.'

내 앞에서는 음전하고 조숙한, 때때로 자신감 없이 데면데면한 모습을 보이곤 하던 전예은은 다른 사람에겐 사교적이고 배려심 많은 면모로 탈바꿈해 누구라도 호감을 살 법한 모습을 보였다.

생각하면 다소 아이러니하지만 어쩌면, 내 앞에서 보이는 모습보단 그게 그녀의 본성일지도 모른다.

'그 저주에 가까운 능력만 없었다면 말이지.'

제아무리 그녀가 가진 바 능력을 십분 활용해 상대의 가려운 부분을 긁어 준다곤 하지만, 그것도 근본이 받쳐 주지 않으면 어딘지 모르게 어색한 모습이 보일 수밖에 없다.

실제로도 최근 내 신임을 얻기 시작했다고 생각하기 시작한 그녀는 이따금 누나 행세를 하려 들곤 했으므로, 오히려 이전에 내 앞에서 보이던 경계하며 거리를 두는 모습은 '능력'이 통하지 않는 상대를 앞에 둔 당혹감과 그 경계심의 일환이었으리라.

'애당초 정말로 소극적이기만 할 뿐이라면 내게 먼저 말을 건네지도, 자신을 고용해 달라는 당돌한 요청도 하지 않았겠지.'

전예은과 재잘재잘 시시콜콜한 대화를 이어 가던 조세화는 문득 창밖을 보더니 잠시 생각에 잠겼다가 강이찬에게 말을 건넸다.

"강이찬 씨, 괜찮으시다면 저희 집으로 가 주실 수 있나요?"

조세화는 뒤이어 강이찬의 상사인 내게 말했다.

"생각해 보니까 너희 회사가 있는 분당까지 갔다가 집으로 가는 것보단 곧장 우리 집 쪽으로 빠지는 게 더 나을 거 같아서. 내 운전기사한테는 핸드폰으로 전화해서 곧장 퇴근하라고 하면 되니까."

합리적이군.

"그럼, 그럴까. 주소가 어떻게 돼?"

조세화는 주소를 말했다.

"강이찬 씨, 들으신 주소로 가 주세요."

"알겠습니다."

강이찬은 군말 없이 내 요청을 따랐다.

내가 사는 곳 못지않은 부촌에 자리잡은 조세화의 집은 마찬가지로 우리 집 못지않은 규모의 저택이었다.

'고용인도 있겠지만, 조세화와 모친 단둘이서 생활하기에는 낭비가 크겠군.'

나는 차에서 내려 저택 대문 앞에 섰다.

그러잖아도 내게 하고 싶은 말이 많았던 모양이니, 이 기회에 무슨 일이 있었는지 그녀에게 직접 들을 수 있을지도 모르겠다.

"저기."

예상대로 그녀는 나에게 마치 '차라도 한 잔 하고 가라'는 말을 할 것처럼 입을 뗐다가 입을 꾹 다물었다.

당초 나를 집에 초청할 생각으로 '배웅'을 부탁했을 그녀는 막상 집 앞에 서니 평소와 달리 입이 잘 떨어지지 않는 모양이었다.

'……하긴, 말 그대로 초상집 분위기일 테니까.'

장남은 구치소에 수감된 상태이고 가장은 동생에게 살해당한 판국이니, 누군가를 초대하고 싶지 않은 기분이 드는 것도 사실일 것이다.

조세화가 힘겹게 입을 뗐다.

"있잖아, 성진아. 나……."

조세화는 어딘지 우물쭈물하는 얼굴로 말끝을 흐렸다.

그녀는 나에게 무언가 하고 싶은 말이 잔뜩 있었던 모양이지만, 이내 고개를 저었다.

"으응, 아무것도 아니야."

조세화가 내게 미소를 지었다.

"오늘 에스코트해 줘서 고마웠어."

"괜찮아. 이 정도는."

"그러면 다음에 보자."

그녀가 작별을 고했다.

나는 조세화가 무슨 말을 하려 했는지 궁금하긴 했으나, 그건 전예은에게 들으면 될 일이다.

"그래. 조심해서 들어가."

"응. 오늘 고마웠어."

그리고 조세화는 우리가 시야에서 사라질 때까지 집 앞에 우두커니 서 있었다.

그렇게 조세화를 바래다준 뒤, 우리는 분당으로 향했다.

"강이찬 씨, 저랑 예은 씨는 예은 씨 집 앞에 내려다 주시고 퇴근하세요."

예전에는 택시를 타고 가면 된다는 내 말에도 '대기하고 있겠습니다' 하고 실랑이를 벌여 댔으나, 오늘은 그도 별다른 말 없이 내 말을 따랐다.

'오늘은 강이찬에게도 찝찝한 일이 있었던 하루였으니까.'

우리를 전예은이 사는 내 소유 빌라 앞에 내려 준 강이찬은 곧장 차를 몰고 떠났고, 한동안 미소 띤 얼굴로 그 뒤를 배웅

하던 전예은은 시야에서 차가 사라지자마자 고개를 홱 돌려
나를 보았다.

"사장님!"

"왜요."

"한참 전부터 묻고 싶었던 걸 간신히 참았는데요, 이찬 오
빠에게 대체 웬 권총이에요?"

그녀는 오늘 강이찬을 보자마자 그에게 김철수가 건넨 권
총이 있던 걸 꿰뚫어 보았을 터.

그렇다고 강이찬에게 '그 총은 뭔가요?' 하고 물을 수 없으
니 꾹 참고 있다가 지금 내게 따지듯 물었지만.

나는 어깨를 으쓱였다.

"저도 잘 모르겠군요. 어쩌다 보니 그렇게 됐다고밖에
는……."

"……."

말 그대로, 어쩌다 보니 그렇게 됐다.

내 생각을 읽지 못하는 전예은도 내 말에서 진실성을 읽은
모양이었다.

"사장님 말씀대로 정말 그런 모양이긴 합니다만……."

잠시 생각하던 전예은이 고개를 돌려 나를 보았다.

"그런데, 받으신 총은 어떻게 하실 건가요?"

나는 고개를 저었다.

"모르겠습니다. 그쪽이 무슨 의도로 저에게 이 총을 맡겼

는지도 모르고, 더욱이 그분이랑은 생면부지의 초면이었거든요."

"……."

"오히려 저로선 예은 씨에게 그가 대체 뭐 하는 사람인지 묻고 싶을 지경입니다."

전예은은 골똘히 생각에 잠겼다가 고개를 저었다.

"실은 저도 잘 모르겠어요. 강이찬 씨도 그분을 껄끄러워하고, 심지어는 몇 번 만나 본 적도 없는 것 같았거든요."

하긴, 강이찬도 김철수를 좋아하는 눈치는 아니었다.

"애당초 그분이 밝힌 김철수가 본명이 맞기나 한 건지도 모르겠어요."

안기부는 점조직 형태로 운영되는 건가.

게다가 아무래도 강이찬은 그 안에서도 말단인 듯했다.

나는 가벼운 한숨을 내쉬었다.

"아무튼 받은 걸 돌려주기도 어렵겠고, 저로선 되도록 사용할 일이 없길 바라야죠. 아니, 사용하지 않을 겁니다. 그 총을 어떤 범죄에 썼을지도 모르고, 자칫 누명이라도 뒤집어쓰게 되면 큰일이니까요."

내 말에 전예은이 고개를 끄덕였다.

"아, 탄조흔 말씀이군요."

"탄조흔?"

"네. 총에 새겨지는 지문 같은 거라고 생각하시면 될 듯해요. 발사된 총알에는 탄조흔이라고 하는 흔적이 남아서, 그걸로 해당 총알이 어느 총에서 발사되었는지를 추적할 수 있다고 하거든요."

평소 책을 많이 읽는다 싶더니, 그녀에겐 그런 지식도 있었던 모양이다.

"제법 전문적인데요. 예은 씨가 밀리터리에 관심이 많은 줄은 몰랐습니다."

전예은이 고개를 저었다.

"아뇨, 실은 잘 몰라요. 크게 관심 있는 분야도 아니고요."

"……그러면요?"

"실은 양상춘 씨의 생각에서 알게 된 내용이거든요."

양상춘.

그러잖아도 그 이야기를 하려 했더니, 양상춘의 이름이 여기서 언급될 줄이야.

전예은은 그 뒤, 아차 하며 나를 보았다.

"여기서 이럴 게 아니라, 집에서 마저 이야기할까요?"

"예, 그러죠."

암만 전예은을 제외하곤 입주자가 없는 텅 빈 빌라라고는 하나, 그래도 길거리에서 나눌 대화는 아니었다.

나는 전예은을 따라 그녀의 집에 들어갔다.

"들어오세요, 사장님."

"실례하겠습니다."

방금은 피차가 빈말임을 인식한 대화였다.

"그럼 잠시만 기다려 주세요."

전예은은 내게 양해를 구한 뒤, 방으로 쪼르르 들어가 문을 닫았다.

지금이야 몇 번 방문해서 익숙해졌지만, 전예은의 집은 냉장고며 세탁기 따위의 기본적인 생활필수품만 놓여 있을 뿐 여전히 살림의 흔적을 찾을 수 없이 휑해서 마치 입주 전의 모습 그대로를 떠올리게 했다.

'심지어는 TV도 없고. 어지간한 세간살이는 다 방에 있는 건가?'

암만 나라도 한창 때 소녀의 방을 확인해 볼 만큼 뻔뻔하진 않았고, 그녀 역시 그 정도 분별력은 있었다.

'하긴, 여자애 혼자 지내기엔 지나치게 넓은 느낌이지.'

그렇다고 타인에 민감한 전예은이 룸메이트를 구하지는 않을 듯하니—심지어 이제부턴 여기도 자가 소유가 될 테니까—일부러 작은 집을 구하지 않는 한 그녀는 쭉 이런 식으로 살아갈 듯했다.

'그래도 전예은은 그 능력 탓에 혼자 있을수록 편안해하니, 외로움이 독이 되진 않을 거야.'

달각, 문이 열리며 평상복으로 갈아입은 전예은이 거실로 나왔다.

"기다리셨죠. 늘 드시던 걸로 준비해도 될까요?"

"부탁드립니다."

전예은은 자연스럽게 부엌에 서서 포트에 물을 올렸다.

"오늘은 워낙 많은 일이 있어서 사장님께 무슨 이야기부터 해야 할지 모르겠네요. 저도 사장님께 여쭤볼 것이 많고요."

"예은 씨에게 맡기겠습니다."

"네. 그러면 우선은……."

5장

양상춘이 모는 차의 조수석에 올라탄 강하윤은 어딘지 모르게 시원섭섭한 기분으로 가만히 창밖을 바라보고 있었다.

아마, 줄곧 마음에 걸리던 박강선의 거취 문제가 해결된 것이 그녀의 지금 심리 상태에도 영향이 간 모양이었다.

한편 양상춘은 양상춘대로 차를 모는 동안 줄곧 생각에 잠겨 있어서 두 사람은 차가 시내로 들어서기 전까지 쭉 자연스러운 침묵을 공유할 수 있었다.

"오늘에야 비로소 이성진을 만날 수 있었다만."

시내로 들어선 직후, 양상춘의 목소리가 정적을 깨트렸다.

"왠지 애답지 않은 느낌이더군."

양상춘의 말에 강하윤은 농담을 받는 듯 빙긋 웃었다.

"예, 안 그래도 성진이는 또래 애들에 비해 행동거지가 조숙한 편입니다."

"……글쎄."

하지만 양상춘의 어조는 대화의 물꼬를 트기 위한 농담으로 말을 던진 뉘앙스가 아니었다.

"또래에 비해 행동거지가 조숙하단 걸로 치자면 조세화도 그에 못지않았지."

"그런 것치곤 실컷 놀려 대지 않았습니까?"

"그렇게라도 하지 않으면 동요를 감출 수가 없을 거 같아서."

그제야 강하윤은 양상춘이 농담을 하려던 게 아님을 깨닫고 슬며시 미소를 거뒀다.

"그렇게 안 보였습니다만, 박사님께서는 조세화를 보고 동요하셨습니까?"

양상춘이 짧게 고개를 끄덕였다.

"음, 그리고 나는 이성진과 조세화가 동행하고 있었다는 것에서 둘 사이에 모종의 유대가 있지는 않는가 하고 생각했다네. 그건 서로가 친구라느니 뭐니 하는 것으로 치부할 수 없는 성질의 감각이었지."

"……"

친구가 아니면, 애인?

강하윤은 이 상황에 그런 시답잖은 생각을 떠올리고 만 스스로를 반성하며 양상춘의 말을 받았다.

"친구가 아니면 무엇이라 생각하셨습니까?"

"어떤, 모종의 공동 목표를 공유하는 사이."

양상춘은 잠시 뜸을 들인 뒤 말을 이었다.

"그건 내가 느끼기로 공범 의식에 가까운 것이었다네."

공범 의식?

그건 이 상황에서 나올 말도, 아직 초 · 중학생에 불과한 아이들을 대상으로 할 법한 말도 아니어서 강하윤은 고개를 갸웃했다.

"저, 무슨 말씀인지 잘……."

"신경 쓰지 말게. 나도 어디까지나 느낌에 불과한 것을 말한 것뿐이니까."

신경 쓰이게 만들어 놓곤 신경 쓰지 말라니, 뭐 저런 뻔뻔한…….

다만 그 떨떠름한 기분과 달리 강하윤은 평소 정황증거 등이 아니면 입에 담지 않던 양상춘이 '느낌'을 입에 담은 것이 못내 어색했고, 양상춘 역시 자신이 직관에 의존해 사고한 자체를 내켜 하지 않는 듯했다.

실제로 양상춘은 상황을 직관에 의존해 해석하려 한 것을 후회하고 있었다.

'이번에도 그런 불확실한 것에……. 나도 아직 멀었군.'

사실 느낌으로 따지자면 이성진의 운전기사를 자처하는

강이찬이란 사내에게서도 만만치 않은 느낌을 받았다.

언론에서 포장된 것과 달리 심영한의 납치 미수 사건을 처리한 실제 장본인답게 그는 일견에도 몸이 탄탄하고 빈틈이 없어 보였다.

'아마 그는 이성진의 경호도 겸하고 있겠지.'

또한 사전에 강하윤으로부터 이성진의 비서라는 안내를 받았던 전예은 또한, 강하윤이 말로 전했던 것과 다른 '느낌'을 받았다.

들은 대로 그녀는 사교적이고 아이들의 사랑을 독차지할 만큼 누구에게나 호감을 살 법한 태도로 일관하고 있었으나, 그 이면에는 상대를 관찰하고 있다는 감각이 웃돌았다.

'그 관찰 대상은 나도 포함해서.'

그런고로 전예은은 어딘가 프리드리히 니체가 선악의 피안에서 언급한 '심연을 들여다보면 그 심연 또한 나를 들여다본다'던 격언을 떠올리게 하는 여자애였다.

하물며 예의 느낌으로 따지자면 이성진의 경우는 그로 하여금 더더욱 기묘한 감각을 전달해 주었다.

그는 시종일관 그 태생답게 귀족적인 태도로 예의 바른 모습을 보이고 있었는데, 이는 들은 대로 그 빼어난 용모와 결합해 뭇사람들에게—특히 여성들에게—동경과 호감을 살 법했다.

하지만 '귀족적'이라는 건, 한편으론 겉과 속이 다르다는 것을 의미한다.

결국 이것도 느낌인 것이지만, 양상춘은 어딘지 모르게 이성진이 '또래에 걸맞은 아이를 연기'하고 있다는 인상을 받았다.

'어쩌면 세간의 인식과 달리 SJ컴퍼니의 성취를 일궈 낸 건 오롯이 이성진의 능력일지도 모르겠어.'

그런 의미에서 겉과 속이 별반 다르지 않은 강하윤은 양상춘으로 하여금 마음이 놓이는 상대였다.

실제로도.

"아참, 자네는 광수대에 바래다주면 되겠나?"

"아, 넵. 그래 주시면 감사하겠습니다."

그녀가 저녁을 먹고 가라는 원장의 청을 거절한 것도 정말로 '복귀를 해야 하기 때문'인 것이다.

"그러면 자네에게 하려던 이야기는 다음 기회로 미뤄야겠군."

양상춘의 말에 강하윤이 당황했다.

"아닙니다. 복귀를 하는 것도 제가 생각했던 것보다 시간이 많이 지체되어서 그런 것일 뿐이고…… 박사님만 괜찮으시다면 오늘 내로 시간을 내보겠습니다."

"그런가? 나는 또 자네가 깜빡 잊은 줄로만 알았지 뭔가."

"하, 하하하, 그렇지 않습니다."

아니기는.

아마 그녀는 박강선을 요한의 집에 맡긴 뒤 마음이 풀어진 것일 터다.

양상춘은 피식 웃으며 말을 이었다.

"정 바쁘다면 굳이 시간을 낼 필요는 없네. 나도 오늘 이성진을 보고 난 뒤로 내 가설을 정리할 필요가 생겼거든."

"예, 옙."

대답한 강하윤이 힐끗 양상춘의 눈치를 살폈다.

"그러면 박사님, 박사님께서 제게 말씀하셨던 '조설훈이 조지훈을 살해하였다'는 것에도 정정의 여지가 생겼습니까?"

"아니."

양상춘이 담담하게 대답했다.

"그 생각은 변함이 없네. 다만 '누가 조설훈을 살해했는가'에 대해선 나도 모호한 부분이 많았지."

양상춘의 말에 불현듯 위화감을 느낀 강하윤이 조심스레 물었다.

"……그건, 저희 선배님께도 말씀하신 '제3자' 말씀이십니까?"

"그래."

"그렇다면."

강하윤이 진지한 얼굴로 양상춘을 보았다.

"오늘 요한의 집에 방문하신 것으로 그 '제3자'가 누구인지 추정하게 되신 겁니까?"

강하윤은 이따금 사안의 핵심을 꿰뚫어 볼 때가 있었다.

그런 그녀이니, 지금보다 좀 더 경험이 쌓이면 좋은 형사가 될 자질이 충분하리라고 양상춘은 생각했다.

양상춘이 대답했다.

"조설훈에게는 적이 많지."

"……."

"조설훈의 죽음으로 이득을 볼 만한 사람은 손으로 꼽기 힘들 만큼 많아. 하물며 거기에 개인적인 원한까지 더하면 오죽할까."

양상춘은 잠시 뜸을 들인 뒤 말을 이었다.

"다만 여기에 결행 능력, 동기, 조설훈의 사후 범인이 얻을 이익 등을 감안하면 범위를 대폭 좁힐 수 있게 된다네. 하물며 그 범인은 석동출로 하여금 '위증'을 제시할 수 있을 만큼 배성준 형사의 부정이며 환경 등을 꿰고 있어야 할 거야."

"……그러면 박사님께선."

강하윤은 일말의 불안감을 느끼며 딱딱하게 굳은 얼굴로 물었다.

"조지훈을, 아니, 조설훈을 살해한 범인이 누군지 알고 계신 겁니까?"

"그조차도 가설에 불과한 데다가, 이걸 들으면 자네는 분명 화를 낼 거야."

"……말씀해 주십시오."

"흠, 정 그러하다면."

양상춘이 잠시 뜸을 들였다가 대답을 이어 갔다.

"종합적으로 판단했을 때, 나는 이성진이 유력하다고 보네."

"……."

이성진이 범인이라고?

강하윤은 설마 하던 것이 양상춘의 입에서 흘러나오자, 저도 모르게 버럭했다.

"그럴 리가 없지 않습니까!"

"그것 보게. 분명 자네가 화를 낼 거라고 하지 않았나."

강하윤이 주먹을 꾹 쥐었다.

"농담할 기분 아닙니다! 박사님께선 지금, 어떻게, 오늘 만났을 뿐인 성진이를……."

"그래서야."

양상춘은 강하윤이 이렇게 나오리라는 걸 예상하고 있어서 그랬는지 말투가 담담했다.

"오늘 처음 만난 것에 불과하니까 나는 아무런 선입견도 없이 그를 관찰할 수 있었다. 만약 내가 자네처럼 이성진과 사적인 친분이 있었다면, 그런 생각은 추호도 떠올리지 않았겠지."

"……."

"이성진은 누가 보아도 매력적인 인물이고, 나 역시 그와 찬찬히 대화를 나누다 보면 그에게 호의적인 생각을 품게 될 거야. 정 형사처럼 벽창호 같은 인물조차도 이성진을 좋아하니 난들 다르지 않겠지. 장래가 유망한 소년이란 그 존재만으로도 그런 것이거든."

강하윤은 후우, 하고 숨을 고르며 냉정을 되찾으려 애썼다.

게다가 양상춘의 이질적이리만치 비상식적인 차분함은 실제로 강하윤으로 하여금 냉정을 되찾는 데 도움을 주었다.

"……그렇다면, 박사님께서는 어째서 성진이를 범인으로 단정하신 겁니까?"

"단정 지었다고까진 하진 않았네. 다시 한번 말하지만 이는 어디까지나 내가 떠올린 가설에 불과하니까."

"……."

"어쨌건, 나는 이번 일로 이성진이 얻은 이득에 주목해 그를 중점으로 사고해 보았다네."

그래서 오늘 요한의 집에 오기 전에도 '이성진의 방문'에 관심을 가진 건가.

강하윤은 양상춘을 이성진과 만나게 한 것에 공연한 죄책감마저 느끼며 힘겹게 입을 뗐다.

"도대체 성진이가 이 일로 무슨 이득을 얻었다고 그러시는 겁니까?"

양상춘이 대답했다.

"결과만 놓고 보자면 아주 많지. 자네는 이 말을 불쾌해하겠지만, 이성진은 이번 사건의 가장 큰 수혜자라고도 할 수 있어."

양상춘의 말마따나 강하윤은 그 말에 진득한 불쾌감을 느꼈다.

"그러면 성진이가 얻은 이익이 무엇인지 말씀해 보십시오."

양상춘은 강하윤의 노골적인 적의를 받으며, 그녀로 하여금 사실상 남 일임에도 불구하고 이토록 분노하게끔 한, 이성진이란 소년이 가진 마력적인 매력을 새삼 실감했다.

"이성진이 얻은 이득이 무엇인지 말하기에 앞서, 이 이야기부터 해야겠군."

양상춘이 말을 이었다.

"일단, 나는 조설훈의 죽음은 그 자체로 분절되지 않고 일련의 연속성을 띠고 있다고 보고 있다네. 물론 그조차도 우연과 우발적 요소가 난립해 있어서 그 결과가 조설훈의 죽음으로 종결되었다는 건 당사자의 의도도, 계획의 범주도 아닐 가능성이 높아."

비록 '당사자'란 대명사로 대체했지만, 지금은 그게 이성진을 가리키고 있다는 걸 강하윤도 모르지 않았다.

"어쨌건 내게 주어진 정보 영역 내에선 그 첫 단추로 정순애의 죽음을 들 수 있겠군."

인디아나 존스.

어째서인지 강하윤은 오늘 양상춘이 정진건 앞에서 예시로 들었던 영화를 떠올렸다.

만약 조설훈의 죽음이 조지훈과 그 사이에서 유산 상속을 놓고 벌어진 독립된 사건에 불과하다면, 어떤 추론을 하건 의미가 없는 일이 되고 만다.

하지만, 그것이 현재 수사 방향처럼 조설훈의 죽음이 정순애에서 비롯한 연속성을 띠고 있다면?

강하윤은 그걸 깨닫자마자 문득 섬뜩한 기분이 들어 팔에 오소소 닭살이 돋고 말았다.

'그렇다면 누군가가 그렇게 흘러가게끔 방향을 조정해 왔단 의미인 건가?'

그런 강하윤의 속내를 아는지 모르는지 양상춘은 책이라도 읽는 듯 담담하게 말을 이어 갔다.

"도중에 수사가 중단되고 말았지만, 우리는 정순애의 죽음이 박상대와 무관하지 않다고 생각했지."

"하지만 그건……."

"물론, 그 자체는 우발적이었을 것일세."

양상춘은 강하윤이 하려던 말이 무엇인지 안다는 양 그녀의 말을 끊었다.

"하지만 정순애의 죽음으로 인해, 박상대와 조설훈 사이에는 모종의 공범 의식이 성립되고 말았지. 실제로 다른 건으로 체포된 심영한은 최근에 증언하길 박상대가 정순애를 살해하였고, 자신은 조설훈의 명령을 따라 부하들과 함께 정순애의 시체를 훼손, 강물에 던져 버렸다고 증언했어. 그 과정에 자네가 발견한 반지도 조설훈이 강물로 던져 버렸고."

"……."

"참으로 공교로운 이야기지만, 이때 태국에 있던 정순애를 한국에 불러온 것은 이성진이거나 그 관계자였을 것이야."

강하윤이 눈살을 찌푸렸다.

"어째서입니까?"

"왜냐하면 그 당시 정순애를 인터뷰한 것이 현재 도깨비 신문의 김기환 대표였으니까."

"……."

"그리고 김기환의 회사는 SJ컴퍼니의 투자금을 받아 설립된 회사이기도 하지."

그 말을 들으며 강하윤은 입안이 바짝 마르는 것을 느꼈다.

양상춘이 입을 뗐다.

"어쨌건, 김기환 대표는 중우일보 기자로 재적해 있던 당시, 정순애를 통해 박상대의 스캔들을 터뜨리려 했다. 하지만 어떻게 된 영문인지 그가 쓴 기사는 검열되어 알맹이는 빠지고 껍데기만 남은 채로 신문에 실리고 말았지."

그건 강하윤도 아는 내용이었다.

검열되기 전 김기환이 의도했던 기사 내용이 무엇이었는지는 익명의 제보자가 댓글에 링크를 건 어떤 홈페이지(블로그)를 통해 세간에 알려지게 되었으며, 당시 기사를 훑어본 강하윤은 그 기사가 검열되지 않고 그대로 신문에 실렸다면 특종을 터뜨렸을 것이라 생각했다.

모르긴 몰라도 그 내용이 검열 없이 공개되었다면, 총선 시기와 맞물려 주목받던 정치 신인인 박상대에게 아킬레스건이 되었을 거란 것은 분명해 보였으니까.

하지만 그런 일은 이루어지지 않았다.

주지하듯 기사는 검열되었고, 박상대에게 사생아가 있었단 소식은 한참이 지나 다른 경로로 대중들에게 전파되었다.

양상춘은 강하윤을 힐끗 살핀 뒤 말을 이었다.

"나는 그 일 당시 물론 외압이 있었다고 생각한다네."

강하윤 역시, 관련 내용에 달린 댓글처럼 그렇게 생각하고 있었다.

강하윤이 물었다.

"그러면 박사님께선 기사에 검열을 지시한 인물이 누구인지도 짐작하고 계시는 겁니까?"

양상춘은 잠시 생각하다가 대답했다.

"모르네. 짐작 가는 인물은 몇 명 있지만."

강하윤은 그가 짐작 가는 인물이라도 있는 게 대단하다고 생각했다.

"짐작 가는 인물 말씀입니까?"

"박상대 본인이거나, 아니면 최갑철 의원이거나. 개인적으론 최갑철 의원이라고 보지만."

강하윤은 그가 어째서 조설훈을 언급하지 않은 것인지 궁금했지만, 일단 잠자코 그렇게 생각한 까닭을 물었다.

양상춘은 그 질문에 담담하게 대답했다.

"지금은 어느 높으신 분이 턱짓으로 '기사를 내려라'라고 해서 내릴 수 있는 시대가 아니니까. 오히려 그런 지시를 내렸다는 것조차 특종을 터뜨릴 수 있는 요소가 될 시대야. 마땅히 그에 대한 입막음으로 '거래'가 있었겠지."

양상춘의 말에 강하윤이 눈살을 찌푸렸다.

"거래라니, 무슨 말씀이십니까?"

"그렇게 묻는 걸 보니 강 형사가 정치에 관심이 없다는 것쯤은 잘 알겠군."

정확한 지적이었지만, 강하윤은 양상춘이 그렇게 생각한 저의를 몰라 떨떠름해했다.

그런 강하윤의 생각을 읽기라도 한 듯 양상춘이 담담히 말을 이었다.

"그 뒤…… 그러니까 기사가 검열되고 총선이 끝난 뒤, 얼마 지나지 않아서 김기환은 대통령의 친인척이 연루된 비리 의혹을 터뜨렸거든."

"그랬습니까?"

"음, 당시엔 제법 시끌벅적했다네. 물론, 자네처럼 정치에 별 관심이 없는 사람들에겐 높으신 분들 사이에서 벌어지는 많고 많은 친인척 비리 뉴스처럼 보였겠지만…… 하긴, 생각해 보면 고작 그 정도의 기삿거리에 불과하기도 하겠군."

양상춘의 냉소적인 말을 들으며 강하윤은 괜한 부끄러움을 느꼈다.

"하지만 김기환 씨가 박상대의 기사를 실으려 했던 것과 대통령 친인척 비리를 터뜨린 건 하등 상관없는 것으로 보입니다만. 게다가 박사님 말씀으로 생각하자면, 그 기사는 검열 없이 신문에 실리지 않았습니까?"

"그야, 그러기로 한 거래니까. 내 가설 속에서의 최갑철 의원도 비록 권력을 행사해 박상대와 관련한 기사를 검열하기는 했지만, 내심은 박상대의 사생아를 폭로하려던 김기환이 고맙지 않았을까?"

양상춘과 강하윤은 모르는 일이고, 양상춘은 김기환에게 비리 의혹 정보를 제공한 것이 최갑철이라고 생각하고 있었지만, 그에게 대통령 친인척 비자금 정보를 제공한 건 곽철용이었다.

이때 배후에 곽철용이 있었다는 걸 알고 있던 최갑철은 여당의 치부를 폭로한 김기환의 후속 기사에는 차마 손을 댈 수 없었고, 이를 그가 멋대로 신문을 검열한 것에 경고이자

보복으로 생각하고 있었다.

하지만 이는 최갑철이 양상춘의 짐작대로 김기환에게 어느 정도 심리적 채무를 졌기에 그가 일부러 손을 대지 않은 것도 분명했다.

강하윤이 물었다.

"저도 박상대가 최갑철 의원의 예비 사위였다는 것은 알고 있습니다. 그러니 사실상 가족이나 다름없는 사이인 인물의 추문을 폭로하려고 한 것에 원한을 품었으면 품었지, 고마움을 느낄 것은 없다고 생각합니다만."

"오히려 아직 예비 사위에 불과했으니까 그런 것일세."

양상춘이 말을 이었다.

"최갑철 의원은 김기환이 아니었다면 박상대에게 사생아가 있다는 사실조차 몰랐겠지. 세간에 알려진 최갑철 의원은 사전에 그런 리스크를 알고도 이를 감수해 가며 박상대를 사위로 들일 만한 인물은 아니니까."

양상춘이 지적한 대로 정치에 관심이 없었던 강하윤은 최갑철에 대해선 야당 총수라는 것 정도만 알고 있었던지라— 그와 박상대가 사돈을 맺을 뻔했다는 것도 사건과 연루된 뒤에야 알았다—양상춘의 그에 관한 인물평에도 가만히 고개를 끄덕일 수밖에 없었다.

"즉, 박상대와 딸의 약혼 정도는 없던 일로 물려도 되는 일이라고 생각한 거군요."

"그래. 그렇다고 해서 기사가 터진 뒤에 약혼을 물리면 모양새가 좋지 않은 데다가, 그 당시엔 총선이 한창이었으니 여당에겐 악영향을 끼치는 일이었겠지. 그러니 최갑철 의원은 내심 총선 후 적당한 때를 봐서 그럴듯한 구실로 파혼을 통보해야겠다고 생각했을 걸세."

아무리 그래도 한때는 사위로 들이려 한 사람이었는데……

양상춘의 말을 들으며 강하윤은 정치란 냉혹하다는 걸 새삼 실감했다.

양상춘이 어조를 바꿔 말을 이었다.

"물론 나는 그들이 무슨 협의를 했는지는 알지 못하네. 우리가 가진 것은 어디까지나 정황에 불과하며 나도 구체적인 사실은 어림짐작만 할 뿐이지."

그럼에도 불구하고 강하윤은 양상춘의 말을 들으며 그 어림짐작이 진실에 근접해 있을 것 같다는 생각을 했다.

"다만 그런 일이 있은 뒤 박상대가 당선이 확실한 자신의 지역구를 포기하고 자숙했다는 건 그때 최갑철의 지시가 있었기 때문이라고 생각하고 있네. 어쩌면 그때의 박상대는 자신의 추문이 폭로될 뻔했다는 것조차 모르고 있었을지도 모르지."

양상춘의 말에 강하윤이 씁쓸한 표정으로 고개를 끄덕였다.

"······만약 그런 것이라면, 박상대는 날벼락을 맞은 기분이었겠습니다."

양상춘은 박상대에게 공감하는 강하윤의 모습을 쓸데없는 오지랖이라 생각하며 냉소적으로 말을 받았다.

"하지만 그래도 박상대는 여전히 촉망받는 정치 신인이었어. 서울 시장의 비서를 역임했다는 경력도 있는 데다가 선대로부터 물려받은 단단한 지지 기반도 남아 있지."

"······."

"그러니 설령 최갑철이 더 이상 자신의 정치적 후원자로 남지 않는다고 한들, 여전히 해 볼 만하다 생각했을 것일세. 뭣하면 당을 옮겨 출마를 시도해도 되고, 무소속으로 나와도 당선이 되리란 확신이 있었을 거야. 선거비용을 자가 충당할 재력도 있는 인물이니까."

그러니 박상대도 더 이상 최갑철 라인을 타지 못하게 되었으니 조금 멀리 돌아가기는 하겠지만, 그렇다고 자신 같은 평범한 사람이 걱정해 줄 팔자는 아닌 것이다.

양상춘이 말을 이었다.

"그리고 그건 정순애에겐 호재로 보이는 소식이었을 것일세."

정순애.

그녀의 이름이 언급되자 강하윤의 표정이 딱딱하게 굳었다.

양상춘이 강하윤을 힐끗 살피곤 다시 전방을 주시했다.

"가설이긴 하나, 정순애가 김기환과의 거래에 응한 것도 그런 연유였겠지."

강하윤은 양상춘의 말에 불쾌감을 느꼈다.

"여기서 거래라 함은, 정순애 씨가 당시 중우일보 기자로 있던 김기환과 인터뷰에 응했다는 점 말씀입니까?"

"그렇지."

양상춘이 잠시 뜸을 들였다가 말했다.

"나는 자네가 약자와 피해자를 무조건 선량한 사람이라고 생각하는 과오를 범하지 않았으면 좋겠군."

그 말에 강하윤은 속이 뜨끔했다.

"제가 그랬습니까?"

"아니라면 사과하겠네."

"……."

"아무튼 정순애의 목표는 자신과 박강선이 박상대의 호적에 정식으로 이름을 올리는 일이었을 걸세. 그래서 그녀는 그리 풍족하지 않은 살림에도 불구하고 박강선의 교육에 열과 성을 다했지. 나도 몇 번 대화를 나눠 보았지만, 박강선은 그 나이에 태국어, 영어, 한국어 3개 국어를 구사하고 있더군. 또 나이에 걸맞지 않은 교양도 어느 정도 갖추고 있었지."

그 말에 강하윤은 유산을 정리하며 알게 된, 박강선이 태국에서 손꼽히는 비싼 사립학교를 다녔다는 사실을 떠올렸다.

"……즉, 그건 정순애 씨가 강선이를 박상대의 아들로 부끄럽지 않게끔 길렀다는 말씀입니까?"

"내가 보기에는 그랬단 거지만. 그런 상황에 박상대가 여당 총수의 사위로 들어갈지 모른다는 상황은 그녀로 하여금 조바심을 내게 했겠지. 또 단순히 자신을 버린 것에 대해 복수만 하려 했을 뿐이라면 그녀가 모텔을 전전해 가며 한국에 남아 있지도 않았을 것일세."

양상춘이 말을 이었다.

"당초엔 기사가 터지고 난 뒤 자신의 존재를 입증하려 했겠지만, 이는 최갑철의 개입으로 무산되었지. 하지만 박상대는 '부자연스럽게' 후보직을 사퇴하였고, 정순애는 정순애대로 박상대가 최갑철의 눈 밖에 나기 시작했다는 걸 알게 되었을 거야. 그리고 정순애는 박상대를 찾아갔다."

"……"

그 뒤에 벌어진 일은 강하윤도 익히 알고 있는 바였다.

박상대는 자신의 집을 찾아온 정순애의 목을 졸라 살해하였다.

정순애의 시신을 검시한 양상춘의 말에 의하면 그건 다분히 우발적이고 충동적인 일이었으니, 박상대는 어쩌면 정순애의 말을 듣고서야 자신이 최갑철의 눈 밖에 난 까닭을 알게 되었을지 모를 일이다.

'그랬다면 박상대는 순간의 분노를 참지 못하고…… 그런

일을 저질러 버린 것일지도 모르겠네.'

그 뒤 박상대는 조설훈을 불러 정순애의 시신을 훼손, 그녀를 이 세상에 존재한 적 없던 것처럼 만들고자 함과 동시에 박강선의 행방을 추적했으리라.

'그래서 양춘자 씨의 뒤를 캐냈고, 불안함을 느낀 양춘자씨는 고향으로 피신할 수밖에 없었지.'

하지만 박상대에게는 여러 모로 운이 따라 주지 않았다.

박강선을 먼저 손에 넣은 것은 경찰이었고, 심지어 강물로 던져 버린 정순애의 반지마저 극적으로 발견되면서 박상대는 궁지에 몰렸다.

양상춘이 입을 뗐다.

"그 당시엔 조설훈도 박상대에게 협조를 했지만, 그들도 우리가 한강에서 발견된 시체의 신원을 찾아내리란 건 예상하지 못한 모양일세. 그쯤부터 조설훈은 박상대를 내치고자 결심했을 것이야."

"……어째서입니까?"

"가설도 괜찮다면."

강하윤이 고개를 끄덕이자, 양상춘이 말을 이었다.

"일단 조설훈은 시체 훼손을 지시했지. 형량으로 판단하는 죄의 크기는 살인을 저지른 박상대가 더 크지만, 그 일에 동조했을 뿐만 아니라 방조한 조설훈의 죄도 결코 가볍지 않아. 어쩌면 박상대는 그 일을 들먹이며 조설훈을 협박했을지 모르네. 마침 조설훈은 조성광 회장의 죽음을 앞에 둔 상황에서 스캔들이 터지는 걸 원치 않았을 것이고. 뭐, 어디까지나 가설이지만 조설훈이 박상대를 내치고자 했다는 정황증거는 나보다 자네가 더 잘 알 것일세."

강하윤은 묵묵히 고개를 끄덕였다.

박상대가 택시 기사에게 강도 살해를 당한 밤, 강하윤은 정진건, 박순길과 함께 박상대의 '당초 목적지' 부근을 수색하였다.

당시 강하윤은 아무것도 눈치채지 못했지만, 박순길은 박상대의 목적지였던 Paradise Lost라는 술집이 어딘가 수상쩍다는 생각을 떠올렸다.

실제로 Paradise Lost의 점장은 조설훈이 피살된 사건에 변사체로 발견되면서 조광과 관계자임이 드러났다.

잠시 강하윤이 생각할 여지를 주느라 그랬는지 뜸을 들인 양상춘이 다시 입을 뗐다.

"여기서 공교로운 일이 생기지."

"공교로운 일이라 하심은?"

"그쯤, 김기환이 이성진의 투자를 받아 도깨비 신문을 설립했다는 것이야."

"……."

이 대목에서 김기환과 이성진이 다시 언급되었다.

강하윤은 생각했다.

'따지고 보면 도깨비 신문을 통해 폭로된 내용이 박상대가 몰락하기 시작한 원인이긴 했어.'

도깨비 신문에서 촉발된 각종 뉴스는 박상대를 궁지로 몰아갔고, 그는 이후 어느 순간 잠적하기까지 했다.

'Paradise Lost로 향하던 박상대의 짐에는 해외 도피 용도로 보이는 집기로 가득했고.'

아마, 당시 박상대는 자신에게 출국금지령이 떨어지기 전 해외로 도피할 생각이었을 것이다.

그럼에도 그녀의 생각엔 이성진과 김기환 사이에 이렇다 할 접점은 보이질 않았다.

'그야, 둘 사이에 내가 모르는 개인적인 친분이 있었다면……'

이를테면 그녀 자신이 이성진과 친분이 있는 것처럼.

하지만 강하윤은 도저히 그렇게까지 생각하고 싶지는 않았고, 오히려 지금의 양상춘은 그가 이야기하곤 하던 '확증편향'의 영향을 받은 것으로 보였다.

강하윤이 신중하게 양상춘의 말을 받았다.

"박사님, 그것과 해당 사건은 별개로 두어야 하지 않겠습니까?"

"어째서지?"

"애당초 도깨비 신문이 박상대를 폭로한 것과 성진이가 도깨비 신문의 투자자가 된 내용 사이엔 연관성이 희박합니다."

강하윤이 말을 이었다.

"애당초 따지고 보면 성진이가 박상대를 공격할 까닭도 없고 말입니다."

양상춘이 반박하지 않는 것을 본 강하윤은 용기를 내서 자신의 의견을 피력해 갔다.

"그리고 박사님께서는 계속 성진이가 도깨비 신문의 투자자였다는 것에 주목하고 계시지만, 그건 제가 보기엔 어디까지나 성진이도 그 일이 사업가로서 해 볼 만한 일이란 판단을 내렸기 때문일 것이라고 봅니다."

양상춘은 담담하게 강하윤의 말을 받았다.

"그럴 수도 있겠지. SJ컴퍼니라는 회사는 어딘지 모르게 시대를 앞서가는 것처럼 보이는 사업 아이템을 가지고 성과를 올리는 곳이니 말이야."

양상춘이 말을 이었다.

"실제로 도깨비 신문은 최근 메이저 언론사 등지에서 그 효용성을 주목하는 중이야. 아직은 그런 환경이 조성되지 않아 접근성이 높다곤 할 수 없지만, 그래도 조간이나 석간이 발간될 때를 기다릴 필요가 없는 데다가 여론의 즉각적인 피드백을 수용할 수 있다는 점은 나도 감탄했다네."

그 말을 하는 양상춘에게선 일체의 허식도 느껴지지 않아, 강하윤은 그가 진심으로 도깨비 신문과 이를 발굴해 낸 이성진의 업적에 감탄하고 있다는 걸 느꼈다.

"이건 좀 더 뒤에 다룰 이야기였지만, 그 덕에 SBY가 심영한 일당을 제압해 납치를 미연에 방지했다는 것도 대중에게 누구보다 빠르게 전달할 수 있었지."

"……."

실제로, 광수대는 도깨비 신문에 먼저 보도가 풀린 기사 때문에라도 그 일을 차마 '덮을 수'가 없었다.

'현장에 목격자도 다수 있었고…….'

양상춘은 부드럽게 핸들을 꺾었다.

"아마 조금만 더 시간이 지나면 다른 메이저 언론사에서도 도깨비 신문을 벤치마킹한 인터넷 신문을 발간하게 되지 않을까."

이야기가 곁가지로 새는 느낌이 들자, 강하윤이 끼어들었다.

"그러니까 말입니다. 말씀드렸다시피 성진이는 어디까지나 사업적 측면에서 도깨비 신문의 가능성을 타진했던 것에 불과하며, 도깨비 신문을 통해 폭로된 박상대의 공직자로서 윤리적 문제는 성진이가 도깨비 신문의 투자자인 것과 별개로 보아야 한다고 생각합니다."

"……."

"하물며 박사님 말씀대로라면 성진이는 정순애 씨가 한국으로 왔을 당시부터 김기환과 안면이 있는 사이여야 하지 않습니까? 솔직히 저로서는 성진이가 김기환 씨와 무슨 접점이 있는지조차 모르겠습니다.”

그녀 스스로도 방금은 ‘둘 사이에 자신이 모르는 개인적인 친분이 있을지 모른다’라고 생각했으면서, 강하윤은 그렇게 말했다.

양상춘이 고개를 끄덕였다.

“맞아. 솔직히 나도 이성진과 김기환 사이에 어떤 접점이 있는지 모르네.”

“그렇다면…….”

“아니, 나는 오히려 그래서라고 보네.”

양상춘이 입을 뗐다.

“왜냐면 역으로, 박상대에게 사생아가 있었다는 사실은 극소수의 인원만 제외하곤 세간에 알려진 바가 없었기 때문 일세.”

“예?”

“어쩌면 내 가설대로 박상대의 예비 장인이었던 최갑철 의원조차 박상대에게 그런 일이 있었으리란 생각을 못 하고 있었을지 모르는 일이지. 하물며 김기환은…….”

말끝을 흐린 양상춘이 어조를 고쳐 말을 이었다.

“그러니 나는 김기환도 해당 내용을 미리 알고 있었으리라 곤 생각하지 않네. 더군다나 중우일보에서 기사를 검열했다 는 내용에서 자네도 알겠지만, 그가 몸담고 있던 조직에선 그가 박상대를 상대로 한 특종거리를 준비하고 있었다는 것도 몰랐을 공산이 크지."

"……."

"그래서 나는 김기환 역시 '해당 내용'을 누군가에게 들었을 것이라고 보네. 한편 공교롭게도 이성진은 정순애가 한국으로 온 해당 시점에서 그 정보를 알고 있는 극소수의 인물 중 한 사람과 이미 접점이 있었지. 그 대상과 김기환 사이의 접점보다는 그 대상이 이성진과 더 긴밀한 접점이 있기에, 나는 이성진이 김기환과 그 둘 사이를 중개했으리라 생각하고 있지."

양상춘의 말은 '가능성'의 측면에서는 그럴듯했지만, 이것 역시 결과에 정황을 끼워 맞춘 추리에 지나지 않는다고, 강하윤은 생각했다.

강하윤이 조바심을 내며 물었다.

"……그러면, 강선이의 존재를 알고 있는 극소수의 인물이라 함은……?"

"우선, 조설훈을 들 수 있겠군."

"예?"

"하지만 이성진이 박상대의 사생아인 박강선의 존재를 알게 된 건 조설훈을 통해서가 아닐 거야. 조설훈쯤 되는 인물이 아들뻘인 이성진에게 그런 이야기를 시시콜콜 늘어놓을 인간도 아니고."

"……."

"또, 그 외에는 구봉팔이 있다네."

구봉팔이 언급되자 강하윤이 움찔했다.

"구봉팔 말씀입니까? 그, 박길태의 시체가 발견된 야산의 소유주인⋯⋯."

"그래. 게다가 구봉팔은 요한의 집과 관련이 있는 인물이기도 하네."

그건 강하윤도 익히 아는 바였지만⋯⋯.

'그걸, 박사님도 알고 있었나?'

그녀는 박강선의 유산 문제로 그 조사를 하는 과정에서 그가 한때 요한의 집에 머물렀단 걸 알게 되었지만, 양상춘이 그런 걸 알고 있다는 것이 이해가 가질 않았기 때문이었다.

하지만 뒤이은 양상춘의 말은 그가 알고 있는 범주 내에서 나올 이야기였다.

"더욱이 구봉팔은 우리가 방문했던 요한의 집에 후원을 이어오고 있던 새마음아동복지재단의 이사장이기도 하지. 박길태 사건 때 그가 참고인으로 소환되었던 것도 사건이 벌어진 야산의 소유주였기 때문이었으니까."

"아, 그런 의미에서⋯⋯."

"응? 달리 무언가 더 있었나?"

"아뇨, 그게 아니라⋯⋯."

강하윤은 적당히 얼버무렸다.

"아무것도 아닙니다. 아무튼 그러면 구봉팔과 성진이는

서로가 요한의 집으로 인해 접점이 생겨난 것입니까?"

"그 전에도 알고 지냈는지 어땠는지는 나도 모르네. 아무튼 이성진이 작년 연말 요한의 집에 막대한 기부를 한 시점에선 둘이 서로를 의식한 상태였겠지."

"……."

강하윤은 양상춘의 말에서 까닭 모를 불쾌감을 느꼈다.

그녀가 아는 구봉팔은 어느 모로 보나 양지에 걸맞은 인물은 아니었고, 수사가 흐지부지 중단되지만 않았어도 몇 가지 그가 저질렀을 위법한 일이 드러날 것이라 생각했다.

'……이것도 결국 선입견일까.'

그녀 스스로도 자각은 하지 못했지만, 아마도 그런 어딘가 떳떳지 못한 인물이 착하고 순수한(?) 이성진과 연루되어 있다는 것 자체에 거부감을 느낀 모양이었다.

"저도 알고 있습니다. 하지만 그건 어디까지나 선의에서 비롯한 것입니다."

"그런가?"

"예. 저도 선배님께 들은 이야기입니다만, 성진이의 SJ컴퍼니에는 요한의 집 출신 사원이 있었고, 그걸 계기로 후원을 시작한 것입니다."

그 말에 양상춘은 운전대를 쥐지 않은 한 손으로 턱을 긁적였다.

"흠, 기업이 연말에 기부금을 내놓는 의도야 어찌 되었건

선한 행위임은 분명하지. 아무튼 알겠네. 그게 의도한 바든 아니든 그건 현시점에서 입증할 수 없는 요소니까."

말을 해도 꼭.

강하윤이 양상춘을 흘겨보지만, 양상춘은 그 시선을 대수롭지 않게 흘러넘겼다.

"여기서부터는 가설이네."

양상춘이 담담하게 말을 이었다.

"어쩌면 이성진은 작년 연말 당시만 하더라도 '우연히' 요한의 집에 기부를 했을지도 모르지. 하지만 문제는 여기서부터 발생하였을 것일세."

"문제……."

"언젠가, 정 형사에게 들은 바가 있지. 새마음아동복지재단은 형식상 정화물산이 설립한 곳이나, 실제론 조광 그룹과 무관하지 않다고 하더군."

"……."

"그러면서 비록 도중에 수사가 중단되고는 말았지만, 해당 재단은 조광의 조세 포털로 쓰였을지 모르며 그 자금은 각종 시민단체, 국회의원, 또는 박상대가 서울시장 비서직을 수행하며 관리해 온 단체도 있었다는 이야기였다."

여담이지만, 광수대가 설립되기 전의 수사 초기, 정진건은 그런 이야기를 전하며 '정순애와 박상대 사이에 모종의 관계가 있었던 것이 아닌가' 하고 의혹을 제시하였으나 당시 양상춘은 그 말을 가볍게 웃어넘겼다.

하지만 지금 와서 돌이켜보면 정진건의 직감은 맞아떨어졌고, 양상춘은 그 일에 대해 깊이 고민하지 않은 것을 후회했다.

'그렇다고 그걸 강 형사에게 말할 생각은 없지만.'

양상춘은 강하윤의 침묵 속에 말을 이었다.

"예정에 없던 막대한 기부금을 받아 버린 요한의 집과 새마음아동복지재단은 그 돈을 '평소처럼' 쓸 수 없게 되고 말았겠지. 심지어 TV에도 출연했으니 언론도 주목했을 것이고."

"……."

"여기서 이성진은 후원금이 제대로 쓰였는지 감시했고, 거기서 정순애의 존재를 알게 되었을지 모른다. 그때 과정은 생략하고…… 이후 시간이 흘러 '반지의 소유주'와 '박강선의 친부'가 밝혀질 즈음 직전 설립된 도깨비 신문이 이를 기사로 실었지. 그리고 그건 박상대의 목을 조르는 결과로 이어졌네."

한강에서 발견된 반지와 더불어, 마침 박상대의 목을 조를 수 있을 만한 기사는 모두 도깨비 신문을 통해 대중에 전파가 되었다.

생각해 보면 공교로운 이야기였다.

"자, 여기까지가 내 가설일세. 나로서는 이 일이 우연의 연속이었다고 생각하기보다는 그 나아가는 과정에 필연의

조각이 몇 개쯤인가 들어 있는 것으로 보이네만. 자네 생각
은 어떤가?"

강하윤은 대답하지 않았다.

그녀는 양상춘의 이야기를 듣는 내내 줄곧 어떤 불안감과
불쾌감을 느끼고 있었다.

'설마⋯⋯.'

강하윤이 어조를 바꿔 입을 뗐다.

"박사님 말씀대로라면 성진이는 그쯤에 구봉팔과 안면을
텄고, 심지어는 그와 김기환을 엮어 박상대의 비밀을 폭로하
였다는 것이 됩니다."

"음, 그렇지."

"그럴 리 없습니다!"

강하윤이 거세게 받아쳤다.

"성진이는 저를 비롯해 선배님을 도와 당시 신원이 불명확
한 강선이를 요한의 집에 의탁하였습니다만, 그때도 성진이
는 강선이가 누구인지 모르는 눈치였습니다. 심지어 그 일은
선배님께서 성진이에게 직접 부탁한 일이었고 말입니다."

그리고 강하윤이 이성진과 전예은을 만난 건 그때가 처음
이었다.

"게다가 성진이는 반지의 주인을 찾는 것도 팔 걷어붙이고
도와주었습니다."

심지어 반지 주인을 찾는 일도 뉴월드백화점을 외가로 둔

이성진이 아니었다면 멀리 돌아가야 했거나, 아니면 주인을 찾을 수도 없었을 것이다.

"그러니까, 박사님 말씀대로라면 성진이가……."

그 대목에서 쏘아붙이듯 말하려던 강하윤은 저도 모르게 말끝을 흐렸다.

양상춘은 빙긋 웃으며 강하윤을 보았다.

"그때 이미 모든 걸 알고 있었지만, 자네 앞에선 일부러 모르는 척 거짓말을 했을 거란 말을 하려 했나?"

"……."

만약, 이성진이 처음부터 모든 걸 알고 있었던 것이라면 자신은 그 손바닥 위에서 놀아난 꼴이 되고 만다.

'아니야.'

강하윤이 세차게 고개를 저었다.

이성진이 먼저 연락을 했거나 했다면 모를까, 이성진에게 협조를 부탁한 건, 모두 정진건과 강하윤이 먼저 나서서 한 것들이었다.

"어쨌거나."

양상춘이 입을 뗐다.

"여기에 결과만 놓고 보자면 박상선이 물려받은 막대한 유산은 이성진이 알선한 변호사가 신탁관리하게 되었지. 고로 나는 이 일이 이성진에게 아무런 이득도 되지 않았다고 볼 수가 없군."

"그건……!"

강하윤이 반박했다.

"그것도 어디까지나 제가 먼저 성진이에게 부탁한 일이었습니다. 성진이가 제게 제안한 게 아니라……."

"그건 이렇게도 생각할 수 있지 않나? 박강선의 사정을 잘 알고 있는 데다가 자네에게 법적 도움을 줄 수 있는 인물을 알선할 능력을 가진 건 이성진이 유일했기 때문이라고. 그런 의미에서 나는 이성진에게 의탁한 자네의 선택이 자네의 오롯한 자유의지에서 비롯했다고만은 보지 않네."

"……억지 궤변입니다."

"그저, 그런 관점도 있을 수 있다는 거야. 너무 신경 쓰지 말게."

양상춘이 주위를 둘러보았다.

"다 온 것 같군."

그사이, 양상춘이 모는 차는 광수대 근처에 도착해 있었다.

"안까지 태워 줄까?"

"아닙니다."

강하윤이 쥐어짜듯 대답했다.

"바래다주셔서 감사드립니다."

"신경 쓰지 말게. 혹여나 남은 이야기를 더 듣고 싶거든 연락 주고. 나 또한 자네 도움을 받아 알아보고 싶은 일이 있으니까."

알아볼 일?

'그래서 나를 상대로 장황한 이야기를 늘어놓으신 건가.'

강하윤은 언짢은 기분을 느낌과 동시에 이성진에 대해 미안함을 느꼈다.

'성진이가 그럴 리 없는데.'

양상춘이 비상등을 켜고 광수대 근처 적당한 곳에 차를 세운 그때, 양상춘의 핸드폰이 울렸다.

강하윤은 마침 잘됐다 싶어 차에서 내린 뒤 꾸벅 고개를 숙였다.

양상춘은 전화를 받으며 고개를 끄덕였고, 강하윤은 한숨을 내쉬며 조수석 문을 닫았다.

"후우."

이럴 줄 알았으면 태워 달란 부탁을 하지 말 걸 그랬다.

'괜히 기분만 싱숭생숭해졌어.'

터벅터벅 발걸음을 옮기려니, 강하윤 곁으로 양상춘의 차가 따라붙더니 창문을 내렸다.

"······무슨 일이십니까?"

양상춘이 몸을 낮춰 창 너머로 강하윤을 보았다.

"방금 조세화에게 연락이 왔네."

"예?"

"자네도 오늘 시간 낼 수 있으면, 함께 만나 보지 않겠나?"

강하윤은 양상춘의 제안에 망설이다가, 고개를 끄덕였다.

'사실 내키지는 않지만…… 어쨌건, 저 허튼 생각이 다른 사람에게 전파되는 것은 막아야겠지.'

강하윤은 빠른 걸음을 걸어 광수대 사무실로 복귀했다.

"다녀왔습니다."

강하윤의 보고에 마침 자리에 앉아 서류를 넘겨다 보던 정진건은 고개도 돌리지 않고 인사를 받았다.

"수고했어. 일 없으면 적당히 퇴근해 봐."

"예."

그러면서 정진건은 건성으로 덧붙였다.

"강선이는 잘 들어갔나?"

"……예."

그제야 정진건은 강하윤의 말투가 평소와 달리 착 가라앉아 있다는 걸 깨닫곤 힐끗 고개를 들어 그녀를 보았다.

"무슨 일 있나?"

어조에서 예상한 대로, 강하윤은 어딘지 모르게 몹시 피곤해 보였다.

"……선배님."

강하윤이 선 채로 입을 뗐다.

"몇 가지 여쭤보고 싶은 게 있습니다만, 시간 좀 내주실 수 없겠습니까?"

"해 보게."

"……그게."

강하윤이 사무실 주위를 둘러보자 정진건은 읽던 서류를 책상에 툭 올려 두곤 자리에서 일어섰다.

"취조 3실이 비었더군. 거기로 가지."

"예!"

그리고 정진건과 강하윤은 취조실로 자리를 옮겨 마주 보고 앉았다.

장소가 장소이다 보니 왠지 모르게 취조를 받는 분위기였지만, 정진건은 신경 쓰지 않으려 애쓰며 먼저 입을 뗐다.

"됐으니 말해 봐. 할 말이라는 게 뭐지?"

"그게, 실은……."

강하윤은 망설이다가 오늘 있었던 이야기를 정진건에게 고했다.

양상춘과 동행했던 일, 그리고 요한의 집에서 있었던 일, 그리고 돌아오는 길 양상춘에게 들었던 이야기 등등.

묵묵히 강하윤의 이야기를 들은 정진건은 아무래도 끊었던 담배 생각이 절실했던 모양인지, 떨떠름해하는 얼굴로 막대사탕을 입에 물었다.

"그랬군."

"물론 저도 박사님의 말씀이 터무니없다는 것은 알고 있습니다만……."

"아니야. 그럴듯해."

"예?"

"오히려 잘도 거기까지 알아냈군. 역시 양 박사야."

정진건이 입에 든 막대사탕을 굴리며 말을 이었다.

"그가 추리한 조설훈에 대한 일은 잠시 미뤄 두더라도, 나 역시 성진이가 이번 일에 적든 많든 연루되어 있으리라 생각하고 있었거든."

그 말을 들은 강하윤은 참담한 심정을 감추지 못하고 표정에 드러냈다.

"그러면 선배님께서도……."

"물론 나는 양 박사처럼 성진이가 이 모든 일의 배후에서 자신의 이익을 추구해 왔다고까지는 생각하지 않아. 성진이는 오지랖이 지나치게 넓을 뿐이지, 목적을 위해서라면 수단과 방법을 가리지 않는 그런 녀석은 아니니까. 오히려 근본은 때때로 바보 같을 정도로 선량한 녀석이라고 생각하는 편이고."

정진건의 말에 강하윤은 슬쩍 풀어진 얼굴로 고개를 끄덕였다.

"예, 저도 그렇게 생각합니다."

"음, 따라서 이 일의 결과가 '결과적으로' 성진이에게 득이 되는 것처럼 보였다면 그건 오히려 양 박사가 성진이를 과대평가하고 있는 것일 테지."

물론, 그렇다고 해서 이성진은 '과소평가'할 만큼 호락호락한 녀석은 아니라고 생각했다.

이를테면 정진건이 이성진과 인연을 맺었던 날에도, 이성진은 정진건 자신의 불찰로 구매한 '짝퉁 PC'에 대해 그 가능성을 점쳐 보곤 조인영을 영입하기에 이르렀다.

지금도 이따금 조인영과 안부를 주고받곤 하는 정진건은 그가 이성진으로부터 신뢰를 받고 있으며, 조인영은 조인영대로 자신의 적성을 찾아 즐겁게(때론 과하다고 생각할 정도로) 일하고 있다는 걸 알고 있었다.

그리고 이는 조인영에게나 이성진에게나 득이 되는 일이었고, 그런 조인영을 중용한 것도 어디까지나 이성진의 그릇이라고 생각했다.

정진건이 말을 이었다.

"그리고 검사님께 들은 거지만, 김기환과 성진이는 어쩌면 한 다리 건너 아는 사이일지도 모르겠더군."

"……검사님께 말입니까?"

"그래. 채…… 모라는 사람인데, 아, 그래, 채한열이라는 이름이었지. 아무튼 그분의 따님이 2년 전 우리 애가 다니는 초등학교 전교회장이었지 뭔가."

그러고 보니 참 새삼스러운 이야기지만, 김보성과 정진건의 자녀는 모두 이성진과 동문이었다.

"그리고 채한열 씨는 이성진과 얼추 안면이 있는 사이로 보이고."

그렇다고 한들 초등학생이 '학부모와 알고 지내는 사이'라고 하니 어딘지 어색했다.

'아니, 그렇게 따지면 성진이는 선배님이나 김보성 검사님과도 알고 지내는 사이긴 하네.'

정진건은 그런 강하윤의 의문이 정당하다고 생각했는지 쓴웃음을 지었다.

"들으니 당시 방과 후 교실 취재 건으로 학교를 방문한 적이 있나 보더군. 더욱이 그 사업 발안자가 이성진이니 응당 인터뷰 정도는 하지 않았겠나."

하긴, 생각해 보면 이성진은 초면의 어른들과도 낯가림 없이 대화를 주고받곤 했다.

'걔는 2년 전에도 그랬구나.'

괜스레 웃음이 나오려는 강하윤을 보며 정진건이 말을 이었다.

"또한 그 채한열이란 사람은 김기환과 동문이었어."

"……아."

강하윤은 그제야 정진건이 어째서 채한열이라는 인물을 이야기했는지 깨달았다.

"그래. 이만하면 한 다리 건너 소개를 받아도 이상하지 않겠지. 아니, 좀 이상한가? 아무튼 생판 남은 아닌 셈일세."

멍하니 고개를 끄덕인 강하윤은 문득 무슨 생각에 미쳤는지 다시금 어깨가 아래로 축 처졌다.

"그러면…… 성진이는 처음부터 다 알고 있었겠습니다. 강선이가 박상대의 사생아라는 것이며, 반지가 정순애 씨의 것이었다는 것까지……."

"그건 우리도 알 수 없지. 자네 역시 생각이 지나치게 앞서가는군."

"예?"

"물론 정순애 정도는 알고 있을지도 모르지만, 그렇다고 정순애가 데려온 애 얼굴까지 알고 있으리란 확신은 없지 않겠나? 자네 앞이니까 하는 말이지만, 성진이가 김기환이 하는 일에 얼굴을 들이밀 만큼 한가한 녀석은 아니니까. 아마 알선만 하고 자신은 뒤로 빠졌을지도 모르지."

하긴, 그건 그랬다.

이성진은 얼굴을 비추지 않을 것 같은 곳엔 얼굴을 비추기도 했지만, 대체로 바쁘게 지냈으니까.

정진건이 말을 이었다.

"이 모든 일은 우연히 맞아떨어진 사건의 연속이었다는 걸 알아두고 시작하겠네."

"예."

"우선, 우리가 강선이를 요한의 집에 맡길 당시만 해도 우

리는 강선이를 모텔에 버려진 아이 정도로 생각했어. 강선이
가 누구라는 것이 명확하게 밝혀진 건 유전자 감식 결과가
나온 뒤의 일이야."

실제로, 당시 박강선은 자신의 성씨조차 밝히지 않아 강
씨에 외자 이름인 줄로 알았던 적도 있었다.

"하물며 반지도 마찬가지네. 자네가 성진이에게 개인적으
로 부탁하지 않았다면 그 소유주가 누구인지 알 수 없었을뿐
더러…… 당시엔 변사체와 관련이 있으리란 생각은 기껏해
야 가설에 불과한 일이었네. 애당초 자네가 물고기 배 속에
서 반지를 찾은 것조차 우연의 산물이었고."

"……"

"다만, 그렇다고 해도 모든 것이 우연히 형편 좋게 흘러간
것만은 아닐 거야. 이성진도 어느 정도 조율은 가했겠지. 아
마, 성진이도 도깨비 신문에 기사를 실을 시점엔 이 모든 일
이 박상대와 연결 고리가 있다는 걸 눈치챘을 거라고 보네."

강하윤이 조심스레 정진건의 말을 받았다.

"하지만 선배님, 그건 결국 성진이가 처음부터 박상대에
게 적대적이었다는 의미와도 상통하지 않습니까?"

정진건은 강하윤의 질문을 신중하게 받았다.

"적대적……이었는지 아닌지는 이성진 본인만 알고 있겠
지. 그 과정에 정말로 구봉팔과 작당을 했을지도 모르고. 하
지만 그건 성진이 입장에선 어느 정도 필요했던 일이었을

거야."

"박상대를 공격한 것이, 성진이에게 필요했던 일이라는 말씀입니까?"

"음. 이걸 수사하게 할지는 모르겠지만, 한때 새마음아동 복지재단은 조광의 조세 포털로 쓰인 것이 분명했어."

"……."

"그리고 성진이는 요한의 집에 소속 연예인이며 시저스까지 끌어들여 대대적인 후원과 그에 대한 홍보를 했지."

"예, 저도 기억하고 있습니다. 〈한밤의 연예TV〉였고, 윤아름이 직접 출연했습니다."

"그래? 그랬군."

아무튼 간에.

정진건이 턱을 긁적였다.

"내가 알기로 그 계기가 된 건 그 부하 직원인 조인영의 영향이었어. 인영이는 성진이네 회사에 들어간 뒤로도 쭉 요한의 집을 방문해 왔고, 성진이는 그 뒤, 후원을 결심했다."

당사자인 조인영에게 들은 내용이어서 정진건은 이성진의 기부에 대해 잘 알고 있었다.

강하윤 역시 조인영에 대한 이야기는 종종 들어 왔기에, 정진건의 말을 신뢰할 수 있었다.

"아마, 그 정도로 대대적으로 한 건 선의에서 비롯한 자금 구조 개선이 목적이었겠지. 실제로 그 일로 TV 전파를 탄 뒤, 전국 각지에서 요한의 집을 향한 후원이 쏟아졌으니까 말이야. 인영이한테 들은 바에 의하면, 당시 요한의 집 시설은 형편없었거든."

"그랬습니까?"

"실제로 강 형사가 가서 본 대부분의 신축 건물은 성진이가 후원을 한 뒤부터 생겨난 거야. 나도 자세히는 모르지만, 정 궁금하거든 강 형사가 직접 그 비서 아가씨에게 물어보면 되겠군."

강하윤은 필요 이상으로 냉정하게 이성진을 분석하던 양상춘과 달리, 이성진을 말하는 정진건의 어조엔 그에 대한 호감이 밑바탕에 깔려 있음을 알았다.

'관점 차이일까.'

자신은 어느 쪽이냐 하면, 이성진을 호의적으로 생각하는 쪽이지만.

어느 쪽이든 성진이를 아는 사람이라면 중립적인 입장을 취할 수는 없겠구나, 하고 강하윤은 생각했다.

그 뒤, 정진건이 어조를 바꿔 말을 이었다.

"그리고…… 어쩌면 성진이는 그때 요한의 집 자금 유통이 어딘가 이상했다고 여겼을지도 모르겠군."

"……."

"방금 내가 요한의 집이 속한 새마음아동복지재단은 조광의 조세 포털로 쓰인 정황이 있었다고 한 걸 기억하고 있겠지? 마찬가지로, 성진이 눈에 요한의 집 자금 구조를 개선하려면 종기를 도려낼 필요가 있다고 생각했을 거야. 만일 그 과정에 박상대를 공격하기로 한 것이라면, 그뿐이겠지."

정진건의 말은 양상춘과 달리 이성진의 행동에 어느 정도 '명분이 있었다'는 동기를 제공하기는 하였으나, 그럼에도 이성진이 이를 꽁꽁 감추고 모른 척 거짓말을 했다는 것이 강하윤은 못내 섭섭했다.

"······그래도 저는 어째서 성진이가 그 일을 저희에게 비밀로 했는지 모르겠습니다."

"······."

정진건은 잠시 입안에서 막대사탕을 이리저리 굴리며 생각하다가 대답했다.

"나도 양 박사처럼 강 형사에게 생각하고 있는 걸 떠들어 댈 수 있다면 좋겠지만, 그렇게 하고 싶진 않군."

"······."

"그런 건 결국, 이성진 본인이 가장 잘 알고 있겠지. 아마 양 박사가 자네에게 부탁하려는 것도 성진이와 친분이 있는 강 형사가 그걸 캐다 줬으면 하는 것일 테고."

"······굳이 양 박사님 부탁이 아니더라도, 제가 물어보면 성진이가 대답해 주지 않겠습니까?"

그 말에 정진건은 뜸을 들인 뒤 진지한 눈으로 강하윤을 보았다.

"나도 때때로 그렇지만, 강 형사는 특히 성진이의 친절함에 빚지고 있다는 걸 알아둬야 해."

정진건의 말에 강하윤이 움찔했고, 그런 강하윤을 보며 정진건이 말을 이었다.

"누구에게나 말 못 할 사정이라는 것은 있기 마련이지. 하물며 우리가 궁금해하는 것들은 법에 저촉되는 것도 아니었을뿐더러 성진이가 대답할 의무도 없는 일이야. 오히려 나는 자칫 잘못해 선을 넘었다가 돈으로도 얻기 힘든 신뢰 관계 하나를 잃게 될지도 모른다는 생각마저 드는군."

"……."

정진건의 말은 정론이었고, 그래서 강하윤의 가슴 깊숙이 박혀 들었다.

심지어 정진건의 그 말에서 강하윤은 자신이 알게 모르게 '성진이라면' 하고 생각하며 나이에 걸맞지 않은 응석마저 부려 왔다는 걸 깨닫곤 얼굴이 붉어졌다.

"그래도……."

정진건이 말을 이었다.

"오히려 솔직하게 '너에게 이런 혐의가 있다'고 말하며 캐본다면 대답해 줄지도 모르겠군."

"예?"

"왠지 그럴 거라고 생각해서."

정진건이 쓴웃음을 지었다.

"그 녀석 역시도 모처럼 생긴 경찰 인맥을 잃고 싶어 하지 않을 거 같거든."

강하윤은 양상춘이 조세화와 약속 장소로 가기 전 그와 합류할 수 있었다.

"기다리셨습니까?"

"아니, 별로."

양상춘은 강하윤이 금세 돌아올 줄 알았다는 양 그녀에게 미리 사 둔 로스트 빈 아이스 아메리카노를 건넸다.

"자네 표정을 보아하니 정 형사에게 내가 말한 가설을 확인한 모양이군."

안전벨트를 맨 강하윤이 커피를 받으며 대꾸했다.

"몇 가지지만 말입니다. 아, 커피 잘 마시겠습니다."

"나도 좋아하거든, 이 프랜차이즈."

양상춘은 빨대로 아이스 아메리카노를 한 모금 마신 뒤, 기어를 넣었다.

"그래서, 어떻든가?"

"……우선, 박사님께서 제시하신 가설 중 하나인 '김기환과 이성진이 알고 지내는 사이였다'는 주장을 뒷받침할 만한 근거가 있었습니다."

"그래?"

흥미를 보이는 양상춘에게 강하윤은 정진건으로부터 들은 내용을 전했다.

"그랬군."

양상춘이 흡족한 듯 고개를 끄덕였다.

"김보성 검사님도 알고 있었나."

"아무래도 따님과 동문이니 말입니다."

"이럴 줄 알았으면 김보성 검사님이랑도 이야기를 해 볼 걸 그랬어. 물론 지금은 무척 바쁘시니 그럴 겨를이 없겠지만 말일세."

양상춘의 말을 들으며 강하윤은 떨떠름한 기분을 커피 한 모금으로 씻어 내렸다.

비록 밥까지 얻어먹었지만, 솔직히 그녀는 김보성을 대하는 일이 조금 어렵다.

그건 그가 검사여서가 아니라, 김보성은 어딘지 모르게 양상춘을 연상케 하는 구석이 있었던 것이다.

물론 김보성은 양상춘에 비해 훨씬 사교적이고 배려가 깊은 인물이긴 했지만, 그럼에도 그 앞에 서면 마치 상대를 뜯어보듯 관찰하곤 한단 느낌을 받을 때가 종종 있었다.

"그렇다고는 해도."

강하윤이 입을 뗐다.

"저는 여전히 성진이가 그 사실을 일부러 감춘 것이라고는 생각하지 않습니다."

"어째서인가?"

"그건······."

강하윤은 정진건에게 들었던 내용을 머릿속에 떠올리며 입에 담았다.

"일단, 성진이가 말하지 않은 첫 번째 이유로는 저희도 그 걸 성진이에게 물어보지 않았기 때문입니다."

"물어보지 않았으니 답하지 않았다. 퍽 상식적이군."

냉소적으로 대구하는 양상춘을 흘겨보며 강하윤이 말을 이었다.

"사실, 변사체가 발견된 당시 저희는 그게 정순애 씨라는 것은커녕, 그 성별과 신원도 알 수 없었습니다. 그러니 설령 성진이가 정순애 씨를 한국에 불렀다 한들, 성진이 역시 그 변사체의 정체가 정순애 씨였을 거라고는 생각하지 못했을 겁니다."

"그렇긴 하군."

"또, 중우일보의 검열된 기사가 나간 시점과 한강에서 변 사체가 발견된 시기 사이는 몇 달을 간격에 두고 있습니다. 그러니 성진이도 둘 사이에서 그 어떤 연관성도 찾을 수 없 었던 것이 아닐까 합니다."

잠자코 강하윤의 이야기를 들은 양상춘이 고개를 끄덕였 다.

"하긴, 이성진이 자네나 정 형사에게 다짜고짜 '얼마 전 사람을 시켜 박상대 국회의원 후보의 사생활을 기사에 실으려 했다가 검열을 당했습니다' 하고 먼저 말할 까닭도 없겠고. 그러면 방금 그게 첫 번째 이유라고 했으니, 자네가 생각한 두 번째 이유는 무엇인가?"

"둘째로는……."

강하윤이 잠시 뜸을 들였다가 말을 이었다.

"애당초 설령 성진이가 태국에 있는 정순애 씨를 불러 김기환으로 하여금 인터뷰를 하게 했다 한들, 그건 정순애 씨의 죽음에 원인이 되지 않습니다."

"그래. 충분조건은 아니야. 하지만 그건 필요조건이기도 하지."

양상춘이 말을 이었다.

"만약 이성진이 정순애를 한국으로 불러오지 않았더라면 그녀가 박상대 손에 살해될 일도 없었겠고, 궁지에 몰린 박상대가 택시 기사에게 살해당할 일도 없었겠지. 만일 박상대가 죽지 않고 오래 살아남았다면 대한민국의 정치 판도가 바뀌었을지도 모르겠어."

"억측이 심하십니다."

"맞아. 정순애는 둘째 치고, 박상대가 죽은 것 역시 누구도 바란 적 없던 우연에 불과하지."

양상춘의 말은 강하윤의 예상과 달리 이성진을 비호하는

것처럼 들렸다.

"자네도 알다시피 박상대는 그 전에는 일면식도 없던, 금품을 노린 택시 기사에게 강도 살해당하여 사망했다. 물론 지금은 그가 목적지로 삼은 술집이 조광과 관여되어 있는 곳임을 관계자라면 누구나 알고 있는 사실이지만, 어쨌건 결과적으로 박상대의 죽음 자체는 일단 그 누구도 의도하지 않은 사건이야."

"......"

"따라서 비록 '상황 전체가 결과적으론 형편 좋게 흘러갔다'고 말할 수는 있을지언정 엄밀히 말해 그렇다고 이성진이 박상대를 죽였다고는 말할 수 없는 일이지. 마찬가지로 이성진이 박강선의 유산 상속 절차에 도움을 준 일 또한 자네의 부탁이 없었더라면 하지 않았을 선의에서 비롯한 것으로 볼 수 있겠고."

양상춘이 입매를 비틀었다.

"그러니 어쩌면 이성진은 그 일에 일말의 책임감을 느끼고 물밑에서 자네를 도와주고 있었던 건지도 모르겠군."

아니나 다를까, 양상춘은 이성진이 그 일을 의식하고 있다는 식으로 몰아갔다.

"물론 그 결과는 자신에게 이득으로 돌아왔으니, 이성진에게도 윈윈이 되지 않았겠는가."

말하는 뉘앙스는 도깨비 신문을 통해 배달된 '조설훈의 도

'청본'도 이성진이 의도한 바임을 전제로 삼는 듯했다.

강하윤은 떨떠름한 기색을 감추지 않고 입을 뗐다.

"셋째는……."

"세 번째도 있나?"

"……."

"아, 미안. 계속해 보게."

강하윤은 가벼운 한숨을 내쉰 뒤 말을 이었다.

"……세 번째로, 성진이가 요한의 집에 후원을 한 뒤로 조광이 성진이에게 접근했을지도 모른단 겁니다."

"조광이?"

"예. 조광 입장에서도 그 일 이후 조세 포털로 쓰이는 새마음아동복지재단을 평소처럼 운영하긴 어려웠으리라 사료됩니다. 따라서 성진이에게 그때 다른 꿍꿍이가 있었던 것은 아닌지 확인을 하려 하지 않았을까 합니다."

강하윤의 말에 양상춘은 커피를 한 모금 마신 뒤 입을 뗐다.

"그런 거라면 박상대와 손잡고 있던 조광 입장에서는 유쾌한 일은 아니었겠군. 그렇다고 다른 회사도 아닌 무려 삼광그룹의 장손이 연루되어 있다면 더더욱. 그래도 마침 조설훈의 자녀가 이성진 또래이니, 그 애들을 시켜 이성진의 의중을 떠보려 했다면야……."

거기까지 말한 양상춘은 어조를 바꿔 말을 이었다.

"아무튼 그 부분은 나중에 조세화를 만나서 확인해 보면 좀 더 확실해지겠군."

조세화와의 만남.

강하윤은 양상춘의 말에 퍼뜩 깨닫곤 얼른 그를 쳐다보았다.

"박사님, 세화와는 무슨 일로 만나시려는 겁니까?"

"별거 아닐세. 만일 아버지의 죽음과 관련해 '경찰이 알고 있는 진실'과 다른 관점이 필요하다면 말해 줄 의향이 있다는 의사를 슬쩍 내비쳤을 뿐이지. 나도 그 애가 오늘 곧장 연락을 해 올 거란 생각은 못 했지만 말이야."

보통, 그걸 별거 아니라는 식으로 말하나?

그 말에 강하윤은 대경실색하며 양상춘을 보았다.

"박사님! 하지만 세화는……."

"그래, 조설훈의 딸이지. 그래서?"

강하윤이 양상춘을 노려보았다.

"그런데 어떻게 그런…… 걸 당사자에게 직접 알리려고 하시는 겁니까?"

그 말에 양상춘은 되레 뭐가 문제냐는 식으로 그녀의 말을 받았다.

"다른 사람도 아닌 당사자이니. 더더욱 잘 알고 있어야 한다고 생각지 않는가?"

"……."

강하윤이 한숨을 내쉰 뒤 양상춘을 보았다.

"설마 세화를 만나 그 일에 성진이가 연루되어 있을지 모른다는 말씀을 하시려는 겁니까?"

"그럴 리가."

양상춘이 담담하게 대답했다.

"조설훈의 죽음이 의혹투성이인 건 분명하지만, 나도 아직 이성진이 그 배후에 있다고 확정까진 하지 않았네."

"그래도 연관이 있다고는 생각하고 계시지 않습니까?"

"그렇게까지 물으면, 그렇다고 대답하겠지."

"……."

입을 꾹 다문 강하윤을 힐끗 살핀 양상춘은 잠시 뜸을 들인 뒤 말을 이었다.

"조세화에게 들으니 오늘 요한의 집에 방문하기 전 삼광 측과 어떤 사업 논의를 나눈 모양이더군."

"……예?"

"조세화의 말로는 그랬어. 오늘 그 애가 어느 나라 공주님처럼 차려입고 나타난 건 '오전 중 이성진의 집에 다녀왔기 때문'이며, 방문 목적은 '사업차 논의'가 있었기 때문이랬지. 그렇다는 건 그녀가 이태석, 아니면 이휘철급쯤 되는 사람과 만났다는 의미가 될 거야."

"……."

"중학생 나이에 덜컥 조광의 최대 주주가 된 조세화는 혼자서 조광을 이끌어 갈 역량이 되지 않는다고 판단했을 터이고, 그렇게 자기 판단을 했다면 정확하다. 그러니 '개인적인 친분'이 있는 삼광 측에 협조를 요청했겠지. 말인 즉, 이성진 혹은 삼광 측은 가만히 앉아 조광이란 대기업을 꿀꺽 삼킬 수도 있게 되었음이야. 아무리 조세화가 또래에 비해 조숙하다곤 해도 중학생에 불과하지. 그 손에 든 사탕을 뺏는 건 이태석이나 이휘철에게는 무척이나 간단한 일일 것이고, 따라서 이 또한 이성진의 이득으로 이어진다."

양상춘의 말을 들으며 조세화는 혼란에 빠졌다.

"저는 사업에 대해서는 잘 모릅니다만, 그래도 명색이 조광인데 일이 그렇게 흘러가겠습니까?"

"내 말은 그럴 가능성도 염두에 두어야 한단 것일세."

양상춘은 몰던 차 속도를 서서히 줄여 갔다.

"나도 강 형사가 이성진에게 개인적인 호감이 있다는 건 알고 있지만, 이성진에게는 그럴 만한 동기와 능력이 있다."

"……."

그럴지도 모른다.

인정하고 싶지는 않았지만, 만약 이성진이 조광을 자신의 손에 넣기 위해 이 모든 우연한 일을 조율하면서 자기 자신에게 유리한 방향으로 이끌었다면.

그리고 그 수하인 강이찬의—예의 SBY가 대신해서 감투를 썼던 납치 미수 사건에서 단박에 용의자를 제압한—능력이 있다면, 그 상황에서 조설훈이며 조지훈을 제압하는 것마저 가능했을지 모른다.

"그래서 개인적으로는 강 형사가 이번 사건 일체에 색안경을 벗고 나를 도와주었으면 하는데."

강하윤은 양상춘이 굳이 자신을 꼽아 이런 이야기를 늘어놓은 까닭이야 짐작하고 있었다.

양상춘이 자신을 부른 의도는 이성진과 친분이 있는 자신을 앞세워, 그 비위를 맞춰 주며 속내를 떠보라는 것일 터.

정진건은 이런 일에 동의하지도, 따르지도 않을 것이니, 양상춘은 그나마 조종하기 쉬운 대상으로 자신을 고른 것이리라.

'그렇다고는 해도⋯⋯.'

강하윤은 양상춘을 향한 심적인 반발이 그렇게 강하지 않다는 것에 내심 놀랐다.

어쩌면 그녀 스스로도 양상춘의 말을 들으며 내심 이성진에 대한 의혹을 키워 온 것이 아니었을까.

망설이는 강하윤에게 양상춘이 말을 이었다.

"말은 그렇게 했지만 나 역시도 여간해선 이성진이 배후에서 상황을 조종한 것이 아니었으면 하고 내심 바라고 있네."

"⋯⋯어째서입니까?"

"단순하지."

양상춘의 차가 호텔 지하 주차장으로 들어섰다.

"만약 이성진이 벌써부터 그런 잔머리를 굴릴 줄 아는 냉혹한 꼬맹이라면, 장차 성장해 그 손에 본격적인 칼자루가 쥐여 있을 때의 장래가 두렵지 않겠나?"

"……."

확실히.

양상춘이 생각하는 것처럼 이성진이 목적을 위해서라면 수단과 방법을 가리지 않으며, 그 목적으로 향하는 길목에 서서 교묘하게 상대를 조종하는 능력까지 갖추고 있다면.

'성진이가 장래 어떤 어른으로 자라나게 될지…….'

강하윤은 상상하기도 힘들었다.

그나마 지금은 그 초등학생이라는 신분이 족쇄가 되어 이성진을 억제하고 있는 것에 불과했다.

'하지만 그런 기질을 지닌 채로 나중에 지금도 국내 굴지의 대기업인 삼광에서 일익을 담당하게 된다면.'

괴물.

이성진을 표현할 단어로 이 이상 적합한 것도 없게 될 것이다.

그걸 깨달은 강하윤은 등줄기를 타고 오르는 섬뜩한 기분을 느꼈다.

다음 권으로 이어집니다

꿈의 도약, 로크에서 하십시오
(주)로크미디어에서 신인 작가를 모십니다

즐거운 세상, 로크미디어는 꿈을 사랑하고 도전을 두려워하지 않는 작가 분들의 참신한 작품을 기다리고 있습니다. 21세기 장르 문학계를 이끌어 갈 차세대 선두 주자 (주)로크미디어에서 여러분의 나래를 활짝 펴 보시길 바랍니다.

모집 분야 판타지와 무협을 포함한 장르 문학
모집 대상 아마추어 작가, 인터넷 작가
모집 기한 수시 모집
작품 접수 시 유의 사항
   1. 파일명은 작가명_작품명.hwp형식을 갖춰 주십시오.
   1. 파일에 들어갈 내용은 다음과 같습니다.
      — 성명(필명인 경우 실명을 밝혀 주세요), 연락처, 이메일 주소.
      — 제목, 기획 의도.
      — A4 용지 1장 분량의 등장인물 소개.
      — A4 용지 2장 분량의 전체 줄거리.
      — 본문.
   1. 작품이 인터넷에 연재되고 있다면, 게시판명과 사이트의 구체적이고 정확한 주소를 기재해 주십시오.

선택된 작품은 정식 계약 후 출판물로 간행되어 전국 서점에 유통됩니다.
작가분은 (주)로크미디어의 전폭적인 지원하에 전속 작가로 활동하시게 됩니다.
※ 자세한 내용은 로크미디어 홈페이지(rokmedia.com)를 참조하세요.

(03920) 서울시 마포구 성암로 330 DMC첨단산업센터 3층 318호
(주)로크미디어 편집부 신간 기획 담당자 앞
전화 : 02 - 3273 - 5135
www.rokmedia.com   이메일 : rokmedia@empas.com

황태자는 은퇴가 하고 싶습니다

로튼애플 퓨전 판타지 장편소설

황제가…… 과로사?
이번 생은 절대로 편하게 산다!

31세에 요절한 황제 카리엘
개같이 구르며 제국을 지킨 대가는
역사상 최악의 황제라는 오명?
싹 다 무시하고 안식에 들어가려 했더니……

"다시 한번 해 볼래? 회귀시켜 줄게."
"응, 안 해."
"이번엔 욜로 라이프를 즐겨 보면 어때?"

사기꾼 같은 신에게 속아 회귀하게 된 카리엘
즐기며 편히 살기 위해서는
황태자 자리에서 먼저 내려와야 하는데……

제국민의 지지도는 계속 오른다?
황태자의 은퇴 계획, 과연 성공할 수 있을까?

One for all
원포올

일라잇 스포츠 장편소설

**작렬하는 슛, 대지를 가르는 패스
한계를 모르는 도전이 시작된다!**

축구 선수의 꿈을 품은 이강연
냉혹한 현실에 부딪혀 방황하던 중
운명과도 같은 소리가 귓가에 들어오는데……

당신의 재능을 발굴하겠습니다!
세계로 뻗어 나갈 최고의 축구 선수를 키우는
'One For All' 프로젝트에, 지금 바로 참가하세요!

단 한 번의 기회를 잡기 위해
피지컬 만렙, 넘치는 재능을 가진 경쟁자들과
최고의 자리를 두고 한판 승부를 벌인다!

**실력만이 모든 것을 증명하는
거친 그라운드에서 당당히 살아남아라!**

기갑천마

거짓이슬 퓨전 판타지 장편소설

종말을 막지 못한 절대자
복수의 기회를 얻다!

무림을 침략한 마수와의 운명을 건 쟁투
그 마지막 싸움에서 눈감은 무림의 천하제일인, 천휘
종말을 앞둔 중원이 아닌 새로운 세상에서 눈을 뜨는데……

"천휘든 단테든, 본좌는 본좌이니라."

이제는 백월신교의 마지막 교주가 아닌 평민 훈련병, 단테
그럼에도 오로지 마수의 숨통을 끊기 위해
절대자의 일 보를 다시금 내딛다!

**에이스 기갑 파일럿 단테
마도 공학의 결정체, 나이트 프레임에 올라
마수들을 처단하고 세상을 구원하라!**